实用现代
管理学
Management
（第二版）

孙焱林 李彤 罗传建 编著

北京大学出版社
PEKING UNIVERSITY PRESS

图书在版编目(CIP)数据

实用现代管理学/孙焱林等编著. —2 版. —北京:北京大学出版社,2009.1
(21 世纪经济与管理精编教材·管理学系列)
ISBN 978 – 7 – 301 – 14533 – 3

Ⅰ.实…　Ⅱ.孙…　Ⅲ.企业管理 – 高等学校 – 教材　Ⅳ.F270

中国版本图书馆 CIP 数据核字(2008)第 183963 号

书　　　名:**实用现代管理学(第二版)**
著作责任者:孙焱林　李　彤　罗传建　编著
责 任 编 辑:张静波
标 准 书 号:ISBN 978 – 7 – 301 – 14533 – 3/F·2062
出 版 发 行:北京大学出版社
地　　　址:北京市海淀区成府路 205 号　100871
网　　　址:http://www.pup.cn
电　　　话:邮购部 62752015　发行部 62750672　编辑部 62752926　出版部 62754962
电 子 邮 箱:em@ pup.pku.edu.cn
印 刷 者:北京飞达印刷有限责任公司
经 销 者:新华书店
　　　　　730 毫米×980 毫米　16 开本　16.25 印张　252 千字
　　　　　2004 年 12 月第 1 版
　　　　　2009 年 1 月第 2 版　2009 年 1 月第 1 次印刷
定　　　价:29.00 元

前　言

21世纪是全球化的世纪，是信息化的世纪，是知识大爆炸的世纪。如何成为时代的主人，是有志者共同关心的问题。杰克·韦尔奇、比尔·盖茨等优秀管理者及其团队用他们的行动毫不吝啬地回答了我们，那就是虚心学习管理方法，科学研究管理问题。这正是很多百年老店的秘诀。

随着改革开放的不断深入，过去那种决策拍脑袋、管理凭经验的粗放型管理已经远远跟不上时代的步伐，精细化管理已成为时代之需。

自从管理理论诞生以来，大量学者投身于管理的研究之中，他们总结成功者的经验和失败者的教训，并将其浓缩成一系列的管理理论和方法，以供世人学习和借鉴。学管理，做正事，事半功倍走捷径，企业基业常青；不学管理，做错事，事倍功半走弯路，企业苟延残喘。

本书作者不但在高校教书育人，而且还深入各类企业，亲自实践各种管理理论，因而深知企业和读者所需。由此，决定了本书具有以下特点：

第一，理论最新化。时代在进步，管理理论层出不穷。本书用通俗易懂的语言，不仅介绍了泰勒的科学管理理论、波特的战略思想、西蒙的现代决策理论和梅奥的行为理论，还涵盖了彼得·圣吉的学习型组织、杰克·韦尔奇的 6σ 方法等最新管理理论。

第二，原理实用化。市场上的管理类读物要么偏重理论，要么偏重实际案例，将两者有机结合起来的书不多。本书力求每节内容后面都有学习案例，做到理论与实际相结合，便于读者理解和运用所学理论。

第三，理念、模式系统化。市场上不仅有大量的管理学教科书，也有各种名目繁多的管理类读物，这些读物虽然开拓了读者的视野，但也使很多读者感到眼花缭乱，对管理缺乏系统的认识。本书针对这一问题，将理念、经验、方法、模式、案例融合到相应的管理理论框架之下,使原理与方法、模式等紧密结合,形成系统知识。

第四,内容信息化。本书力求用最少的篇幅,系统全面地介绍管理的理论、理念、模式和方法,为读者提供经典的学习案例,使读者用最小的代价,掌握实用的管理技巧。

管理学是科学,是管理活动中共性问题的升华,管理者应该用现代的管理理念、原理和方法研究管理中出现的问题;管理学是艺术,优秀的管理者善于根据不同的情形、问题和对象采取不同的管理方法。

本书是集体智慧的结晶,是在不断参考中外文献和深入企业实践的基础上撰写而成的。第二版由华中科技大学孙焱林教授、李彤教授、罗传建副教授在第一版内容的基础上修订而成,在保持原书框架和特色的基础上,对部分内容进行了删节,同时增加了中国古代管理思想的内容。

为了方便教学,本书还提供电子课件和案例参考答案等教辅资料。

目　　录

第一章　绪论 ……………………………………………………………（1）

　第一节　企业概述 ………………………………………………………（1）

　　　课后案例　深圳华为的成功 ……………………………………（5）

　第二节　管理概述 ………………………………………………………（6）

　　　课后案例　三鹿的停产 …………………………………………（25）

　第三节　管理主要思想及其演变 ………………………………………（26）

　　　课后案例　分享海尔的成功 ……………………………………（46）

　第四节　管理与环境 ……………………………………………………（47）

　　　课后案例　蒙牛的发展 …………………………………………（53）

　思考与练习题 …………………………………………………………（54）

第二章　决策与计划 …………………………………………………（55）

　第一节　决策概述 ………………………………………………………（55）

　　　课后案例　武汉钢铁集团公司如何应对钢材价格下降 ………（65）

　第二节　现代决策方法 …………………………………………………（66）

　　　课后案例　日产20万块蒸养灰沙砖生产线可行性报告 ………（91）

　第三节　计划概述 ………………………………………………………（92）

　　　课后案例　某公司新建流水线的实施计划 ……………………（100）

　第四节　目标管理 ………………………………………………………（100）

　　　课后案例　某汽车公司的目标管理 ……………………………（104）

　思考与练习题 …………………………………………………………（104）

第三章 组织设计 ……………………………………………………………… (105)
　第一节 组织及其设计 ………………………………………………………… (105)
　　　课后案例 王氏餐饮股份有限公司的组织演变 ……………………… (117)
　第二节 组织结构的基本类型 ………………………………………………… (118)
　　　课后案例 某钢铁股份公司的组织结构 ……………………………… (124)
　第三节 组织变革 ……………………………………………………………… (125)
　　　课后案例 IBM 公司发展中的波折 …………………………………… (137)
　思考与练习题 …………………………………………………………………… (139)

第四章 管理沟通 ……………………………………………………………… (140)
　第一节 沟通概述 ……………………………………………………………… (140)
　　　课后案例 一段夫妻间的对话 ………………………………………… (143)
　第二节 人际沟通 ……………………………………………………………… (143)
　　　课后案例 从某公司新产品研发决策看中式决策沟通 ……………… (154)
　第三节 团队沟通 ……………………………………………………………… (155)
　　　课后案例 陷入沟通困境的"老字号" ………………………………… (159)
　第四节 组织沟通 ……………………………………………………………… (160)
　　　课后案例 迪士尼公司的员工意见沟通制度 ………………………… (165)
　第五节 公共关系 ……………………………………………………………… (166)
　　　课后案例 中国乳业领军者如何应对危机 …………………………… (172)
　思考与练习题 …………………………………………………………………… (173)

第五章 领导艺术 ……………………………………………………………… (175)
　第一节 领导概述 ……………………………………………………………… (175)
　　　课后案例 蒙牛的诞生 ………………………………………………… (179)
　第二节 领导理论 ……………………………………………………………… (180)
　　　课后案例 某公司的三个部门经理 …………………………………… (191)
　第三节 新型领导 ……………………………………………………………… (192)
　　　课后案例 新来的总经理 ……………………………………………… (197)
　第四节 领导艺术 ……………………………………………………………… (198)
　　　课后案例 杰克·韦尔奇的领导艺术 ………………………………… (202)

思考与练习题 ·· (204)

第六章 控制与激励 ·· (206)

第一节 控制概述 ·· (206)

    课后案例 麦当劳的管理控制 ························ (214)

第二节 控制技术和方法 ···································· (215)

    课后案例 某钢铁公司财务管理控制体系 ·········· (221)

第三节 内部控制 ·· (222)

    课后案例 雷曼兄弟倒闭的内在原因 ················ (224)

第四节 激励理论 ·· (226)

    课后案例 百年老店的动力之源 ···················· (238)

第五节 激励的原则与方法 ·································· (239)

    课后案例 摩托罗拉的激励 ························ (245)

思考与练习题 ·· (246)

主要参考文献 ·· (247)

第一章

绪　论

☞ 学习目标

1. 理解企业的特征、目标和功能；
2. 理解管理的定义、特征和理念；
3. 了解现代管理的基础工作；
4. 了解管理的主要思想及其演变；
5. 了解环境分析的框架。

第一节　企业概述

一、企业的特征

企业是从事商品的生产、流通、服务等经济活动，在市场经济中自主经营、自负盈亏、依法设立的经济组织。其特征主要如下：

（1）企业是经济组织。它不同于政府机关、学术团体等非经济组织。

（2）企业是经济法人。它依法享有资产的经营权、处置权和收益权，受到法律的保护，企业必须承担相应的社会义务，如合法经营、保护环境等。

（3）企业以市场为导向。企业与市场生死攸关。大市场大老板，小市场小老板,没市场就破产。

(4)企业是现代社会经济的基本单位。企业是一个国家社会经济的基本单位,企业生产力水平的高低、经济效益的好坏、规模的大小,对国民经济和社会的繁荣与稳定都产生直接的影响。美国之所以成为世界经济的巨人,原因之一就是它拥有为数众多的技术水平高、经济效益好、规模巨大的企业。

二、企业的目标

(一)产量(值)最大化

产量(值)最大化即企业经营者一味追求产量(值),部门领导和一般人也以产量(值)作为考核经营者业绩的主要指标,企业经营者职位的升迁、收入的增减也与完成的产量(值)挂钩。产量(值)指标可以反映企业在一定时期的生产规模、工作量大小,但仅以此作为企业的主要目标,存在严重的片面性,极易陷入以下误区:

(1)追求产量(值)而忽视效益。可能引导企业追求最大产出,而忽视投入的无效益经营。例如,"再造一个武汉"、"再造一个宝钢"就是追求这一目标的体现。

(2)追求数量而忽视质量。产量和质量在一定程度上是互斥的,片面追求产量(值)最大化,可能忽视产品质量,以次充好。

(3)重生产轻销售。可能造成产品积压,企业资金沉淀,经营效益差,社会资源浪费。中国绝大多数工业企业的资源集中在生产部门,没有从根本上摆脱产量(值)最大化的思想。

(二)销售收入最大化

以此为目标,企业必须根据市场需要,生产适销对路的产品,占领市场。它虽然比追求产值最大化的目标更进了一步,但仍可能导致企业大投入大产出、忽视效益、不求质量、不降低成本等现象的产生。

案例·知识　＞＞＞＞　＞＞

格兰仕在国外品牌一统天下的背景下,1993 年涉足微波炉领域,当年生产 1 万台;1994 年销售 10 万台;1995 年销售 20 万台,全国市场占有率达到 25％;1996 年销售 65 万台,全国市场占有率达到 34.5％;2000 年销售达到 1 000 万台,市场占有率达到 76％。这一骄人的业绩得益于降价,如公司在 1996 年对其主打产品降价 40％,使微波炉真正走进千家万户,公司的每一次降价都是新闻,可见其降价的幅度。

（三）利润最大化

以利润大小作为衡量企业经营者业绩的主要指标,将会激励企业采取降低成本费用、重视市场营销等积极措施。但是,也有导致企业片面追求利润而忽视其他目标的缺陷,主要表现为:

（1）企业行为短期化。企业注重眼前的利润目标而忽视对企业的必要投入,包括人员培训、技术开发、新产品开发、设备更新等,使企业缺乏后劲,不利于企业的长期发展。

（2）利润指标本身的随意性。企业为了迎合考核,计算利润时,往往采用最有利于自己的方式核算,常出现企业实际亏损而账面盈利的情况。例如,一些公司为了上市,往往通过调整利润指标,使公司在上市前三年的利润有很好的成长性,但上市目的达到后,业绩迅速下滑。

（3）利润目标确定的困难性。企业利润受市场因素影响较大,市场景气时,企业利润丰厚;市场不景气时,企业无利可图甚至亏损。而市场又不以企业意志为转移,尽管经营者殚精竭虑,亦难免出现企业利润目标与实际运行结果相差甚远的情况。因此,以利润最大化为目标难以考核经营者业绩。

（4）追求利润可能牺牲质量。利润＝销售量×价格－成本,一些企业为了追求利润,不是在销售量、价格、管理和研发上下工夫,而是简单地采取偷工减料的方式降低成本,结果导致产品质量或服务质量的下降,这对企业是一场灾难。例如,某品牌床单企业信誉、销售和效益一直不错,但为了降低成本,该企业管理层竟然通过减少床单的含纱量来降低成本。

（四）企业财富最大化

企业财富最大化即企业市值（市场交易的价格）最大化，是指企业通过合理经营、科学决策，既考虑收益又考虑风险，既考虑产出又考虑投入，既考虑短期利润又考虑企业长期发展，谋求企业资产的长期保值增值，它是一种理想的企业目标。

在企业以上多种目标中，产值指标只能在一定程度上反映企业规模，不能作为企业目标；企业为了竞争可以在特定时间内追求收入最大化；企业追求利润必须适度，但如果长期没有利润，也谈不上长期发展；企业财富最大化是上述指标的综合反映，是企业不断追求的目标。

三、企业的功能

企业是社会经济的基本要素，同时也是社会经济发展的决定因素，在社会进步与经济发展、居民收入水平提高等方面起着决定性作用。

（1）推动了技术进步。由于利润的驱动，企业必须降低成本，提高质量，扩大规模，客观上要求企业进行设备的技术改造，采用新技术、新工艺，进行设备投资，从而推动技术进步。欧美等发达国家最先进的设备不是在大学、科研机构的试验室里，而是在公司。

（2）满足了人们日益增长的物质需要。由于利润的驱动和竞争的需要，企业必须开发、生产新产品，不断满足市场的需要，客观上更好地满足了人们日益增长的物质需要。

（3）企业对经济资源进行合理分配，成为就业的主体和收入的主要源泉。市场是一只看不见的手，引导企业在如何生产、生产什么等方面做出决定，客观地对社会经济资源进行了合理分配。同时，数以万计的企业吸纳大量从业人员，创造了巨大的社会物质财富，是就业的主体和收入的源泉。

深圳华为的成功①

1988 年,43 岁的任正非创办了华为技术有限公司。这家只有 6 名员工、资产 2.1 万元、租赁某电子厂六楼来办公的企业不甘寂寞,放弃当年房地产、股权等众多投资机会,直接面对日本的 NEC 和富士通、美国的朗讯、瑞典的爱立信、德国的西门子和法国的阿尔卡特等公司的激烈竞争,在代理电话交换机的基础上,排除万难,全身心投入到电信产品的开发与经营中。最终,一跃成为国际著名的电信设备专业供应商,2007 年实现销售收入 125.6 亿美元,距世界 500 强企业只有一步之遥。

华为的成功既是顺势,也是人为。20 世纪 90 年代,中国的通信产业迅猛发展,固定电话交换机装机总量从 1991 年的 1 445 万户,增长到 2000 年的 17 926 万户,增长 12.4 倍;移动通信用户总量也从 1991 年的 4.75 万户,增长到 2000 年的 8 453 万户,增长 1 700 多倍。更重要的是,固定电话和移动通信的普及周期相差不大,两个市场的叠加使中国通信设备市场在 90 年代出现了爆炸式的增长。正如华为的两位高管所言:"因为我们圈了一块肥田。""电子通信行业是一片深水,只有深水才能养大鱼。"肥田意味着高利润,深水意味着巨大的市场空间。

电信市场价值最丰厚的区域集中在价值链的两端——研发和市场。没有研发能力,就只能做代理或代工,赚一点辛苦钱;没有市场,再好的产品,产品周期过了也就只能当废品处理。

华为把 46% 的人力集中在研发部门,将 33% 的人力集中在市场部门。这一做法彻底改变了中国企业总是位于价值链低端的宿命,从而获得非常丰厚的利润和再生能力。电信设备的物料成本只有销售价格的 3%,知识密集型企业完全可以将制造交给强大的代工企业。

然而,高额的利润和庞大的市场并不意味着一定为华为所得,华为身上充分体现了一个市场新进入者的后发优势,那就是用低价、良好的客户服务和高

① 参见程东升、刘丽丽:《华为真相》,当代中国出版社 2003 年版。

效的研发快速占领市场。华为的研发本质上是一种积极跟随的模式,它模仿国外的先进设备,然后进行改良,增加更多的功能模块。任正非承认,"迄今为止,华为并没有一项原创性的产品发明。我们主要是在西方公司的研发成果上进行了一些功能、特性上的改进,以及集成能力的提升,我们的研发成果更多表现在工程设计、工程实现方面的技术进步上。"

任正非并非不想做原创性的发明,只是知识和专利的积累需要时间,更需要大量有创新能力的人才,而这些条件在当时并不具备。另一方面,中国不断改善的高等教育提供了大量有素养的知识员工,他们经过华为的培训,三个月内就能成为工程师,而且薪酬远低于国际同行。

在市场上,华为也强化了这种低成本、高素质、大规模的优势。在 20 世纪 90 年代,国际品牌虽然有技术优势,但它们的价格远远高于华为,而且响应速度也无法满足客户的需求。

庞大的营销队伍确立了华为在市场上的竞争优势,他们为客户提供快速而周全的贴身服务,甚至在一些县市的电信局设立办公室,随时帮助客户解决问题,而国际大公司只在省一级安排几个人,根本无法跟华为比。

案例思考题

(1)华为成功的根本原因是什么?

(2)华为体现了企业的哪些特征?

(3)请归纳华为的短期、中期和长期目标。

(4)华为的行为体现了企业的哪些功能?

第二节　管理概述

一、管理的定义

中国古代有人把管理定义为管辖与治理的总称。管辖即为了获取权力所进行的活动,治理是在获得管辖权之后的活动,即为了达到一定的预期目标,在其权力范围之内所开展的一系列活动。

西方国家明确把管理定义为借他人之力实现组织目标的活动。这一定义的思想在中国早已有之。

这里综合各种观点,给管理做如下定义:管理是指为了实现组织的预定目标而借助他人之力对企业开展的一系列职能活动。

二、管理的特征

(一)管理是借力活动

管理不是依赖管理者自身的体能进行具体操作,而是采用一定的方式和方法借用部属或其他要素的能力去实现企业目标。

企业所有者借助经营者的能力,高层管理者借助中层管理者的脑力,中层管理者借助基层管理者的脑力和体力,基层管理者借助现场员工的体力,现场员工则借助可用的机械力。"管理者最大的智慧莫过于博采众长,最高的才能莫过于借用众人的才能。"事必躬亲的管理者未必是优秀的企业家,而操作能手又未必善于管理。

箴 言

孙子曰:"故善战者,求之于势,不责于人,故能择人而任势。"意思是善于指挥打仗的将帅,他的主导思想应放在依靠、运用、把握和创造有利的形势,而不是去苛求手下的将士。

戴尔公司成功运用"借力"战略,不建立自己的零部件厂,而是在零部件供应商中挑选出最优秀的合作伙伴,这样公司就可以集中精力进行技术创新,开发新产品。

(二)管理是一门科学

如果我们把传统管理看成是经验管理的话,那么,现代管理则是建立在哲学、经济学、社会心理学、生产技术学、数学、系统科学等学科基础上的应用性边缘学科,并随着这些学科的不断发展而发展。我们不能迷信企业管理,但也绝不能认为企业管理是可有可无、可学可不学、人人都会做的工作。三国时期诸葛亮"草船借箭"的决策绝不是冲动或迷信之举,而是他综合运用天文学、地理学、心理学等方面知识的结果。

管理作为一门科学，虽然内容十分丰富，但给人的印象不像会计学等学科那样直观。学了会计学会做账，但学了企业管理，可能动手能力得不到丝毫提高。不过，学习企业管理确实改变了我们的思维方式。

管理是一种理性思维。管理是人的行为，但人的行为具有情感特征，这使得管理活动带有感情色彩，这种掺杂感情色彩的管理将给企业经营带来不确定性，即风险。管理者只有学习企业管理理论，用科学的企业管理理论充实自己，用理性思维取代感情用事，才能尽可能避开企业经营的风险。

（三）管理是一门艺术

管理作为一门科学，绝不是简单的 1 + 1 = 2，作为应用科学，必须灵活地应用于实践，才能达到预定的目标。管理因人而异，因时而异，因事而异。管理理论有严格的适用条件，所以，学会了管理理论不一定善于管理企业，只有创造性地将管理理论灵活应用到企业活动之中，管理才有效。管理既是一门科学，又是一门艺术，有效的管理是科学与艺术的结合。

案例·知识 ⟫⟫⟫ ⟫

> 三国时期蜀国的君主刘备既无关羽之勇谋，也无孔明之才。他唯一的长处可能就是在节骨眼上，旁若无人地放声大哭。有人说，他的江山是"哭来"的。
>
> 刘备虽善哭，给人的印象好像没多大能耐似的。其实，这恰恰是他的智慧所在，所谓"大巧"藏于拙。我们从他早期"掷阿斗"于地，得一员大将赵子龙，到"白帝城托孤"让孔明鞠躬尽瘁、死而后已，就可以看出此公的心计、智慧非同一般。

三、管理的职能

管理的职能即管理者的工作内容。管理者主要从事如下几个方面的工作：

（1）决策。决策是指对企业的经营目标及实现预期目标的各种方案所做的选择和决定。决策是企业经营的核心，是企业成败的关键。决策正确，意味着企业管理成功了一半。因此，管理专家都把决策看做是管理者的首要职能。

（2）计划。计划就是根据决策目标的要求，对企业经营活动进行的统筹规划与具体安排。"越是市场化，越要计划化。"在市场经济条件下，企业必须针对市场的变化，对企业的活动进行科学安排。同时要求通过计划把企业目标落实到各部门，乃至每个岗位和每位职工，使企业的各部门、各职工都有明确具体的奋斗目标。通过计划把企业各部门的工作很好地组织起来，使其相互协调、紧密配合，建立起正常的生产经营秩序。

（3）组织。计划制订后，就要动员企业人、财、物等要素，产、供、销环节和各个部门，并将其组织起来，既体现明确分工，又成为统一整体，及时、高效地实现目标。组织包括组织结构的设计、人员的安排等活动。

（4）协调。即协调企业各部门之间、企业与外部环境之间的关系。企业的协调可分为对内协调和对外协调。对内协调是指企业内部所进行的协调活动，包括纵向协调和横向协调。纵向协调是指职能部门、管理人员上下级之间的协调；横向协调是指各部门之间的协调。对外协调是指企业与外部环境之间的协调，包括与政府、金融机构、竞争对手、供应商、销售商、消费者等各方面的协调。只有在内求团结、外求和谐的气氛中，企业经营活动才能顺利进行，企业目标才能顺利实现。

（5）指挥。即为了有效实现企业目标，完成企业计划，在企业组织基础上，建立有权威的生产经营指挥系统，对下属进行统一的领导、沟通和督促。这是社会化大生产的客观要求。有效的指挥必须坚持统一领导、树立权威、实行民主等原则。

（6）控制。是指为了实现企业目标和完成企业计划，把实际业绩同计划相比较，发现偏差，寻找原因，采取措施进行纠偏的一系列管理活动。控制与计划紧密联系，控制是完成计划的保证，计划是控制的前提。没有计划的管理是无序管理，没有控制的管理是无效管理。

（7）激励。激励就是激发员工的内在潜能，使之努力工作，实现企业目标的过程。企业管理实质上是对人的管理，我们容易让设备满负荷运行，但使人的潜能全部发挥在工作上则是一件很难的事。在人事管理中，激励是激发员工潜能、鼓励员工努力工作的有效方法。

四、成功管理者的理念

"只有想不到的，没有做不到的"，管理创新的关键是观念创新。管理观念受一定的政治制度、经济体制、企业环境等因素影响。只有在现代经营观念的指导下,才能更好地解决经营中出现的新问题,领导企业迎接挑战、走向未来。管理者必须树立以下观念:

(一)系统观念

系统是由若干相互依存、相互制约的要素,为了实现确定的目标而组成的具有特定功能的有机整体。系统观念要求把管理对象看成是一个复杂的人造系统,树立整体观念,了解事物的组成要素、结构、功能等,以达到优化管理的目的。系统观念要求我们在解决问题时,要遵循以下原则:

1. 整分合原则

现代高效率的管理是在整体规划下明确分工,在分工基础上进行有效的综合,这就是整分合原则。整体规划是分工的前提,分工则是为了提高效率,分工之后,各部门还必须进行有效的配合、协作,以保证整体目标的完成。所以,企业中没有分工的管理是一种低效管理,没有整合的管理则是无效管理。只注重分工而没有整体观念和互相协作与配合,企业就如同一盘散沙。

2. 规律效应原则

规律是客观事物本身所固有的、本质的、内在的、必然的联系。任何事物的运动都有其客观的规律性。遵循规律必然取得好的效应,反其道而行之必然遭到报复。规律效应原理要求管理者认识管理对象运动的规律性,主动学习管理理论,掌握企业规律,运用管理理论,按规律办事,取得良好的效益。

3. 协调和谐原则

福特公司认为,对一家产量高又富有人情味的工厂而言,环境要干净,照明和通风要好。协调和谐原则是指系统内各要素之间、系统及其环境之间要保持良好的生态平衡,以保证系统健康、持续地发展。这一原则要求管理者以矛盾制衡求得动态的平衡,积极创造企业整体结构的和谐,使企业内部人—机关系、人—人关系、人—境(环境)关系保持和谐,保证企业取得良好效益。

(二)人本观念

管理正在从以技术为中心的管理向以人为中心的管理发展。管理主要是人的管理和以人为对象的管理,即一切管理活动要以调动人的积极性、做好人的工作为根本,这就要求管理者必须以人为中心来开展工作,克服那些见物不见人、见钱不见人、重技术不重视人、靠权力不靠群众的错误行为。人本观念具体要求我们在管理上遵循以下原则：

1. 动力原则

管理的动力是指在管理活动中,把人们的行为引向实现企业目标的力量,包括动力源和管理动力机制。管理的动力源主要有物质动力、精神动力和信息动力。管理的动力机制是指引发、刺激、诱导、制约管理动力源的方式,它包括工作条件、企业规章制度、行为法则、成果效益考核及控制标准等。管理的动力原则要求管理者在管理中,必须正确认识和掌握管理的动力源,运用有效的管理动力机制,激发、引导、制约和控制管理对象,使其行为有助于整体目标的实现。在实际管理中正确运用动力原则,必须树立以人为中心的管理观念,正确认识和综合运用三种动力,保证管理活动得到足够的动力源;正确处理个人动力与集体动力、当前动力与长远动力的关系;建立有效的动力机制,使各种动力的作用方向与企业目标尽可能一致。

2. 能级原则

管理能级三角形由操作层、执行层、管理层、决策层构成,如图 1-1 所示。上一层的管理者比下一层的管理者权利更大,责任也更大。这就要求每一层次的管理者始终有与其权责利相对应的能力。管理者按其能力大小进行管理层次上的安排,力求避免能力强的人被安排在下层而能力弱的人被安排在上层的人才错位现象。

图 1-1　管理能级三角形

3. 行为原则

管理的行为原则是指管理者必须对其下属行为进行全面的了解和科学的分析,并掌握其特点和发展规律,在此基础上采用合理的政策和措施,最大限度地调动下层的积极性和创造性。一名出色的管理人员要了解和掌握下属的心理和需要,及时解决下属的困难,为下属创造良好的发展条件,尽可能满足其需要,从而调动其工作积极性。

惠普之道——人本管理

所谓惠普之道,就是信任和尊重个人,追求卓越的成就与贡献,崇尚诚实与正直,依靠团队精神。具体表现在:第一,灵活的上班时间。第二,员工可进可出,可再进再出。第三,公司为员工提供永久的工作,只要员工表现好,公司就永远用你。为此,公司不断对员工进行培训,经济不景气时,采取减时减薪制。第四,公司与员工同甘共苦。例如,有一次公司想收购一家工厂,但发现这家工厂的主管办公室有冷气设施,而车间内没有,将办公室的冷气设施拆除太可惜,而在车间装上冷气设施的投资巨大,这不是公司的风格,结果公司主动放弃兼并。第五,公司为员工提供较高的薪酬和福利。例如,为员工提供的薪酬高于同行的5%以上,定期举行野餐会并提供免费午餐。第六,公司强调员工对专业的忠诚胜于对公司的忠诚。公司认为,员工对专业的忠诚有利于其胜任本职工作,为公司创造更多的财富,有利于员工掌握谋生的本领,即使公司不行了,员工也不至于永久性失业。

(三)法制观念

市场经济是法制经济,法律是竞争的裁判。在市场经济条件下,企业自主经营、自负盈亏,是市场竞争的主体。政府管理企业不是直接进行行政干预,而是通过市场,采用法律、法规、经济等手段进行间接管理,维护各主体的利益。企业自主经营必须以合法经营为前提,违法经营的后果不仅损害了社会利益、他人利益,而且把自己推上了被告席,甚至是破产的边缘。企业要想在市场经济中长期生存和发展下去,必须依法经营、按章纳税、遵纪守法,积极维护社会利益和消费者权益。

(四)市场观念

市场是商品交换的场所,同时也是组织有序的商品交换的基本机制。市场反映了两个方面,即消费者的需求和生产企业的供给。消费者通过市场了解企业所提供的产品或服务,生产企业则通过市场,得知消费者需要什么产品或服务,需要多少。有人把市场比喻成太阳系中的太阳,凌驾于所有经济单位之上,市场比任何个人、企业、政府都更能反映产品的供给和需求情况,市场是经济变化的晴雨表。在市场经济条件下,企业必须以市场为导向,企业的一切行为必须围绕市场进行,根据市场的供给、需求情况组织生产。

管理的基石是贴近顾客,满足顾客的需求,并进一步预测其未来的需求。市场观念要求企业必须认识市场,认真研究市场,切实树立"先找吃饭的人,后做饭"的观念。市场的主体是用户,企业必须牢固树立为用户服务的观念,认识用户的需要,千方百计地满足用户的需要和要求。只有找到了市场,找到了用户,并及时地为市场、用户提供适销对路的产品,企业才能生存和发展。

案例·知识 ▶▶▶ ▶▶

> 很多公司开发新产品的创意来自专家和教授,松下公司虽然是世界性的大公司,但请教的是家庭主妇,因为家庭主妇代表了市场,市场高于一切,公司因此开发出了畅销一时的无线电熨斗。

(五)竞争观念

市场为企业提供了公平竞争的舞台,随着市场经济的发展,企业间的竞争将更加激烈。市场竞争遵循自然竞争的法则,即优胜劣汰。

任何企业,包括目前处于完全垄断地位的企业,都必须树立竞争观念,看清形势,提高自身素质,增强竞争能力,只有这样,才能在无情的竞争中立于不败之地。

我们主张公平竞争,反对"挖墙脚式"的不正当竞争。企业应居安思危,坚持不懈地提高企业素质,增强企业实力,提高竞争能力。

(六)效益观念

企业作为自主经营、自负盈亏、自我约束、自我发展的经济实体,必须以效益为中心。效益是企业生存和发展的需要,是企业资产保值增值和社会发展的要求。企业必须从效益出发,既要考虑投入,又要考虑产出,还要考虑市场的需要;既要考虑短期利润,又要考虑长期效益,还要兼顾社会责任。

(七)诚信观念

企业信誉是企业在市场上的威信和影响,在消费者心目中的形象、地位和知名度。良好的企业信誉和企业形象是企业的无价之宝,它有利于企业筹集资金,有利于寻找协作者,有利于创造"消费信心",有利于吸引、稳定企业人才,有利于协调各方面的关系,有利于企业新产品的开发。总而言之,良好的企业形象和信誉为企业长期存在和稳定发展创造了非常有利的条件。

树立良好的企业形象并非一日之功,它依赖于企业平常不懈的努力,长期为用户提供优质的产品和服务,与公众建立长期的信赖与合作关系,和公众进行双向沟通,巩固和发展同公众的良好关系。

箴　言

子曰:"人而无信,不知其可也。大车无輗,小车无軏,其何以行之哉?"意思是说,一个人不讲信用,就不知道他后面还会干什么。就好像大车没有輗、小车没有軏一样,它靠什么行走呢?

(八)创新观念

德国宝马公司的创新哲学是"如果你只跟着别人的步伐,那么你就不要期望能够超越它"。福特公司认为,如果一个企业有什么特殊的成功秘诀的话,那就是创新,包括全方位的创新。在现代信息高度发达的社会中,随着技术的不断进步、经济的高速发展、市场和环境的不断变化,企业必须不断进行管理创新,保证及时开发、生产、推销新产品,加强宣传,降低成本和价格,改善服务。

企业创新包括管理创新、技术创新和市场创新。企业管理系统是企业神经中枢系统,必须率先创新,特别是我国的企业管理必须尽早走出"传统管理的观念(决策拍脑袋)、科学管理的形式(企业各项管理基础工作停留在形式上,实施缺乏力度)、现代管理的手段(企业拥有现代的办公、交通、通信等手段)"这一不协调的管理格局,实现管理制度、管理观念、管理方法与管理组织的同步创新。管理必须不断变革,以适应不断变化的外部环境、不断变化的管理对象和不断发展的企业。

技术创新包括企业老产品更新、新产品开发、新工艺采用和新材料的利用,它是企业获取利润的主要手段。在管理中,技术创新必须在厂长(或经理)的直接领导下进行。因为技术创新中的新技术和新产品与企业现有的成熟技术和产品相比,容易被人忽视,只有厂长(或经理)亲自领导,才能对新技术、新产品的开发与应用予以扶持。

面对不断变化的市场和竞争日趋激烈的外部环境,企业只有进行市场创新才能维护和扩大市场占有率。市场创新的重要途径包括探寻有需求的创意;创造购买力;积极主动促销,增强消费者的购买欲望;为消费者创造尽可能完善的消费条件,增强消费者的购买意愿。

案例·知识 ▶▶▶▶ ▶▶

惠普公司始终将激励创新摆在公司管理的第一位。为了鼓励创新,开发部经理总是采取帮助的态度,并且总结出有效的管理方法——戴帽子过程。当创新者提出一种新想法时,经理会戴上一顶热情的帽子,认真倾听并不时表现出惊讶或赞赏,同时提出一些温和的问题;过几天,经理会戴上一顶询问的帽子,请创新者来,并提出一些尖锐的问题,对创新者的思路进行探索;又过一段时间,经理会戴上一顶决定的帽子,对创新者的创意进行最后的决定。这种做法的好处是即使创新者提出的项目最后被否定了,也能够保持创新者的热情和创造性。

(九) 人才观念

20世纪企业最重要的资源是生产设备,21世纪企业最重要的资源是知识工作者和知识工作者的生产力。知识的携带者——人才是企业最宝贵的财富。现代企业如果没有一批高素质的人才,将什么事情都办不成。人才不是指一般的人,而是指融知识、能力和政治素质于一体的能人。知识经济时代,企业更需要这些人才。"千军易得,一将难寻",企业必须树立人才观念,尊重知识,尊重人才,为人才的培养和使用创造条件,使企业的人才充分发挥其才能。

（十）信息观念

信息是企业最重要的资源，信息就是金钱。在当今信息大爆炸的时代，企业必须重视信息对企业的重要影响，及时、准确、全面收集信息，科学加工处理信息，并充分开发信息资源。这是企业紧跟时代步伐，把握市场动向，不失时机地抓住商机，进行科学决策的要求。

信息的来源很多，如报刊、电视、网络、其他特殊渠道等。首先，厂长（或经理）要树立信息观念，带头收集各种信息；其次，企业要建立信息管理系统和信息网，保证企业能及时、准确地收集到所需信息，科学加工和保存信息；最后，企业要注重信息资源的开发和利用。

（十一）服务与质量至上的观念

周到的服务和过硬的质量可以使企业维持并扩大市场份额。企业是否有必要在市场上投入过多的资源？答案是肯定的。面对激烈的市场竞争，企业的竞争优势越来越多地来源于附加服务，无论是购买时髦商品还是保健品，顾客考虑的不是价格，而是对某种产品的喜爱程度。从长期来看，优质周到的售后服务比产品本身的属性还重要。

质量不仅是产品的生命，也是企业的生命，产品质量直接关系到企业的长期生存和稳定发展。产品质量是企业创名牌、保品牌的前提，质量不行，产品就难以创名牌，即使创出了品牌，也是昙花一现，只有可靠的质量，才能保证企业和产品的品牌。众所周知，正是茅台酒的质量使其品牌长盛不衰。质量是效益的源泉。质量包括产品质量和制造过程中的质量，制造质量决定了产品质量和生产过程中的废品率，制造质量差，意味着废品率高，成本增加，效益降低。产品质量好坏影响着销售成本和售后服务的成本，产品质量好，售后服务成本降低，效益提高。质量是竞争的武器，提高质量对企业开拓国内外市场、增加销售有直接作用。产品质量的提高，意味着居民和社会财富的增加。

企业树立质量观念，首先必须提高全体员工的质量意识，使他们认识到质量对企业的重要性。其次，要建立科学的质量责任制，突出质量否决权，定期对员工进行质量技术教育。

案例·知识　▶▶▶▶　▶▶

日本松下提出"百万分之一缺陷"的观念,英国人提出"零缺陷"观念。

双星集团质量观:质量等于人品,质量等于道德,质量等于良心。

海信质量标准:用户是质量的唯一裁判。

（十二）时效观念

时效是指时机（或机会）的有效性。环境给企业带来机会,是企业求之不得的好事,是企业发展的机遇。企业必须及时抓住机会,才能战胜对手,求得发展。"机不可失,时不再来",错过时机,企业就很可能在市场竞争中败下阵来,甚至陷入困境。

纵观企业的发展史,我们不难看出,当今一些著名的大企业都曾在发展中把握住了机会。一些企业（包括著名的大企业）破产的主要原因是在发展中没有及时把握住机会而又抵御不了环境带来的不利影响。

企业树立时效观念,首先要建立环境预测系统,及时、准确地预测机会;其次,要提高办事效率,及时把机会变为企业效益,使企业发展上新台阶。

箴　言

《易经》的本质是善易者不易,要人们把握时机。例如,乾卦的第一爻是:"初九:潜龙,勿用。"意思是一个非常有能力的人（或组织）,正处于培植内力、修炼内功的时候,施展才华的时机未到,千万不要抛头露面,浮躁将一事无成。

五、管理道德

道德是指人们行为是非的准则。公司经营的成功取决于多种因素,但经营者尤其是高级经营者的道德起着决定性的作用。由于一方面经营者掌控着公司主要资源,另一方面为了发挥他们的积极性,企业会放松对他们的制度约束,从而无法锁住他们的贪婪欲望,唯有通过道德对他们进行约束。

大多数企业的总经理或其他重要职位的人员一般不是来自公开的市场招聘,而是来自决策者身边或周围。因为决策者意识到高级管理者的道德对企业经营影响太大,无法短期了解陌生应聘者的道德,对身边的人则有较多的了解。

(一)影响管理道德的因素

管理者的道德不是天生的,而是后天形成的,并由道德发展阶段、个人特征、企业文化、自控能力、自信心、企业规章制度和道德意识决定。

(1)道德发展阶段。人们把道德发展分为三个大的阶段,从低到高,每一阶段又包括两个具体的阶段。

第一阶段是前习俗水平。在这一水平上,一个人的是非选择建立在物质处罚、报酬和相互帮助的个人利益基础上。包括严格遵守规则以免受到处罚和仅当其直接利益受到影响时遵守规则这两个具体阶段。

第二阶段是习俗水平。在这一水平上,人们的道德价值存在于维持传统的次序,不辜负他人的期望。包括做周围人所期望做的事情和通过履行自己所赞成的义务来履行维持传统的次序这两个具体阶段。

第三阶段是原则水平。在这一水平上,个人努力摆脱群体或社会的干扰,确定自己的道德观。包括完全尊重他人的权利和尊重自己选择这两个具体的阶段。

在以上道德发展的阶段中,人们的道德是从低到高、逐渐向上发展的。一个人的道德发展可能停在某一阶段。据调查统计,西方大多数人的道德停留在第四个具体阶段,即他们遵守社会准则和法律,其行为基本是符合道德的。

(2)个人特征。每个人都会有自己的价值观,这些价值观受早年父母、老师、朋友及周围环境的影响。

(3)企业文化。高道德标准的企业文化将鼓励员工进取和创新,毫不犹豫地揭露不道德的行为,从而影响员工的道德。

(4)自控能力。即人们控制自己行为或命运的能力,自控力强的人不受或少受外界影响;相反,自控力弱的人受外界影响较大。

(5)自信心。自信心强的人能遵守自己的信条,不太容易受外界不道德行为的影响。

(6)企业规章制度。一个管理水平非常高的企业会在企业的宗旨和道德指导下制定完善的制度,进行明确的分工,明确公司和员工的道德标准、行为准则,从而促进人们的道德行为。

（7）道德意识。人们对道德的标准认识是不同的,如对随地吐痰这一现象,有的人认为是道德的,有的人认为是不道德的。

（二）提高道德水准的途径

以德治国和以德治企是国家和企业发展的重要保证。各组织都应该重视员工道德水准的提升。具体从下面几个方面做好工作:第一,在招聘中认真挑选高道德标准的员工进入企业。第二,公司内部制定明确的道德标准。在《财富》500强企业中,95％的公司制定了自己的行为准则。在制定道德标准时,应注意将其具体化和宽松化,不要对员工约束太多,但是在原则问题上必须有准则。第三,管理者要不断强调公司的道德要求和道德标准对组织的重要性,公开谴责不道德行为并将道德准则引入到员工的绩效评估中。第四,通过研讨会、专题讨论等方式定期进行道德培训。第五,接受外界有关道德方面的监督检查。第六,做好思想工作,帮助员工克服道德方面的心理障碍。第七,高层管理者要以身作则,在遵守道德准则方面起表率作用。

那么,从哪些方面制定公司的道德准则呢? 有学者在调查了83家成功公司道德准则的基础上提出了如表1-1所示的公司道德标准框架。

表1-1　员工道德标准框架

类型一:做可靠的公民	
1. 遵守安全、健康等相关法规	5. 准时、高出勤率
2. 礼貌、尊重、诚实和公平	6. 听从指挥
3. 工作场所禁止使用违禁物品	7. 不说粗话
4. 注重个人身心和财物安全	8. 穿工作服
类型二:不做任何伤害组织的不合法或不恰当的事	
1. 合法经营	7. 遵守所有会计制度和管制措施
2. 禁止支付非法用途的报酬	8. 不以公谋私
3. 禁止行贿	9. 员工对公司财物负有个人责任
4. 避免违背职责的外界活动	10. 不宣传虚假和误导信息
5. 保守机密	11. 决策不受个人得失影响
6. 遵守所有贸易法规	
类型三:为顾客着想	
1. 在产品广告中传递真实信息	3. 提供最优质的产品或服务
2. 最大限度完成职责	

六、现代管理的基础工作

管理的基础工作是一件极其烦琐和复杂的工作,同时又是一件非常重要而又容易被人忽视的工作。没有管理的基础工作,就没有管理的科学化、现代化。

管理的基础工作主要包括以下几个方面:

(一)标准化工作

标准是指对在企业经济技术活动中重复发生的对象以特定形式制定的统一规定。标准化是企业制定标准和贯彻标准的全部活动过程。

按性质划分,企业的标准主要有技术标准和管理标准。

技术标准是指经过一定程序批准并在一定范围内共同遵守的技术规定,它是人类从事社会化大生产的共同的技术依据。技术标准又可细分为以下四种标准:

(1)产品标准。它是对产品的规格、参数、质量要求、检查方法、包装运输及售后服务等所做的统一规定,是衡量产品质量的主要依据。

(2)方法标准。它是对生产过程中具有通用性的重要程序、规则、方法所做的统一规定,包括设计规程、工艺规程、操作方法、检验方法等。

(3)基础标准。它是针对生产技术活动中一般共性问题,根据最普遍的规律而制定的基本规则。

(4)安全与环境标准。它是为了保证生产过程中的人身安全、保护环境所做的统一规定。

管理标准是指对企业重复出现的管理业务工作所制定的程序、职责、方法和制度。

标准化工作就是对企业各种标准的制定、执行和管理,包括建立和健全标准体系,贯彻执行标准。

在建立标准化体系时,不管是技术业务还是管理业务,只要是经常、重复出现的业务都应制定标准,使这些业务制度化、规范化以提高工作效率,避免出现凭经验办事、职责不明、相互推诿等现象。

在贯彻执行标准时,必须维护标准的严肃性。首先,领导必须带头重视标准化工作。其次,要建立企业的标准化管理机构,负责标准的制定、修改和贯彻。最后,采用行政、经济、教育、技术等多种手段,保证标准的全面贯彻实施。

案例·知识 〉〉〉〉　〉〉

UPS 公司高效率的来源

美国 UPS 公司有 15 万名员工,平均每天将 900 万个包裹发送到全国各地和世界上 180 个国家或地区。为了实现"在邮运业中办理最快捷的运送"的宗旨,公司为每位员工设计了工作标准,对员工进行系统培训,尽可能提高员工的工作效率。

以送货司机为例,公司工程师对每位送货司机的行驶路线进行了时间研究,对每种送货、暂停和取货活动都设立了标准。这些工程师记录了红灯、通行、按门铃、穿行院子、上楼梯、中间休息甚至上厕所的时间,将这些数据输入计算机中,从而给出每一位司机每天工作的详细时间表。

工作中,司机严格按照工程师设定的程序进行。当接近发送站时,他们松开安全带,按喇叭,关发动机,拉起紧急制动,把变速器推到一档上,为送货完毕的启动离开做好准备。然后,司机从驾驶室出来,右臂夹着文件夹,左手拿着包裹,右手拿着车钥匙看一眼包裹上的地址并记在脑子里,然后以每秒 3 英尺的速度快步走到顾客的门前,先敲一下门以免浪费时间找门铃,送货完毕后,他们在回到卡车的路途中完成登录工作。

这样标准化的工作确实给公司带来了高效率,如联邦快递公司平均每位员工每日取送包裹 80 件,而 UPS 公司是 130 件。

(二)定额工作

定额是企业在一定的生产技术组织条件下,对企业资源的消耗、利用和占用的标准。由于企业占用、消耗资源的具体形式不同,企业定额表现的形式多种多样。按其内容不同,可分为以下几种:

(1)劳动定额,即劳动消耗定额。它是指在一定的生产技术组织条件下,所规定的单位产品的劳动消耗量的标准。劳动定额又可细分为单位产品的工时定额、单位工时的产量定额、设备看管定额、服务定额等。

（2）设备定额。又分为设备利用定额和设备维修定额。前者指在一定的生产技术组织条件下，单台设备在单位时间的产量标准。后者是为了编制设备修理计划而制定的有关标准，如修理周期、修理间隔期等。

（3）物资定额。又分为物资消耗定额和物资储备定额，指在一定的生产技术组织条件下，单位产品占用或消耗物资的标准，如各种原材料消耗定额、能源消耗定额等。

（4）流动资金定额。是指在一定的生产技术组织条件下，企业流动资金占用标准，包括企业储备资金定额、生产资金定额、成品资金定额等。

（5）费用定额。是指通过费用预算规定的部门、个人的费用开支标准，如办公费、管理费等。

企业定额工作包括定额的制定、实施和修改。制定科学的定额，做好定额工作，对企业贯彻按劳分配原则、组织有序的生产活动、降低成本和提高经济效益等都具有重要的意义，是企业管理中的一项非常重要的工作，一定要努力做好。

首先，我们在制定定额时，要做到及时、科学、全面。及时是指定额要及时制定和修改，以适应生产技术组织的变化。我们不主张经常变更定额，但必须在考虑定额稳定性的同时，考虑定额的适应性。科学是指在制定定额时，要保证定额能反映当前的生产技术水平和管理状况，既要保证定额的科学性，又要保证定额的可行性。全面是指在企业的生产经营各个方面，只要存在资源的占用、利用和消耗并能够制定定额的，都要制定定额。若有一个方面没有制定定额，则意味着管理存在漏洞。

其次，在定额的实施中，要维护定额的严肃性。定额制定出来后，就必须坚决贯彻执行。管理者要亲自抓，采取各种措施，保证定额得以完成。

最后，严格考核并适时修改定额。企业必须建立考评和奖惩制度，对定额的执行情况进行考评，奖优罚劣。

（三）计量工作

计量是指用计量器具的标准量值去测定各种计量对象的量值，如用秤、尺子去度量物资的轻重、大小，用仪器去检测物资的成分等。企业的计量工作包括计量技术和计量管理。做好计量工作，可为企业管理、生产技术研究提供准确的数据,是企业提高产品质量、降低成本的必要手段,也是企业内部实行经济责任制的基础。

搞好计量工作,第一要配齐现代计量器具。没有高精度的检测手段,就没有准确的计量数据,从而也就没有高质量的产品。第二要保证计量器具的良好状态。要对计量器具进行定期检查,正确使用,及时维修,保证计量器具的准确性。第三要不断提高计量检测率,力争做到凡是出厂(或车间)的物资都必须进行计量,未经计量的物资不能入库,更不能出厂。第四要完善计量信息的传递系统,包括建立健全的计量管理制度和管理机构,做好计量信息的记录、整理、保存、传递、分析等工作,使企业的计量信息能准确反映企业物资运动的质与量。

(四)信息工作

信息工作是指企业生产经营活动所需资料和数据的收集、处理、储存和利用等一系列工作。企业信息分为内部信息和外部信息。内部信息来源于企业内部的生产经营活动,包括原始记录、统计资料。外部信息来源于企业外部环境,包括有关的科技、经济情报。

信息工作总的要求是准确、及时、全面。准确是信息的生命,准确的信息是科学决策的前提条件,是决策走向成功的保证。信息工作绝不能弄虚作假。及时是指所收集的信息能及时反映环境的变化和企业实际。信息有时效性,过时的信息是无意义的信息,甚至产生误导。全面是指所收集的信息必须反映客观事物的整体情况,不能断章取义,更不能报喜不报忧。片面的信息必将导致决策的片面性,会给企业造成重大损失。

(五)规章制度

企业的规章制度是用文字的形式,对企业各项工作的要求所做的规定,是全体员工行动的准则。企业的规章制度就是企业内部的法律,它协调企业内部人与人之间、部门之间、上下级之间的关系,保证企业生产经营活动有序进行。

案例·知识 ▶▶▶▶ ▶▶

制度：远大发展的基石

远大公司成立于 1988 年，依靠 3 万元起家，到 2002 年，拥有净资产 17 亿元，年销售收入 20 亿元，占据国内市场 81% 的份额。远大的发展得益于多方面，但制度是基石。制度是员工行动的指南，每一个远大员工的一切工作必须围绕制度进行。远大的制度管理围绕制度的产生、制度的范围和制度的应用来进行。

制度的产生：任何人都可以提出或参与制度的编制和修改，并由相关部门领导审核，公司领导批准，资料室发放，公司制度化委员会指导全过程。

制度的范围：覆盖每一位员工的每一项工作。到 1998 年底，公司共有制度文件 292 份，制度 1983 条、7 000 多款，共计 50 万字，涉及范围从操作规程到生活守则，应用表格 432 个，每份表格都附有填表方法、传递方式、批准程序、执行要求等。每一位员工都清楚何时何地该做什么、怎么做。

制度的应用：由于文件分类清晰、条款分明，任何人打开电脑或翻阅目录，只需很短时间就可以查到所需内容。常用的表格可从设在生产、生活场所的数十个表格箱中取到，而常规工作要求、管理程序可在设备告示牌等看板上看到。

(六) 职业技术业务培训

职业技术业务培训是指按照企业内部各岗位的"应知"与"应会"的要求，对在职员工进行的基础知识教育和技能训练，以适应企业技术不断进步的要求。

在科学技术迅猛发展的知识经济时代，员工素质对企业的生存与发展至关重要。知识的更新、环境的变化、技术的进步，要求员工接受终身教育，接受新的观念和新的知识。一个企业可以没有中小学，但是不能没有职业培训学校。对员工培训的具体内容因岗位而异，但以下几个方面是必需的：

(1) 政治素质教育。包括爱国、爱厂、爱岗教育，公司文化教育，政治理论教育，时事政策教育，社会道德与职业道德教育等。

（2）专业知识教育。对不同岗位上的不同专业人员进行相关知识的培训。

（3）技能培训。针对不同岗位进行旨在提高具体操作能力的培训,如操作比武等。

箴　言

子曰:"生而知之者,上也;学而知之者,次也;困而学之,又其次也;困而不学,民斯为下矣。"意思是生来就知道的人,是上等人;经过学习以后才知道的人,是次一等的人;遇到困难再去学习的人,是又次一等的人;遇到困难还不学习的人,就是下等人了。

课后案例

三鹿的停产①

有着近60年历史的著名企业三鹿集团(以下简称三鹿),自1993年起,奶粉产销量连续15年位居全国第一,在短短几年内,先后与北京等九省市的30多家企业进行控股、合资和合作。2007年,三鹿实现销售收入100亿元。然而,就是这样一家企业,在2008年9月却因"三聚氰胺事件"而停产。事情的经过如下:

2008年3月,南京出现全国首例肾结石婴儿病例,三鹿接到消费者的投诉,但公司称送检样品未发现问题。6月,国家质检总局网站接到问题奶粉投诉,甘肃出现省内首例患儿。7月,广东出现因食用三鹿奶粉引发肾结石的病例,随后,长沙、南京、北京等地多名婴儿家长投诉三鹿,甘肃卫生厅接到多起病例报告。8月,三鹿查明不法奶农掺入三聚氰胺,未对外公布消息。9月,甘肃14名婴儿患结石住院,均来自农村。9月11日,三鹿上午称奶粉质检合格,晚间承认700吨奶粉受污染,卫生部提醒停止使用该品种奶粉。9月12日,三鹿集团辩称不法奶农掺入三聚氰胺。9月18日,新当选的三鹿董事长代表公司

---

① 参见三鹿集团网站(http://www.sanlu.com)。

对此次事件给消费者带来的伤害及损失表示深深的歉意,称公司将加大资金筹措力度,确保产品全部召回;同时将进一步完善接待患儿的各项服务措施,努力为患儿及家属提供热情周到的服务;进一步做好企业的内部管理工作,引导全体职工吸取事件的教训,团结一心、共渡难关。

案例思考题

(1)请估计三聚氰胺事件对三鹿的影响。

(2)从管理学的角度看,三鹿发生"三聚氰胺事件"的原因有哪些?

(3)你对三鹿的危机管理有何建议?

(4)三鹿的"三聚氰胺事件"对企业管理有何启示?

第三节 管理主要思想及其演变

一、概述

有集体协作劳动的地方就有管理活动。在漫长的管理活动中,管理思想逐步形成。随着生产力的发展,人们把各种管理思想加以归纳和总结,从而形成了管理理论。人们反过来又运用管理理论去指导实践,以取得预期的效果,并在管理实践中修正和完善管理理论,如此不断循环、不断提高。所以集体协作、管理活动、管理思想和管理理论是一个不断循环提升的过程。

工业革命的爆发是科学管理的开端,它使工厂取代家庭成为社会基本的经济单位。但是,当时粗糙的管理方式存在严重的弊端:一方面,资本家缺少系统的管理理论,对待管理中出现的问题,往往"拍脑袋"解决;另一方面,由于没有管理理论对管理实践的指导,管理者只能用简单强制的方法实施管理,加剧了劳资关系的对立。管理问题成为工业革命中最跟不上发展要求的一大瓶颈。工厂对管理科学化、定量化的要求越来越迫切,导致19世纪末20世纪初泰勒科学管理理论的兴起。

泰勒是科学管理的先锋,有"科学管理之父"的美称,他还有一些追随者和同行者:甘特提出的甘特图能使管理者在一张图表中看到计划执行的进展情况;吉尔布雷斯夫妇通过对动作的研究,改善了人和环境的关系,充分发挥了工人潜力;福特创建了汽车流水生产线。

当科学管理理论在美国如火如荼地进行时,欧洲古典组织管理理论的奠基者法约尔、韦伯等也在形成一般行政管理理论。他们从企业的整体出发,着重研究管理过程中的行政控制、职能作用及企业内部协调等问题,探讨管理组织机构合理化和管理人员职责分工合理化。

法约尔是一位工程师,他通过自己的管理实践及对管理过程的研究创立了组织管理理论。韦伯是一位典型学者,是经济学家更是社会学家,他创立了全新的行政组织管理理论。

我们将科学管理理论和一般行政管理理论归结为古典管理理论。古典管理理论使社会生产力得到了巨大的发展,促进了社会的进步。但是,随着社会经济的发展,古典管理理论不能解决实践中的一切问题,特别是"经济人"假设忽略了对人的本性的关注。

泰勒管理思想的核心是指导人们按科学理性的思维来进行管理。但是,人们的思想不完全是理性的,而是由本性所支配的。只有理解人的本性,才能揭开人的心灵秘密,了解人的行为动机,从而改善日益尖锐的劳资关系。在此要求之下,行为科学理论应运而生。

该理论的代表人物是梅奥,他进行了卓有成效的霍桑试验,提出了"社会人"假设。随后,一些管理学家完善了他的理论,如马斯洛的需求层次理论、麦格雷戈的人性假设理论、赫茨伯格的双因素激励理论、弗鲁姆的期望理论,从不同侧面研究人性的表现。

从二战以后到20世纪80年代,原子能的应用、计算机的诞生和发展、人工合成材料的出现,推动了管理理论的发展,管理理论步入一个崭新的时代。

随着科技成果的应用,西方国家的生产和资本进一步集中,企业结构呈现出一些新特点,如垄断企业规模巨型化、企业业务混合化、企业经营国际化。由此产生的跨国界、跨地区、跨文化的管理问题急需解决。

20世纪80年代以后,世界经济发生结构性的变化,加工产品科技含量越来越高,产品周期越来越短,科学技术的发展促使人类站在全球视角来看待问题。管理学者纷纷开始关注全球企业管理出现的新动向,从而出现了许多新的管理理论。

二、科学管理理论

（一）泰勒的科学管理理论

泰勒认为工人是"经济人"，只是关心自己的货币收入，追求自身效率最大化。泰勒的科学管理理论较完美地解决了劳资矛盾。其内容主要体现在以下三个方面：

1. 作业管理方面

（1）工作定额原理。科学管理的中心是提高劳动生产率，因此，要制定出有科学依据的"合理日工作量"。这个标准来自于选择合适且技术熟练的工人，把他们多年积累的经验归纳、整理，找出具有共性和规律性的因素，并使其标准化，以确定工人的合理劳动定额。

（2）挑选头等工人。泰勒认为，管理人员的责任是细致地研究每一个工人的性格、脾气和工作表现，发现他们的能力；更重要的是，发现每一个工人向前发展的可能性，并且系统地训练、帮助和指导每个工人，为他们提供上进的机会。

（3）计件工资制，即实行激励性的报酬制度——差别工资制。按照工人是否完成定额而采用不同的工资率付酬：如果工人能够保质保量地完成定额，就按高的工资率付酬，以示鼓励；如果工人的生产没有达到定额，就按低的工资率付酬，并给予警告。

2. 组织管理方面

（1）计划职能和执行职能分开。泰勒把计划与执行分开，改变以往凭经验和"边干边想"的工作方法，代之以科学的工作方法。即找出标准，制定标准，然后按标准办事，确保管理任务的完成。

（2）组织管理中的例外原则。所谓例外原则，是指企业高级主管人员把处理一般事务的权力下放给下属，自己只保留对例外事项的决定和监督权。

3. 管理哲学方面

管理哲学指导管理，从思维和存在的角度出发，对管理的本质和发展规律做出精辟的概括。而科学管理恰恰是在管理的世界观、认识论和方法论上对管理进行了归结和变革，实质上是一种转变人性的管理，它将人从传统的小农意识转变为现代社会化大生产的思想意识，也将西方社会带入了现代文明社会。

（二）甘特图

甘特图用生产日期和产量图示来控制计划和生产的进行。具体画法是在平面图的横轴上按比例分成小时数、天数、月数，先把工作任务的计划完成时间用横线或横条画出，再把工作任务的实际完成情况用横线或横条画在计划完成情况线之下，两者对比，一目了然。

（三）吉尔布雷斯夫妇的动作研究

吉尔布雷斯夫妇的主要贡献如下：

（1）时间研究和动作研究。即研究各项作业所需的合理时间，研究和确定完成一个特定任务的最佳动作的个数及其组合。

（2）差别计件工资制。和泰勒的理论有相似之处，即对那些用最短时间完成工作、完成质量高的工人按一个较高的工资率计算薪酬。

（3）动作的经济原则。此原则可以归结为两手应尽量同时使用，动作单元要尽量减少，动作距离要尽量缩短，尽量使工作舒适化。

（四）福特汽车流水线

福特充分意识到大量生产的优点，规定了各个工序的标准时间定额，使整个生产过程在时间上协调起来。他创建了世界上第一条流水生产线——福特汽车流水线，使成本明显降低。流水线的具体工作原则是：

（1）按照操作程序安排工人和工具，这样在整个生产成品的过程中，每个零部件与工人的距离就会尽可能短。

（2）运用传送带或别的传送工具，从而极大地提高生产效率。

（3）运用滑动装配线，把需要装配的零部件放在最容易取到的地方。

运用这些原则的结果是，减少了工人思考的时间和步行的必要，同时把他们的动作数量降至最低。有时，工人在工作时只用一个动作即可。

同时，福特开展了多方面的标准化工作，包括产品系列化、零件规格化、工厂专业化、机器和工具专业化、作业专门化等。

三、一般行政管理理论

(一) 法约尔的组织管理理论

法约尔的组织管理理论包括以下几个方面:

1. 从企业经营活动中提炼出管理活动

法约尔区别了经营和管理,认为这是两个不同的概念,管理包括在经营之中。

他把工业企业的经营活动分为六类,即技术活动(生产)、商业活动(购买、销售与交换)、财务活动(资本的筹集与运用)、安全活动(财产和人身的保护)、会计活动(包括统计)和管理活动。通过对企业全部活动的分析,他从经营职能(包括技术、商业、业务、安全和会计等五大职能)中提炼出管理活动——经营的第六项活动。

处于不同管理层次的管理者,其经营活动的侧重点也有所不同。随着企业规模由小到大,管理者职位由低到高,管理能力的相对重要性不断增加,而技术、商业、业务、安全、会计等能力的重要性则相对下降。

2. 倡导管理教育

法约尔认为管理是一门科学,也是一门艺术。在如今竞争激烈的市场上,如果只靠经验办事,常常会犯错误。对管理人员实行管理教育,可以杜绝因鼠目寸光带来的损失。

3. 五大管理职能

法约尔将管理活动分为计划、组织、指挥、协调和控制五大职能,并进行了相应分析。

(1) 计划职能。计划指研究未来和安排未来的工作。法约尔强调"管理应当预见未来",所以计划应该体现管理的预见性。计划也是企业实现目标的手段,拟订好的计划可以为企业实现目标提供优势。法约尔认为:"好的计划能够促使企业目标的实现。"

(2) 组织职能。组织是将企业必备的人力、物力、财力资源及企业的产、供、销有机结合起来,使企业的运作系统能够协调地工作。具体包括:完成计划的及时传递;确保计划反映目标;及时检查计划运转,使计划运行规范化。

值得一提的是,法约尔的组织原理十分强调统一领导的重要性,否定多头领导。一切命令都要通过组织的最高领导直接向下属传达的做法是不可取的。

（3）指挥职能。指挥是建立在对下属和管理一般原则的了解基础上的艺术。管理者首先要深入基层，了解基层；其次要定期访问，主持工作；最后管理者还要和员工举行圆桌会议，畅所欲言。

（4）协调职能。协调就是使企业的一切和谐和相互配合，保证企业经营顺利进行并取得成功。企业内部各部门负责人应该明确自己的工作目标，与上下级保持畅通的沟通渠道。为做好协调工作，法约尔建议不同部门的领导人应定期碰面，相互交流信息，减少摩擦，达到相互配合的目的。

（5）控制职能。控制即证实各项工作是否与计划相符合。法约尔认为控制的目的在于根据标准指出工作中的缺点和错误，有利于纠正错误，避免重犯。法约尔认为，做好控制工作关键有三点：一是控制应及时；二是执行控制的人员要求具有高度的责任心和敏锐的判断力；三是执行控制的人员应享有相对独立的自主权。

4. 14 项管理原则

法约尔认为，为了普及管理教育，提高人员的管理能力，必须首先建立一般管理原则。法约尔归纳总结了 14 条管理原则，它们分别是劳动分工、权力与责任、纪律、统一指挥、统一领导、个人利益服从整体利益、人员报酬、等级制度、集中、秩序、公平、团队精神等。

（二）韦伯的行政组织理论

韦伯认为，在现代社会中，大规模的企业必须建立起理想的行政组织来实施专业化管理，其理论分成以下三个部分：

1. 理想行政组织的主要特点

（1）实行职责分工，明确规定每一个岗位的权力和责任，并且将这些权力和责任作为正式的职责合法化。

（2）把各种职位按权力等级组织起来，形成一个指挥链，遵循等级原则。

（3）根据正式考试成绩或者训练教育获得的技术资格来挑选组织中所有的员工。

（4）所有管理者都是任命的，而不是选出的。

（5）行政人员领取固定的薪金，他们是专职的公职人员。

（6）行政管理人员不是所管辖的那个企业的所有者。

（7）行政管理人员要遵守职位所规定的规则、纪律和制度。

2. 权力的分类

理想的行政组织都必须以某种形式的权力作为基础，否则，该组织就不能实现自己的目标。韦伯把这种权力划分为三种类型：第一种是传统权力，由传统惯例或世袭得来；第二种是超凡权力，来源于别人的崇拜与追随；第三种为法定权力，是由法律规定的权力。韦伯认为，只有第三种权力才能作为行政组织体系的基础，使组织按照法定的程序来行使权利，从而保证组织的健康发展。

3. 理想行政组织的管理制度

管理意味着以知识和事实为依据来进行控制。组织中存在行政管理档案制度，可用来规范组织和组织成员的行为，提高组织的工作效率。

四、行为科学管理理论

（一）芒斯特伯格的工业心理学思想

芒斯特伯格指出，员工取得高效率的三个重要因素是：最合适的人、最合适的工作和最理想的效果。管理者应该帮助最适合从事某项工作的工人，酝酿合适的心理状态，使其达到最高产量，从而获得最佳的工作效率。

芒斯特伯格开创了工业心理学领域——对工作中的个人进行科学研究，使其生产率提高。他认为应该用心理测试来选拔雇员，对人类行为进行研究以便搞清什么方法对于激励工人是最有效的。他指出，工业心理学是通过科学的工作分析，使个人技能和能力更好地适应各种工作的要求，从而提高生产率。

（二）梅奥的霍桑实验

1924 年，美国国家科学研究委员会决定在美国西屋电气公司的霍桑工厂进行一项被称为"霍桑实验"的研究，探讨工作环境、工作条件对工人工作效率的影响。梅奥领导并完成这项实验。该实验从 1924 年开始到 1932 年结束，经过了四个阶段。

（1）车间照明实验。目的是弄清照明强度对生产效率的影响。工人被分成实验组和参照组。通过在实验组中增加或降低照明强度，与不改变照明度的参照组进行比较，发现改变照明对工作效率的影响无法测定。

（2）继电器装配实验。目的是找出影响员工积极性的因素。让工人在单独的房间从事装配继电器的工作,不断地增加福利措施,如缩短工作时间、延长休息时间、免费供应茶点等。经过归纳总结,改变监督与控制的方法可以有效地改善人际关系,进而改进工人的工作态度,促进产量的提高。

（3）大规模的访谈计划。管理方式、员工士气与劳动生产率有密切的关系,了解员工对现有管理方式的意见,为改进管理方式提供依据。研究人员在不到两年的时间内,对工厂中的两万名员工进行访谈,发现工人会因为关心自己的个人问题而影响工作效率。所以,需要管理人员,尤其是基层管理人员,学会做倾听者,学会关心工人,促进人际关系的改善和员工士气的提高。

（4）继电器绕线组的工作室实验。这是一项关于工人群体的实验。研究发现,工人因提高产量而得到较多的奖励,但是物质上的丰厚报酬会带来群体的抱怨或惩罚。工人为了在群体中相安无事,每天只完成群体认可的工作量。这种状态体现社会和心理因素对员工行为和生产效率的影响。

通过试验,梅奥提出以下基本观点:

（1）工人是"社会人"而不是"经济人"。人除了追求物质之外,还有社会和心理方面的需求。如果情感需要没有得到满足,工作条件再好,工人也不可能提高自己的工作效率。

（2）企业中存在非正式组织。非正式组织是指组织中的成员在共同工作的过程中,不按正式的隶属关系,而是因感情、爱好、兴趣等因素联系在一起而形成的群体。非正式组织以感情逻辑为其行为规范。只有在正式组织的效率逻辑与非正式组织的感情逻辑之间保持平衡,才能保证管理人员与工人充分协作。

（3）领导能力在于提高工人的满意度。员工的满意度越高,其士气就越高,从而生产效率也越高。而金钱等经济刺激对促进工人提高劳动生产率只起到次要的作用,一旦工人的安全感、归属感、社会需要感得到满足,工人的士气就会高涨,劳动生产率就会提高。

（三）马斯洛的需要层次论

马斯洛认为,人的需要逐次升级,从低到高,分别是生理需要、安全需要、社交需要、尊重需要、自我实现需要。

绝大多数人的以上五种需要很难得到全面满足。一般来说,等级越低越容易得到满足,等级越高得到满足的几率就越小。需要的层次并不一定按这个顺序,每个人都有不同的性格,所以人们对某种需要的渴望程度也不一样。这种划分只是提供了一个大概的需要层次。

(四)麦格雷戈的人性假设管理

麦格雷戈指出,人性是一切管理策略和方法的基础,不同的人性假设必然要求不同的管理策略和方法。麦格雷戈的 X 理论是建立在"群众是平庸的"假设基础上,采取的激励方式是"胡萝卜加大棒"。麦格雷戈的 Y 理论认为,现有的管理理论把人束缚在有限的工作上,使他们不愿承担责任,不能发挥自己的能力。解决这个问题的方法是在管理制度上赋予员工更多的自主权,善于分权和授权,让员工参与管理和决策,共同分享权力。

(五)赫茨伯格的双因素论

赫茨伯格将影响员工积极性的因素分为满意和不满意因素。

满意因素是指适合人的心理成长的因素,即激励因素,如成就、赞赏、工作内容本身、责任感、上进心等。该因素一旦得到满足,就可以激励员工或团队以成熟的方式成长,使员工的工作能力不断提高,提高生产效率。

不满意因素是指不满或消极的情绪,即保健因素,包括金钱、监督、地位、个人生活、安全、工作环境、政策、人际关系等。

满足各种需要所产生的激励效果是不一样的。物质需要的满足是必要的,但其作用往往有限。要调动人的积极性,不仅要注意物质利益和工作条件等保健因素,还要注意工作的安排,量才录用,各得其所,注重给人成长、晋升的机会等激励因素。

(六)弗鲁姆的期望理论

人之所以能够从事某项工作并实现组织目标,是因为这些工作和组织目标会帮助他们实现自己的目标,满足自己某方面的需要。一个人行动的动力,取决于该行动全部结果的期望值乘以预期结果达到的可能程度。

五、现代管理理论

(一)巴纳德的社会协作系统组织理论

巴纳德把组织看成是一种开放式的系统,组织中的所有人都在调整内部和外部的各种力量,不断使系统保持平衡。巴纳德的社会协作系统组织理论的观点如下:

(1)组织是协作系统的一个组成部分。组织不论大小,其存在和发展必须具备三个基本条件。

第一,协作的意愿。组织成员愿意提供协作性的劳动和服务。这种意愿对组织是必不可少的。个人愿意为实现组织目标做出牺牲是因为通过个人的努力和牺牲实现组织目标,有利于个人目标的实现。否则,他就可能不愿为实现组织目标而做出个人的努力。

第二,共同的目标。共同目标指的是组织目标,组织目标并不等于个人目标。只有组织成员意识到实现组织目标有助于实现个人目标时,他才会把两者等同起来。

第三,信息沟通。如果没有信息沟通,组织中的成员就对组织中的目标缺少共同的认识和接受,也就无法形成协作劳动。因此,管理人员必须保证有一个沟通渠道被组织成员所了解,使每个组织成员有一个便捷的信息沟通线路。

(2)所有的正式组织中都存在非正式组织。正式组织能维持组织的秩序和保持组织的一贯性,而非正式组织给组织提供了活力。两者是在协作中相互作用、相互依存的两个方面。

(3)经理人员的职能是指经理人员在组织中的作用。在一个正式组织里,经理人员是一个信息联系系统中维持运转的中心人物,并对组织成员的活动进行协调,实现组织的目标。由此看来,他的主要职能有三个方面:一是提供一个信息交流系统;二是激励员工做出必要的努力;三是规定组织的目标。

(4)权威理论。管理者的权威不是来自上级的授予,而是来自由下而上的认可。经理人员作为企业组织的领导核心,必须具有权威。如果管理者善于掌握准确的信息,做出正确的判断,发出的指示能够得到执行,就说明权威已经形成。相反,当管理者的多数下属认为这种指示不利于或有悖于自身的个人利益时,权威也就不存在了。

（二）斯金纳的强化理论

强化理论实质就是采用报酬或惩罚的方式来对一种行为进行肯定或否定，从而在一定程度上决定这种行为在今后是否重复发生。根据强化的性质和目的可把强化分成正强化和负强化。正强化就是奖励那些组织需要的行为。负强化就是惩罚那些与组织目标不相容的行为。

强化理论在现实中具体运用的原则是：① 强调正强化行为；② 对不同的对象采取不同的强化措施；③ 设立明确的目标；④ 及时反馈；⑤ 结合使用正强化和负强化。

（三）坦南鲍姆的领导行为连续体理论

坦南鲍姆指出，领导风格和领导者运用权威的程度，与下属在做决策时享有的自由度有关。不能简单地将领导者划分为专制型、民主型和放任型，而应根据影响环境的因素或条件来确定领导方式。领导方式连续统一体的最左端是以上级为中心的领导方式，上级领导做决策，下属执行。随着连续统一体向右移动，授予下属的权力逐渐增大。

坦南鲍姆认为，不能轻率地认为哪一种方式一定是好的，哪一种方式一定是差的，应该在具体条件下考虑各种因素，运用最恰当的人，达到领导行为的有效性。领导者要考虑的具体因素归纳如下：

（1）管理者方面的影响因素。包括管理者的背景、教育、知识、经验、价值观、目标和期望。

（2）员工的特征。包括员工的背景、教育、知识、经验、价值观、目标和期望。

（3）环境的要求。包括环境的大小、复杂程度、目标、结构和组织氛围、技术、时间压力和工作本质。

成功的管理者应能认识影响行动的种种因素，准确地理解自己，理解群体中的成员，理解所处的组织环境和社会环境。正确认识自己的行为模式，当需要员工参与和行使主权时，能为员工提供机会。

（四）布莱克的管理方格理论

为体现企业领导方式及其有效性，布莱克设计了一个纵轴和横轴各 9 等分的方格图,纵轴和横轴分别表示企业领导者对人和对生产的关心程度。第 1 格表示关心程度最低,第 9 格表示关心程度最高。全图共有 81 个小方格,分别表示"对生产的关心"和"对人的关心"这两个基本因素以不同比例结合的领导方式。

(五) 亚当斯的公平理论

当一个人做出成绩并取得报酬以后,他不仅关心自己所得报酬的绝对值,而且关心自己所得报酬的相对量。因此,他要进行种种比较来确定自己所获报酬是否合理,比较的结果将直接影响今后工作的积极性。比较分为横向比较和纵向比较。

(六) 菲德勒的权变理论

权变理论是指领导者在动态条件下和特殊的环境中如何实现有效的管理的思想和方法。菲德勒认为,管理中不存在一种适用于任何条件下的管理方法,领导者应该根据环境条件、管理的对象、管理的目标的不同,采用不同的管理方法。因此,权变理论包括领导者的方式、环境条件和管理对象。

(1) 领导者的方式。一个人的领导风格是与生俱来、固定不变的,个人不可能改变自己的风格去适应变化的环境。这意味着在管理对象不变的条件下,要提高领导效率,只有采用以下两种方法:一是聘请一个更有能力的领导者;二是改变环境,即因人而管理。

(2) 环境条件。不存在适用于任何环境的最佳领导风格,某种领导风格只是在一定的环境中才可能获得最好的效果。因此,必须研究各种环境的特点。

(3) 管理对象。领导者在设定管理对象的工作目标时,要正确估计不同管理对象的满足水平,使其因工作成果所得到的报酬与其满足水平相适应。

(七) 麦克利兰的成就动机理论

在一个组织中,成就需要指争取成功并希望做得最好,是人们最重要的需要;其次是权力需要,表现为人对权力的极大关注。亲和需要,即建立友好、亲密人际关系的需要。

小企业的经理人员或部门的管理者如果有较强的成就需要,成功的可能性极大。大企业中一个优秀管理者不一定是一个高成就需要者。最优秀的管理者往往是权力需要很高而亲和力需要很低的人,如果一个大企业经理的权力需要与责任感和自我控制相结合,成功的几率就很大。

管理者要善于培养员工的成就感。权力的主要特征是帮助群体确定共同的目标,主动提供实现目标的途径,让群体成员感到自己是强者,有能力实现目标。作为领导者不能只依靠个人的魅力强迫自己的追随者服从,必须了解下属的需要和希望。领导者要学会激发下属的热情,把大家团结起来,形成共同的意志和目标。

(八)德鲁克的目标管理理论

德鲁克认为,企业的目的和任务必须转化为目标。首先,作为管理者必须确定企业的总目标,然后对总目标进行分解,使目标明确。其次,在总目标的指导下,各级职能部门制定自己的目标。最后,实现权力下放,培养员工主人翁的意识,使之成为有效的管理者,培养他们的创造性、积极性和主动性。

(九)伯法的管理科学理论

管理科学理论以自然科学的最新成果(如系统论、控制论、信息论、运筹学、电子技术等)为手段,运用数学模型对管理活动进行系统的定量分析,得出最优规划和决策的有效方法。它是一门新的边缘交叉学科,主要特征是将管理问题数理化、模型化。

(十)西蒙的管理决策理论

西蒙认为科学决策概念应具备三大条件:一是决策为一个选择的过程;二是决策的核心是选优;三是现代决策一般是科学决策和民主决策。决策要遵循科学程序,运用科学方法,充分发挥群众和集体的智慧,从而避免失误。

成功的决策不一定都按固定程序办事,但不按程序办事,常常是决策失败的重要原因。

决策一般都有四个阶段:一是情报活动阶段,主要是搜集与企业有关的信息,为决策打下基础;二是设计活动阶段,拟订多种方案,为决策的选择和比较做准备;三是选择活动阶段,重点在于比较各种方案的利弊,广泛征求专家和群众的意见,根据"令人满意"的准则加以确定;四是审查活动阶段,做好防范性分析,防患于未然。

企业在经营活动中会遇到许多例外事件,经营决策会受到许多因素的影响。

决策方法在决策过程中非常重要。有五种决策方法值得现代管理者借鉴：一是经验判断法，主要凭管理者的经验、习惯进行决策；二是专家意见法，通过听取专家意见进行决策；三是数学模型法；四是模拟试验法，一般采用电子计算机模拟；五是心理方法，可以进行访谈或民意测验，在决策中树立人本观念。

（十一）明茨伯格的经理角色理论

经理是一个正式组织或组织单位的主要负责人，拥有正式的职位、权力、权威。经理的角色是指负有一定职责或具有一定地位的人的行为总和。

明茨伯格经过长期的跟踪调查发现，经理工作有六个特征。

（1）工作量大、繁重，工作步调紧张。调查发现，总经理在办公时间内没有休息时间，每天要处理各种邮件，参加各种会晤，接听各种电话。经理之所以步调紧张，是因为经理工作没有一个明确的标志。

（2）工作活动具有琐碎性的特点。社会上大多数人的工作是专业化的，而经理工作是全面而多样的。

（3）把现实的活动放在优先地位。经理倾向于把主要精力放在现场、具体的活动上，他对现实问题和当前大家关心的问题做出积极反应，对例行报表或定期报告不那么关心。

（4）口头交谈是重要因素。经理爱用非正式面谈、正式的面对面和观察三种沟通方式。他的时间大部分都花在口头联系上。

（5）在上级、下属和组织外进行联系。经理除了要维持组织内的联系，还要与组织外多方面的人维持一个复杂的交际网。

（6）权力和责任相结合。经理的责任很大，公司急事均需要他处理，所以他自身很难控制环境和时间。同时他的权力也很大，可以选择承担或不承担某项责任，他还可以利用权力为自己的目的服务。

明茨伯格将经理角色分为三类：人际关系方面的角色（挂名首脑的角色、领导者的角色、联络者的角色）、信息方面的角色（监听者的角色、传播者的角色、发言者的角色）、决策方面的角色（企业家的角色、故障排除的角色、资源分配者的角色与谈判者的角色）。这十种角色不是相互孤立的，而是一个结合起来的整体，人们不能随意取消一种角色而使其他角色完整无缺。

（十二）大内的 Z 理论

Z 理论认为，企业的成功离不开信任、敏感与亲密，企业应以坦诚、开放、沟通作为基本原则来实行"民主管理"。以 Z 理论为指导成立的组织即为 Z 型组织。大内认为，美国企业属于 A 型组织，领导者做决策，员工处于被动服从地位。大内对美、日企业和文化进行了比较研究，认为日本的管理经验不能简单照搬到美国去，美国公司应借鉴日本企业经验向 Z 型组织转化。

日本企业最重要的特点是：实行长期或终身雇佣制，员工与企业同甘苦、共命运。而美国企业的特点是：雇佣短期制；员工能得到迅速的评价和升级，得到回报快；实行专业化的经营，有的高层领导在其职业生涯中从事过的专业不超过两种，对整个企业了解不多；企业强调个人决策；实行个人负责制，任何事情都有明确的负责人。

当时的美国企业都是 A 型组织，一个人说了算。而日本企业是 J 型组织，组织中没有一个单独的人对某种特殊事情承担责任。所以，为了更好地学习日本的管理经验，大内提出"Z 型组织"观念，认为美国公司借鉴日本经验就要向 Z 型组织转化，Z 型组织既符合美国文化，又可学习日本的管理方式。考虑到由 A 型向 Z 型组织转化的困难，大内给出明确的 13 个步骤。分别是：① 参与变革的人员学习领会 Z 理论的基本原理，挖掘每个人正直的品质，发挥每个人良好的作用。② 分析企业原有的管理指导思想和经营方针，关注企业宗旨。③ 各级管理人员共同研讨制定新的管理战略，明确大家所期望的管理宗旨。④ 高效合作，协调组织结构和激励措施，贯彻宗旨。⑤ 培养管理人员掌握弹性的人际关系技巧。⑥ 检查每个人对将要执行的 Z 型管理思想是否完全理解。⑦ 加强公司经理同工会高级职员之间的联系和交流。⑧ 确定稳定的雇佣制度。⑨ 制定合理的长期考核和提升制度。⑩ 经常轮换工作，培养员工的多种才能，扩大他们的职业发展道路。⑪ 认真做好基层一线员工的思想工作，使变革在基层顺利进行。⑫ 找出可以让基层员工参与的领域，实行民主管理。⑬ 建立员工个人和组织的全面整体关系。大内认为，这个过程要经常重复，而且需要相当长的时间。

六、当代管理理论

（一）波特的竞争战略理论

波特的竞争战略理论从企业竞争的基本因素入手，认为有五种力量影响企业盈利能力，它们分别是潜在竞争者、卖方、替代品生产企业、买方和同行。

在与五种竞争力量的抗争中，有三种成功的战略思想。它们分别是：总成本领先战略、差异化战略和集中战略。

这三种战略是每一个公司必须明确的，企业必须做出一种根本性的决策，向三种通用战略靠拢，避免企业处于徘徊状态。

（二）沙因的组织文化理论

企业文化是指一定历史条件下，企业在生产经营和管理活动中所创造的具有本企业特色的精神财富及其物质形态。沙因认为组织文化由以下三个相互作用的层次组成。首先是物质层，是指可以观察到的组织结构和组织过程。其次是制度层，包括战略、目标、质量意识和指导哲学。最后是基本的潜意识假定，即精神层，是指人们潜意识中的一些信仰、知觉、思想、感觉等。简单来讲，企业文化是企业精神文化、制度文化、物质文化的综合体现。

要透彻了解隐含在组织内部深层次的东西非常困难。只有通过对物质层和支持价值观层面的分析，才能推导出一些相应的文化信息。

箴 言

子曰："道之以政，齐之以刑，民免而无耻。道之以德，齐之以礼，有耻且格。"意思是用法令去引导百姓，使用刑法来约束他们，虽然能降低他们犯罪的概率，但却使他们失去了廉耻之心；用道德教化引导百姓，使用礼制去统一百姓的言行，百姓不仅会有羞耻之心，而且也就守规矩了。组织文化就是培养员工的德（改造价值观），使他们自觉遵守公司制度，增强工作的主动性。

(三) 6σ 管理理论

6σ 理论是指把顾客放在第一位,利用事实和数据来妥善解决问题的办法。σ 在统计学中用来表示正态分布的标准偏差,6 个 σ 可解释为每 100 万个机会中只有 3.4 个出错的机会,即合格率是 99.99966%。6σ 管理方法的重点是将所有的工作作为一种流程,采用量化的方法分析流程中影响质量的因素,找出最关键的因素加以改进,从而达到更高的客户满意度。

6σ 理念以追求客户为中心,有六个主题。

(1) 真正关注顾客。一切以客户满意和创造客户价值为中心。

(2) 以数据和事实推动管理。6σ 原理从分辨一些经营业绩的指标开始,收集数据,分析关键变量,从而有效解决问题。

(3) 针对过程进行管理和改进。6σ 把流程视为成功的关键。

(4) 预测性管理。即对一些容易忽略的经营活动进行管理。

(5) 无边界的合作。强调打破障碍,加强跨部门的团队合作。

(6) 力求完美但容忍失败。一个以 6σ 为目标的公司在不断追求完美的同时,应能接受和应对偶然的挫折。鼓励员工省视自己的做法,保持与 6σ 方法相符。

(四) 圣吉的学习型组织理论

学习型组织真正的目的是拓展创造力。学习型组织就是一个具有持续创新能力、能不断创造未来的组织。就像一个有机体一样,能在内部建立起完善的学习机制,使组织与个人有机结合起来,得到共同发展,形成良性循环。学习型组织有如下特征:

(1) 组织成员拥有一个共同愿景。共同愿景来源于员工个人的愿景而又高于个人的愿景。主要包括三个要素:共同的目标、价值观和使命感。它能使不同个性的人凝聚在一起,朝着组织共同的目标前进。

(2) 组织由多个创造性个体组成。团队是最基本的学习单位。团队本身应理解为彼此需要他人配合的一群人,组织的所有目标都是直接或间接地通过团队的努力来达到的。

(3) 善于不断学习。这是学习型组织的本质特征。一是强调"终身学习";二是强调"全员学习";三是强调"全程学习",即学习必须贯穿于组织系统运行的整个过程;四是强调"团体学习",组织不但重视个人学习和个人智力的开发,更强调组织成员的合作学习和群体智力的开发。

(4)"地方为主"的扁平式结构。尽量将决策权下放到离最高管理层或公司总部最远的地方。让下属拥有充分的自决权,并对所产生的结果负责。

(5)自主管理。组织成员自己能发现工作中的问题,自己选择伙伴组成团队,自己进行现状调查,自己分析原因,自己制定对策,自己组织实施,自己检查结果,自己评估总结。团队成员在自主管理过程中,不断学习新知识,不断进行创新,从而增强组织快速应变、创造未来的能力。

(6)重新界定组织边界。该界定建立在组织要素与外部环境要素互动关系的基础上,它超越了根据职能或部门划分的"法定"边界。

(7)员工家庭与事业的平衡。组织支持员工充分地自我发展,员工也对组织的发展尽心尽力。这样,个人与组织的边界变得模糊,工作与家庭的界限逐渐消失,从而达到家庭与事业的平衡。

(8)领导者的新角色。领导者是设计师、仆人和教师。

掌握这些特征,就能发挥员工的创造性思维能力,从而建立一个有持续学习能力、能持续发展的组织。

彼得·圣吉在对企业的研究中发现,要使组织变成学习型组织,并保持持久的竞争优势,必须进行如下五项修炼:

(1)自我超越。这是建立学习型组织的精神基础。根据不断变化的情况,调整愿望,激发员工不断创造和超越,进行真正的"终身"学习。

(2)改变心智模式。打开自己的心智模式,加以检查和改善,有助于改变心中对周围世界如何运作的既有认识。

(3)建立共同愿景。只有全体员工心目中有了渴望实现的共同愿景时,才会有"创造性的学习",企业的任务就是将个人愿景整合为共同愿景。

(4)团队学习。团队学习是学习型组织最基本的学习形式。

(5)系统思考。系统思考是五项修炼的核心与基石。这五项修炼之间有很强的正相关性,每一项修炼的成败和其他修炼的成败密切相关。

学习型组织一方面保证企业生存,另一方面实现了个人与工作的真正融合,使人们在工作中活出生命的意义。

（五）哈默的企业再造理论

企业再造是对企业业务流程进行根本的再思考和彻底的再设计，以显著提高企业的效率。企业再造是企业内部的一场革命，这一过程需要一种全新的思维方法。这一定义包含根本、彻底、戏剧性、流程等四个关键词。

企业再造理论适用于以下三类企业：

（1）问题众多的企业。该类企业没有别的办法，只能进行企业再造。有的企业生产成本过高，无法与同行进行竞争，导致入不敷出；有的企业服务质量很差，顾客怨声载道；还有的企业产品质量很差。这些企业需要从头开始进行彻底改造。

（2）潜伏危机的企业。当前该公司的经营状况还算令人满意，但是，如果新的竞争者涌现或是政府修改产业政策，企业就会面临危机。这类企业应该当机立断，尽早进行改造。

（3）处于事业顶峰的企业。这类企业处于事业发展的顶峰，但管理层一般不会安于现状，他们把企业再造看成是超过竞争对手的重要途径。因此，他们就不断修改竞争规则，构筑竞争壁垒。

（六）精益生产理论

精益生产是美国麻省理工学院教授给日本汽车工业的生产方式起的名字。与传统的大批量生产相比，精益生产只需要一半的人员、一半的生产场地、一半的投资、一半的生产周期、一半的产品开发时间和少得多的库存，就能生产品质更高、品种更多的产品。

精益生产能够大幅度减少生产资源的闲置时间、作业切换时间、库存、低劣的产品、不合格的供应商、产品开发设计周期以及不及格的绩效。它是继大批量生产方式之后，对人类社会和人们的生活影响巨大的一种生产方式。

精益企业的目标是实现利润最大化，降低成本，快速应对市场需求。因此，要少做不产生增值的事，彻底消除浪费。比如，消除生产浪费、库存浪费、等待时间浪费或产品缺陷浪费。

精益企业的特征是以客户为上帝，以员工为中心，在生产过程中删除多余的工作环节。

精益企业的核心思想是消灭浪费、创造价值。具体表现如下：

（1）反对"成本主义"。成本主义认为"售价＝成本＋利润"，用成本加成的方法来确定产品的价格，确保企业利润水平。但这样做只是从企业自身出发，忽略了市场需求和竞争因素的影响。由此，所确定的价格就会缺乏竞争力。精益企业认为"利润＝售价－成本"，产品价格由市场竞争决定，企业只能通过不断降低成本来提高利润水平。

（2）"零库存"和"零缺陷"。企业中非常典型的浪费就是库存和废品。虽然要使这两项均为零只是一种理想状态，但在实际中企业可以无限地接近这个目标。

（3）永不满足，永远改进。精益企业重视渐进式改善。精益化库存管理的改进方法是降低库存→暴露问题→解决问题→降低库存。企业运行过程中要随库存改变接受新的检验，只有按这种循环的方式进行改进，企业才能真正趋向"零库存"。

精益生产是一项综合的管理工程，涉及产品的设计，生产计划的编制，机器的改造，设备的重新布置，生产的同步化、均衡化，设备的预防维修，人员的再培训等。其中任何一个环节得不到改进，精益生产的推行就可能受阻。

精益生产是生产管理历史上的一次革命，急功近利不符合精益生产的思想。

（七）供应链理论

供应链是围绕核心企业，通过对信息流、物流、资金流的控制，将供应商、制造商、分销商、零售商直到最终用户连成一个整体的网络结构。

供应链包含所有加盟的节点企业，从原材料的供应开始，经过链中不同企业的制造加工、组装、分销等过程，直到最终用户。供应链不仅是一条连接供应商到用户的物料链、信息链、资金链，还是一条增值链。供应链设计应坚持的原则是：

（1）沟通原则。先由主管做出战略规划与决策，在与下属磋商后，由下属部门实施决策。因此，供应链的设计是自上而下和自下而上的沟通过程。

（2）简洁性原则。供应链的每个节点都应该设计简洁，能实现业务的快速组合。

（3）集优原则。供应链上的企业依据强强联合的原则进行组合。

（4）协调性原则。建立良好的战略伙伴关系是实现供应链最佳效能的保证。

（5）不确定性原则。不确定因素客观存在,管理者应预见各种不确定因素对供应链运作的影响,减少供应链中不必要的中间环节,提高预测的精确度。

（6）创新性原则。创新必须发挥企业各类人员的创造性,集思广益,与其他企业共同协作,从而发挥供应链的整体优势。

（7）战略性原则。从设计的角度出发,供应链的系统发展应该与企业的战略规划保持一致,要体现供应链发展的长远规划和预见性。

供应链管理就是把物流管理功能集成的概念从单个企业拓展到供应链上的所有企业,以此来降低成本和风险,将企业资源在供应链成员之间平衡和调配,提升整个供应链的效率,增强自身的竞争实力。

课后案例

分享海尔的成功[①]

海尔集团是世界第二大白色家电制造商。海尔在全球 30 多个国家建立了本土化的设计中心、制造基地和贸易公司,全球员工总数超过 5 万人,已发展成为大规模的跨国企业集团。2007 年,海尔申请专利 875 项,实现全球营业额 1 180 亿元。海尔的发展经历了四个阶段:一是名牌战略阶段(1984—1991年)。只做冰箱一种产品,探索并积累企业管理的经验,总结出一套可移植的管理模式。二是多元化战略阶段(1992—1998 年)。从一种产品向多种产品发展,通过资本运营,在最短的时间里以最低的成本把规模做大,把企业做强。经营范围扩大到家电、通信、IT、家居、生物、软件、物流、金融、旅游、房地产、数字家庭和生物医疗设备等领域。三是国际化战略阶段(1999—2005 年)。产品批量销往全球主要经济区域市场,有自己的海外经销商网络与售后服务网络,海尔品牌已经有了一定知名度、信誉度与美誉度。四是全球化品牌战略阶段(2006 年至今)。在每一个国家的市场创造本土化的海尔品牌。

案例思考题

（1）海尔在发展中运用了哪些管理理论?

---

① 参见海尔集团网站(http://www.haier.cn)。

（2）运用成功的有哪些？失败的有哪些？为什么成功？为什么失败？

（3）管理理论是否有过时之说？为什么？

第四节　管理与环境

我们将影响企业生存和发展的各种因素统称为企业环境,包括一般环境和任务环境。前者对企业产生间接的影响,后者对企业产生积极的影响。

一、一般环境

企业经营的一般环境是一个由若干要素构成的综合性的复杂环境,这些要素本身又是一个个小的环境,它们互相影响、互相作用。常用于一般环境分析的方法是 PEST 分析法,即从政治、经济、社会文化和科技等方面对一般环境进行分析,除此之外,历史和自然物质环境对企业的影响也是值得关注的。

1. 历史环境

这里的历史是指企业的发展史。企业可以从历史中总结经验和教训,这有利于企业对未来做出正确的决策。西方发达国家的科学管理方法就来自对历史上管理经验的总结。历史造就了企业今天的现实,没有历史,就没有企业的现在。正是成功的历史,造就了企业今日的辉煌;正是失误的历史,造成今日企业的亏损。同时,企业未来政策的制定必须考虑历史,以保证企业政策、行为的连续性。英特尔公司原总裁安迪·格鲁夫曾说过:"要想预见未来10年会发生什么,就要回顾过去10年发生的事情。"

2. 自然物质环境

企业的自然物质环境由其所在地的全部自然资源构成,如矿产资源、空气、水等。自然资源是企业赖以生存和发展的物质条件,也决定着一个国家的产业结构和布局。企业发展与可用物质资源息息相关,在经济发展的同时,许多资源也在枯竭,特别是非再生资源,如石油、淡水和煤炭等。资源枯竭意味着企业未来的发展受到制约。例如,中国北方造纸厂的发展,因水资源相对不足而受到严重的制约;一些产煤企业、石油企业因所开采的矿产资源枯竭而面临生存问题。

3. 政治法律环境

包括一国的政体、政局、国际关系、政府政策、政府管制、立法等。在市场经济条件下,政府一般不直接干预企业行为,但可通过立法手段来调控企业,这就是企业经营所处的法律环境。历史上,我国曾经鼓励发展"十五小",现在政府又通过法规限制"十五小"。美国政府通过立法来限制规模庞大的企业进一步发展为完全垄断企业。政治环境包括国内政治和国际关系。

4. 社会文化环境

社会文化是人们长期生活在特定环境之中而形成的生活习惯、道德风尚和行为准则等。企业生存在某一具体的社会文化环境之中,其行为必须适应这一环境的社会价值观念和社会风俗习惯,即所谓的入乡随俗。例如,对大多数东方人来说,脸面意味着尊严,生活稳定是最重要的,为员工创造良好而稳定的生活环境可以激励员工努力工作,但这对西方人则起不到明显的激励效果,他们倒觉得流动很刺激。

5. 科技环境

企业科技环境包括当前的科技发展状况、新技术、新设备、新材料、新工艺的开发和采用、国家的科技政策、人才、设备等。科学技术是企业生存和发展的重要保证。科技的变化随时都可能给企业带来机会,也会随时向企业提出挑战。

6. 宏观经济环境

宏观经济环境包括国家基础设施、国家宏观经济发展态势、国家产业政策、国际经济发展趋势、市场发展的趋势等。与以上环境因素相比,宏观经济环境与企业关系更为密切。

企业经营的好坏,不仅取决于企业自身经营管理工作,而且取决于整个宏观经济环境。如果大气候对企业有利,大多数企业将会取得较好的经济效益;如果大气候对企业不利,很多企业即使苦心经营也很难取得应有的成效,有时还会亏损甚至破产。企业在实际工作中应当通过电视、报纸、杂志等新闻媒体及时了解宏观经济环境,对宏观经济环境进行科学的分析,把握经济发展的动态。当宏观经济环境对企业有利时,应不失时机地抓住机遇,发展自己;当宏观经济环境对企业不利时,就应采取相应的对策,把影响和损失降至最低。

表1-2列出的反映宏观经济环境的主要变量值得企业特别关注。

当宏观经济处于繁荣期时,社会需求较大,企业开工率提高,就业机会增多,居民收入增加,从而进一步扩大了需求,几乎所有企业都有发展的机会。当经济进入衰退期时,社会需求越来越小,企业开工率不断下降,失业率增加,居民收入水平下降,需求进一步减少。这时,有些企业即使苦心经营也未必能逃脱破产和倒闭的厄运。宏观经济的波动,虽给企业的发展带来严重的影响,但企业只要能经常对宏观经济进行分析和研究,并做出准确预测,仍可把握企业发展的时机。

表1-2　反映宏观经济环境的因素

1. 国内产业结构调整与产业升级	9. 金融机构贷款的松紧程度
2. 居民收入的增长	10. 居民的消费倾向
3. 利率	11. 通货膨胀率
4. GDP 的变化	12. 失业趋势
5. 劳动生产率水平	13. 股票市场的变化
6. 汇率的变化	14. 货币政策
7. 财政政策	15. 关税税率的变化
8. 经济周期	

二、任务环境

任务环境是指直接影响企业的外部环境因素,包括市场格局、竞争者、顾客、供应商。

(一)市场格局

经济学把市场分为以下几类:

1. 完全垄断市场

完全垄断市场是指市场上只有一个售卖者,没有竞争对手,新企业很难进入该市场。完全垄断市场产生的原因主要是:① 某企业对生产资料的控制。② 某企业拥有独家的专利权。③ 规模报酬。④ 政府的特许,如我国军工产品、烟草、银行等行业市场。

2. 寡头垄断市场

寡头垄断市场是指几家大企业生产和销售某一市场的绝大部分产品。由于竞争,各行业的产品的生产逐渐集中到少数几家企业,从而形成寡头垄断。例如,美国的三大汽车企业(通用汽车公司、福特汽车公司、克莱斯勒汽车公司)控制了汽车市场的绝大部分;我国的彩电行业中,长虹、康佳等少数企业占了大部分市场份额。寡头垄断市场有以下几个方面的特点：

（1）行业内企业屈指可数，竞争更是你死我活。各企业联合起来则可能成为一个完全垄断集团，共同分享完全垄断的丰厚利润，联合体成员越少，结合得越紧密，维护完全垄断的时间越长。如石油输出国组织（OPEC）就是一个跨国卡特尔，几个产油国的石油企业联合起来，限制石油产量，控制石油价格。

（2）新企业很难进入该行业。寡头垄断企业一般是经政府特许，或由于投资巨大，或由于拥有专利，或由于对原材料的控制而形成，因此，新的企业很难进入该行业。

（3）非价格竞争是寡头垄断企业间竞争的重要方式。由于寡头垄断企业生产的产品大同小异，采用价格竞争，必然两败俱伤，所以寡头垄断企业更多地采用强调自我特色的政策和手段，使其产品区别于竞争对手的产品。例如，美国可口可乐公司与百事可乐公司主要采用宣传策略等非价格手段来竞争，而不是相互轮番降价。

寡头垄断市场的成因和完全垄断市场的成因相似，但是它比后者更为常见。寡头垄断企业之间既存在竞争又存在垄断。由于一个行业只有少数几家企业存在，每家企业在该行业都会起到举足轻重的作用，某家企业产品和价格发生变化，必然会影响整个市场的价格和产量及行业利润，从而引发其他企业决策上的连锁反应。因此，任何企业在进行决策时，都必须考虑其他企业将可能做出的反应。

3. 垄断竞争市场

垄断竞争市场是一种既有垄断因素又有竞争因素的市场，是一个有许多企业生产和销售有差别的同类产品的市场。垄断竞争市场是现实中最为普遍的一种市场结构，绝大多数企业都处于这样一种市场格局中。垄断竞争市场有以下几个特征：

（1）行业中企业数量众多。由于行业中众多企业的存在，每个企业因其产量只占市场供给量的很小部分，对整个市场影响较小，因而在进行经营决策时不必像寡头垄断市场那样考虑其他企业的反应。

（2）企业自由进出该行业。由于没有明显的因素限制企业的进出，只要该行业有利可图，企业就会自由进入。相反，若该行业无利可图，企业就会自由退出。

（3）企业间产品的差异性与同类性并存。各垄断竞争企业的产品存在着差别(如品牌、服务、色彩、规格、性能等方面),但又可互相替代。产品差别性的存在使垄断企业具有有限的产品定价权,但由于产品的替代性,各企业决定产品价格的空间并不大。所以,该市场既有价格竞争的特征,又有非价格竞争的特征。

4. 完全竞争市场

完全竞争市场是指市场上有众多企业生产、销售同质产品,并自由进出该市场。在该市场上,所有产品几乎完全相同,消费者不管买哪家企业的产品,都无差异性。任何一家企业因其产量占市场供给量的比例非常低,以至于可忽略不计,因而不可能控制市场价格,只能是价格的接受者。这样,在完全竞争市场中,任何企业采用做广告、派人员推销或提高产品质量等非价格竞争方式,都难以取得明显的成效。

任何一家企业都会处于上述四种市场状态之一。因此,企业在制定政策和进行决策时,必须考虑这一因素,从而采取相应的对策。

(二)竞争者

竞争者是指与本企业相处同一行业、提供相同或替代产品的企业。同行不一定是冤家,不是同行未必不是冤家,同行的竞争性取决于企业间的目标、实力、战略和同质性。竞争的结果是优胜劣汰,强者更强。现在,很多企业发现同行企业间通过合作而非竞争也能达到发展的目的。例如,德国的西门子、日本的东芝和美国的 IBM 开展合作研究,共同开发具有革命性的储存芯片。

(三)顾客

顾客作为企业产品和服务的购买者,决定了企业的成败。成功企业都善于捕捉顾客心理,开发、取悦和留住顾客。

(四)供应商

一个大的制造企业周围都有成千上万个中小企业为其提供服务。例如,美国通用汽车公司的供应商多达 5 000 家。过去,企业和供应商之间的关系具有一定的竞争性,现在,很多企业更加注重与供应商建立战略合作联盟关系,通过与供应商的精诚合作,节约资金,保证质量,加快产品上市的速度。

案例·知识 ▶▶▶▶   ▶▶

　　很多投资者选择投资环境的一个重要因素是产业集群和产业链。产业集群和产业链不仅为企业提供了市场信息,而且方便企业获取各种物料。近年来,广东省之所以能吸引大量的外资,得益于其产业集群和产业链的形成,如佛山的陶瓷、中山的灯具、顺德的电子、南海的五金。

三、企业与环境

　　企业与经营环境的关系如同鱼水关系,企业生于环境、死于环境。两者之间的关系可概括如下:

　　(1) 环境给企业带来机遇的同时也给企业带来了威胁。环境可能有利于企业的发展,如我国政府限制"十五小"给大企业带来机会,加大反走私力度给国内企业带来机会,加大打击假冒伪劣商品的力度给正牌企业带来机会,推行的改革开放政策使中外合资企业、私营企业得到迅速发展。环境也可能给企业的生存和发展造成威胁,如环境保护法的贯彻实施、保护消费者权益运动的兴起增加了企业营运成本,国家放开粮食经营权、外贸民营权给原粮食经营企业、原外贸企业带来了挑战。

　　(2) 环境的不确定性给企业经营带来风险。外部环境的变化不以企业经营者的意志为转移,而人们受各种因素的制约又难以准确预料环境的变化。环境对企业影响的不确定性,使企业经营成果具有不确定性,从而增加了企业的经营风险。环境的不确定性程度由环境因素的变化率和环境复杂程度决定,其不确定性程度越高,企业经营风险越大。例如,海上采油比陆地采油的环境更具有不确定性,这使得海上采油具有更大的风险;跨国公司比内向型企业面临的环境更加复杂;现代高新技术企业比资源生产企业面临更大的风险。

　　(3) 企业必须适应环境并适时影响环境。一般来说,企业只能适应环境,即所谓"适者生存"。但企业在环境面前不是完全被动的,它不仅可以变被动顺应为主动适应,即通过科学预测环境发展趋势,及时把握住可能出现的机会,发现可能出现的风险,尽早制定措施,防患于未然,而且还可以通过广告、攻关和政治等方式,适时影响环境。如前面提到的企业可以影响政府,影响政府的政策,从而影响企业经营的法律环境。

（4）企业必须为环境承担相应的责任。人口增长、失业率居高不下、贫富差距扩大、自然资源枯竭、全球气候变暖、环境污染及有毒废弃物等全球环境问题日益突出。企业在环境的支持下得以生存和发展,同时企业必须为环境承担相应的责任,实现绿色化经营。这些责任大致可分为为社会提供就业机会、保护自然环境、提高居民的物质文化生活水平等。

案例·知识 ▶▶▶ ▶▶

刘恒继位前的调查

吕后一死,其势力迅速瓦解。此时,大臣们四处寻找刘邦的儿子来继承帝位。可是,刘邦的儿子已被吕后杀得差不多了,只有小儿子刘恒。刘恒在吕后执政时期被封在西北边塞为代王。他母亲薄氏不露锋芒,保全了他的性命。刘恒就是否回去当皇帝一事,听取谋士的看法。刘恒的两个重要谋士张武和宋昌意见相反,很难决定。最后请示薄氏,老太太让他派人到长安把情况了解清楚后,才让刘恒带领张武、宋昌等一些谋臣前往长安。

这时,汉朝的实权掌握在周勃手中,当刘恒从边塞来到首都长安城外的渭桥时,周勃率领文武百官接驾,并将玉玺交给刘恒。刘恒接过玉玺,却说:"今天我初到,还不了解情形,不一定由我来当皇帝,可以当皇帝的人很多,我现在只是把玉玺保管起来,过些时候再说。"他收了玉玺之后,静静观察了九个月,等一切都观察清楚后,才宣布继承帝位。

课后案例

蒙牛的发展[①]

随着人们健康意识的增强、饮食结构的变化和消费水平的提高,液态奶逐渐成为大众消费的热点,乳制品行业也因此呈现出高速发展的态势。正是在这样的背景下,蒙牛于1999年1月在内蒙古呼和浩特市盛乐经济园区诞生了。

---

① 参见蒙牛集团网站(http://www.mengniu.com.cn)。

借助国家大力发展乳制品行业的机会,蒙牛市场占有率和品牌价值得到了迅速提升。由于我国农业产业化水平较低,具有现代企业性质的奶牛养殖企业少之又少,公司的业务发展在奶源环节上遇到了瓶颈。与其他乳品企业一样,蒙牛进行了全国性的圈地运动,在全国 15 个省市建立了 20 多个生产基地。然而好景不长,2004 年 3 月,蒙牛在一些地区销售的液态奶被人注入福尔马林液,这一事件惊动了温家宝总理并且损害了蒙牛的企业形象,好在最后问题得到了解决。

随着市场的饱和,蒙牛正面临来自伊利、光明、雀巢和三鹿等国内外乳制品企业的激烈竞争。伊利仅在 2007 年就陆续推出了金典有机奶、营养舒化奶、CBP 奶粉等一大批新产品,这些新产品拥有很高的科技含量,对蒙牛的市场形成了很大的冲击。

与此同时,国家发改委为了规范乳制品行业的生产,于 2008 年 5 月发布了产业政策,对行业准入、奶源供应、技术与装备、产品结构、质量安全、资源节约与环境保护、乳品消费等进行了规定。这一政策必将成为今后一个时期规范乳制品行业的重要依据。同时,将有利于从根本上解决我国乳制品行业的恶性竞争,有利于蒙牛的可持续发展。

案例思考题

(1) 公司受到哪些环境因素的影响?

(2) 这些因素如何影响公司的发展?

(3) 这些环境给公司带来了哪些机会和威胁?

(4) 你认为公司应如何应对这些环境?

 思考与练习题

1. 企业为什么存在?

2. 作为管理者,你将从事哪些方面的工作?

3. 你所在的单位受到哪些环境因素的影响?

4. 为什么针对同一个管理问题有不同的管理理论?

第二章

决 策 与 计 划

☞ **学习目标**

1. 理解决策的含义；
2. 理解不同类型决策的差异；
3. 理解计划的重要性；
4. 能够区分不同的计划类型；
5. 掌握制订计划的程序；
6. 掌握目标管理法。

第一节 决 策 概 述

一、决策的特征

决策就是从两个或两个以上的备选方案中选择一个方案的过程。决策的定义涵盖了如下特征：

1. 寻找多个方案

很多管理者将解决企业问题的答案简化为"行"或"不行"，这是非常错误的做法。寻找方案是一个建立在大量信息基础上的创造过程，整体最优，局部最优，反之则不一定成立。单个方案不存在决策的问题，向领导汇报或请示应准备多套方案而不是一套方案,解决问题的最佳方案往往不是一眼就能看到的方案。

2. 方案可行

所选择的方案能保证目标的实现,而不是凭空设想。

3. 方案选优

最优是在一定标准下的最优,标准不同,最优方案也不同。例如,工程招标中,如果以价格为标准,出价最低的方案中选;如果以质量为标准,质量最好的方案可能中选;如果既要考虑质量又要考虑价格,所选的方案可能是在保证质量条件下出价最低的方案。

二、决策的意义

决策是现代企业成败的关键。决策正确意味着企业成功了一半,决策尤其是战略决策失误意味着企业将陷入深渊。著名经济学家、诺贝尔经济学奖获得者西蒙这样说道:"决策是管理的心脏,管理就是决策。"现代管理的重心是经营,经营的核心是决策。决策在现代管理中的作用越来越重要,主要表现在以下几个方面:

1. 寻求最有效的经营方式

例如,在项目投资中,不能有项目就上,或者可行就上,而应该尽可能多地寻找项目,在众多可行项目中找一个更好的项目。假设你作为财务部经理,受总经理委托去筹集 100 万元资金,你应该考虑多个融资来源和渠道,在众多方案中,力求资金成本低、风险小的方案,而不是为筹集 100 万元却付出 99 万元的代价。

2. 决策为行动指明了方向

方向问题是最大的问题,方向选错,全盘皆废。如果投资方向选错,则投资越大,效率越高,企业亏损也越多。

3. 决策贯穿于管理的始终

一般地,管理问题都面临多个解决途径,需要从诸多途径中寻找一条最优途径,这就需要决策。决策不只是高层管理者的事情,而是所有管理者的日常工作。

4. 科学决策增加了成功的机会

由于对未来环境的不可预知性,任何决策者都难以保证决策的完全正确,但是科学决策能提高决策成功的机会,最大限度地避免失败,将风险降至最低水平。

三、决策的标准

1. 最优决策标准

选择成本最低,或效益最好,或风险最小的方案,是一种十分理想的决策标准。决策者受其知识、能力和信息等的限制,不可能找到所有方案,从而也就很难找到最优方案。因此,这种标准只在数学模型中存在。

2. 满意决策标准

现实中,最优标准很难满足,只能是考虑各方因素后,在现有的备选方案中选择一个能接受、较满意的方案。管理者所采纳的方案一般是各方较易接受的次优方案。

3. 合理决策标准

决策过程受决策对象和决策者本人的影响较大,客观上的最优和合理很难满足,决策者需要根据自身的情况和决策对象的情况,选择一个合理的方案。

德鲁克认为,没有尽善尽美的决策,对相互矛盾的目标、相互矛盾的观点和相互矛盾的重点,人们总要付出代价,进行平衡,最佳的决策可能是近乎合理的决策。

四、决策的程序

科学的决策是一个理智的用脑过程,必须遵循以下程序:

(一) 发现问题,找出原因,明确决策目标

在明确问题、找出原因的基础上,确定决策目标。优秀的企业家不仅要让企业赚钱,更要知道企业为什么赚钱,为什么不赚钱。优秀的管理者要善于发现问题,更要善于发现本质问题。人体发烧不是疾病的本质而是现象,只有找

到引起发烧的原因,才能对症下药,药到病除。

为了保证决策科学,确定决策目标时需遵循以下原则:

(1) 针对性原则。即能解决问题,实现目标。面对公司亏损,公司认为问题出在人浮于事上,因此,公司希望制定减员目标,以解决亏损问题。

(2) 具体化原则。目标不是侃侃而谈,而是有很强的操作性,最好能制定量化目标。例如,公司减员多少? 是 198 人还是 197 人?

(3) 可行性原则。自身条件和外部环境允许,能努力做到。制定的减员目标要能通过努力实现,而不是空喊口号。

(二) 拟订可行方案

问题和目标明确之后,就应考虑如何解决问题和实现目标。这就是决策的第二步,拟订可行方案,即寻找实现目标的途径。这一步应注意以下几个方面的问题:

(1) 方案的可行性。例如,减员是增效的一个备选方案,但要考虑会不会受到政府的压力、职工的反对,会不会影响公司的正常运行。

(2) 方案的完备性,即尽可能多地寻找方案。针对目标利润,方案很多,你马上想到的方案不一定是最佳方案。就此目标,你能找到多少方案? 多多益善。企业减员的方案有很多,如通过考试裁员、通过绩效考核裁员、通过年龄划分裁员和通过文凭分段裁员等。

(3) 方案间的互斥性,即任何两个方案互不相关。要求找到的方案互不兼容,否则就不是最有效率的方案。就像兼职分散工作精力,兼顾往往都顾不上一样。

(三) 选择行动方案

众多的方案拟订之后,就要从中选择一个方案作为行动方案。这一步是决策成败的关键。为保证决策的正确性,在选择时应考虑以下几个方面的问题:

(1) 方案是否能实现企业决策的目标。再一次分析你选择的方案是否能实现目标,以免前功尽弃。

(2) 方案是否有利于社会目标的实现。公司经济目标高于一切,但经济目标受社会目标的制约。不顾社会目标的方案最终会受到社会的责难而难以实现公司目标。一些公司为降低生产成本而偷偷超标准排放废水废气,最后都受到了社会的责难及政府的严厉惩处,有的甚至被强行要求关门,这些公司连实现经济目标的机会都没有了。

(3) 方案是否掺杂个人目标。如果方案掺杂了个人的目标,出现假公济私现象,如考虑亲戚的安排、出政绩、得回扣、树立个人形象等,必然会损坏公司利益,应予以否定。

(4) 合理确定评价标准。针对决策问题,选择恰当的决策标准。先定标准,再找方案,否则,众多方案会让你眼花缭乱。

(5) 合理确定决策方法。决策方法对方案的选择也非常重要。常用的决策方法有以下几种:

① 经验决策法,即拍脑袋的方法。这种方法直观、迅速,一眼看上去不可行的方案可以快速放弃。

② 数学模型决策法,即通过定量分析方法,分析方案的成本、效益、风险。

③ 试验决策法,即在较小范围内做试验,及时发现问题,完善决策方案,保证更大范围的成功。

上述三种决策方法各有利弊,最理想(把握最大)的决策是能融三种方法于一体的决策,即通过经验决策法确定决策方向,用数学模型法精确分析成本、收益和风险,用试验法在小范围内进行实际论证。当三种方法的决策结果一致时,所确定的方案就是最稳妥的方案。

(四) 执行决策

选定可行方案之后就应付诸实施,执行决策。执行决策之前,应广泛征求意见,反复推敲,集中力量再次分析检验方案的可行性,以确保决策万无一失。

做出决策固然艰难,执行决策也不轻松。为了保证决策的有效实施,需做好以下几个方面的工作:

(1) 编制实施决策的计划。计划应明确什么时间、在什么阶段、谁做什么,保证决策结果有效执行。

(2) 建立以决策者为首的责任制。决策者最了解决策的目标,对决策执行过程中可能出现的问题更有预见性,是决策执行中的理想责任者和指挥者。

(3)建立信息沟通系统。保证能及时了解决策执行进度,及时解决执行中出现的问题。

五、决策的分类

按照不同的分类标准,我们可以将决策分为不同的类型。

(一)战略决策、管理决策和业务决策

按照决策的重要程度,决策可分为战略决策、管理决策和业务决策。

战略决策是关系到企业全局的决策。企业的发展方向、经营方针、产品开发等事关企业的生存和发展,一般由企业最高管理层进行决策。引入新的生产线、重组兼并等都是战略决策。管理决策又称战术决策,是为了实施战略决策而制定的具体战术。企业计划的制订、资金的安排、生产计划的落实、设备更新、部门负责人对员工迟到事件的处理等方面的决策,一般由企业部门经理等中层管理者做出。业务决策是指企业日常活动中有关业务的决策。业务决策的目标主要是提高活动效率,保证管理决策的顺利实施。例如,库存量的决策、生产批量的决策等一般由基层管理者和业务人员做出。

(二)确定型决策、风险型决策和不确定型决策

按照决策问题所面临的条件和决策结果的确定性程度,决策可分为确定型决策、风险型决策和不确定型决策。

确定型决策是在对决策问题所面临的条件全知的情况下所做的决策,如在了解市场需求量、市场价格和成本等条件的情况下进行的产量决策就是确定型决策。对企业内部生产能力、产量等问题的决策一般都是确定型决策。风险型决策是在对决策问题所面临的条件知道较多,但不全面和肯定的情况下所做的决策,如在知道市场需求量可能出现几种结果且能测出每一种结果出现的可能性大小,知道市场价格和成本等条件的情况下进行的产量决策就是风险型决策。对利润、效益等问题的决策一般都是风险型决策。不确定

型决策是指对决策问题所面临的条件知之甚少,主要依赖决策者的经验和主观判断进行决策。例如,在知道市场需求量可能出现几种结果但不能测出每一种结果出现的可能性大小,知道市场价格和成本等条件的情况下进行的产量决策就是不确定型决策。对企业战略的决策一般属于不确定型决策。

（三）程序性决策和非程序性决策

按照决策问题出现的重复程度,决策可分为程序性决策和非程序性决策。

程序性决策是指某类决策问题经常出现,可凭现成的标准或经验进行的决策,如对员工迟到问题进行处理的决策是经常出现的决策,一般企业都有一套成熟的解决办法,对这类问题可交给相关部门根据现成的办法进行决策。非程序性决策是指某类决策问题不经常发生,也没有现成的标准、经验可供借鉴的决策,如公司新产品开发、重组兼并等决策,这类决策一般由高层管理者亲自做出。

（四）定量决策和定性决策

按照决策目标和决策方法的不同,决策可分为定量决策和定性决策。

定量决策是指决策目标有明确的数量标准,并可用数学模型进行的决策,如企业产量的决策就是定量决策。定性决策是指决策目标难以定量化,主要依赖决策者的经验进行判断的决策,如企业招聘公司副总经理的决策就是定性决策。

六、科学决策的原则

正确的决策往往建立在一些基本的原则基础上,以下是决策时需要遵循的原则:

1. 理智原则

决策是针对决策对象进行的,而决策对象是客观存在的,因此,要求决策者了解事实,尊重事实,按规律办事。切忌感情用事、主观想象、拍脑袋和凭经验。在东芝公司看来,人类的天性是基于感情进行决策,但再也没有比这更糟糕的了。数据是坚持理智原则的基础,虽然数据本身有一定的误差,但收集数据的过程迫使决策者更多地了解决策问题本身的规律及其未来趋势。

2. 信息原则

决策对象的情况是通过信息反馈出来的,信息越充分,决策者对决策问题了解得越深入,决策就越接近实际,风险越小。在一定程度上,信息的多少与决策的风险呈负相关关系,成功的决策建立在大量信息的基础上。

3. 程序原则

管理有分工,决策也有分工,管理者不是全才,不可能对任何领域和任何层次的问题都能正确决策,因此必须遵循程序原则,该其他人或其他部门做的决策,自己千万不要做。

4. "借脑"原则

有决策权的可能是一人,但制定决策的应该是众人,应该是"集智"和"借脑"的结果,正所谓"众人动脑筋,企业出黄金"。

西方的民主管理实质上是决策者借脑的表现,管理者既利用了员工的体力,也利用了员工的脑力,是对人力资源更加充分的利用。

5. 注重前期投入的原则

对全局影响大的问题要慎重决策,决策过程中注重投入会起到事半功倍的效果。前期的必要投入使决策者掌握更多的信息,采用更先进的方法,提高了决策成功的概率,减少了后期投入失败的风险。

6. 预测原则

决策是对未来进行的选择,受未来环境影响极大,这就要求决策者能预测未来,针对未来的结果做决策。所以,正确的决策是建立在科学的预测基础之上的。决策者和平常人不一样的是能走一步看十步,在钢材市场十分清淡时决定投资钢材行业说不定是明智之举,看到今天钢材行情好而决定进行投资或扩大规模并非明智之举。

七、决策之道

决策不仅是最高管理者的工作,身为企业的一般管理人员,如部门经理或主管某项工作的人员,都面临着决策问题。

（一）管理者做决策的意义

传统观念认为决策是企业最高领导层的工作,中下层从事的都是一些日常性的工作。这是一种偏见。随着分权管理的普遍实行,中下层管理者的决策空间越来越大。中下层管理者做决策对企业和个人的发展均有较大的意义。主要表现在:

（1）获得信任。善于决策的管理者因其决策能力强而得到上级和下级的信任,那些只会上传下达的管理者充其量也只是一个传话筒的角色。优秀的企业家不是天生的,而是在从下到上的各个岗位上充分发挥其决策能力后,被人认识而逐渐提拔起来的。

（2）增强凝聚力。影响公司凝聚力的因素很多,领导人的决策能力是增强公司凝聚力的核心,善于决策的领导者能赢得那些六神无主的下属的佩服和信赖。

（3）更出色地完成任务。

（二）管理者决策前的决策

科学的决策切忌感情用事。这一点说起来容易做起来难,很多管理者因为做出了不明智的决策而后悔。所以,在做决策之前,应多考虑以下几个方面的问题:

（1）明确管理者的决策权限与范围。把问题安排给适合的人去做本身就是非常重要的决策,明智的决策者绝不做属于上级、下级或其他部门应做的决策。否则,无论决策结果是对还是错,都会受到来自八方的非议。

（2）明确决策问题的意义。遇到决策问题,管理者应考虑此问题对本人、本单位的重要性,如果非常重要,就应该认真分析,慎重决策;如果影响不大,就没有必要投入太多的资源。例如,公司招聘老总的决策就是重大决策,而招聘清洁工的决策就是非常小的决策。

（3）充分收集有关资料。充足的信息是正确决策的保证,是科学决策的前提。

（4）科学决策。管理者应善于利用难得的决策机会,尽可能多地收集资料,做出正确的决策。

（三）管理者决策之道

（1）收集信息。决策的第一步就是尽可能全面地收集与决策问题有关的资料、信息。通常有三种方式获取信息：① 问。多征询当事人或专家的意见和看法。② 看和听。注重实地考察，获得第一手资料。③ 读。多读一些报刊，了解他人的管理经验，开阔眼界，活跃思路。

（2）分析信息的真实性。信息的真实性体现为准确性、及时性和完整性。准确性体现为真有其事，及时性体现为适用，完整性是为了避免以偏概全。报纸杂志、电视广播上发出的信息都不是可以直接采用的真实信息。

电视台新闻节目中报道某地农村新貌时，我们不应认为当地农村都发生了那么大的变化。招商者说自己的项目可以让你成为亿万富翁，可能是对的，但你要清楚该项目的适用条件及其他全面反映该项目的信息。

（3）排除非理性的决策。管理者是人，往往抱着先入为主的观念看问题，容易感情用事，使决策带有偏见。自信给人勇气，使人做出大胆的决策，然而，过分自信则会导致自不量力，害人又害己。

箴　言

子曰："众恶之，必察焉；众好之，必察焉。"意思是说大家都厌恶他，我必须考察一下；大家都喜欢他，我也一定要考察一下。

有90%的人支持你固然是一个令人振奋的消息，但是对其余10%的人给予关注岂不更完美？真理往往掌握在少数人手中，管理者应转换角色思考问题，怀疑自己的思维模式和方法，排除非理性决策。

（4）果断实施决策。管理者一旦做出决策，就应当在恰当的时机付诸实施。此时，管理者的信心和魄力至关重要，否则就会延误时机，影响士气。

课后案例

武汉钢铁集团公司如何应对钢材价格下降[①]

武汉钢铁集团公司(以下简称武钢)是新中国成立后创办的第一家特大型钢铁联合企业,于1958年投产,是国有重要骨干企业。武钢拥有从矿山采掘、炼焦到炼铁、炼钢、轧钢及配套设施等一整套先进的钢铁生产工艺设备,是我国重要的优质板材生产基地。武钢与鄂钢、柳钢、昆钢实施联合重组后,已成为年生产规模近3 000万吨的特大型企业集团。武钢现有三大主业,即黑色金属采矿、冶炼及加工、钢铁贸易和冶金工程技术服务。钢铁产品主要有热轧卷板、热轧型钢、热轧重轨、中厚板、冷轧卷板、镀锌板、镀锡板、冷轧取向和无取向硅钢片、彩涂钢板、高速线材等几百个品种。武钢生产的桥梁用钢、管线钢、压力容器钢、集装箱用钢、电工系列用钢等优质名牌产品在国内外市场享有广泛的声誉。2007年,武钢成为第一家拥有"国家硅钢工程研究中心"的冶金企业。此外,武钢还生产焦炭、耐火材料、化工、粉末冶金制品、水渣、氧气、稀有气体等产品,并对外承担工程建设、机械加工和自动化技术开发等。在"十一五"末期努力实现三个目标,即进入世界500强行列、综合竞争力进入世界钢铁行业前10名、规模效益居中国钢铁企业前3名。

然而,2008年以来,受到美国金融危机和国内需求萎缩的影响,钢铁市场价格出现了严重下滑,第三季度的平均价格与第一季度相比,下降了近30%。

案例思考题

(1) 面对2008年的新形势,武钢"十一五"末期的三大目标还能实现吗?

(2) 如果你是武钢的决策者,请你根据科学的决策程序进行决策。

(3) 这一决策问题属于哪一类型的决策?

(4) 根据你所学的决策方法,你认为在决策中要注意哪些问题?

---

① 参见《世界经济不容乐观,钢铁价格快速下跌》,http://wggh.wisco.com.cn/link/103/10303/zt-tssq001.asp。

第二节 现代决策方法

科学的决策方法是保证决策正确的关键。在现代决策理论和实践的发展过程中普遍使用定量决策方法。决策问题所处的条件不同,运用的决策方法也不同,下面将重点介绍几种决策方法。

一、增量决策方法

采用任何一个方案都会增加成本和收入,只要收入的增加大于成本的增加,这一方案就是可行方案。在所有可行方案中,增量利润(增量收入减增量成本)最大的方案就是最优方案。

假设 MR 是增量收入,即采用某一方案带来收入(可以是销售收入)的增加量;MC 是增量成本,即采用某一方案带来成本的增加量;MB 是增量利润,即采用某一方案带来净收益的增加。则有:

$$MB = MR - MC$$

可以看出,当 MB > 0 时,方案可行,且 MB 最大的方案是最优方案。

对一家公司而言,某一项活动带来收入的增加大于支出的增加,这一活动就是可行的,否则就不可行。

例 2-1 某企业生产 A 产品的单位变动成本为 3 元,总固定成本为 15 000 元,A 产品的市场售价为 5 元。企业正处于等米下锅的停产状况,现有人愿以 4 元的价格订购 5 000 件。企业是否接受这笔订货?

解 如果接受订货,则必然发生以下成本和收入:

$$MC = 3 \times 5\,000 = 15\,000(元)$$

$$MR = 4 \times 5\,000 = 20\,000(元)$$

$$MB = MR - MC = 20\,000 - 15\,000 = 5\,000(元)$$

在传统的决策方法中,如果接受该订货,企业的利润为:

$$利润 = 销售收入 - (总变动成本 + 总固定成本)$$

$$= 4 \times 5\,000 - (3 \times 5\,000 + 15\,000) = -10\,000(元)$$

企业接受订货要亏损 10 000 元,传统的决策方法是不接受该订货。这是错误的,因为如果不接受订货,企业实亏 15 000 元,接受订货可以使企业减亏 5 000 元。

这种决策方法在企业管理决策中具有广泛的应用价值。下面根据不同情况,分别加以介绍。

(一)是否接受订货的决策

当企业面对一笔订货时,是否应该接受呢?只要这笔订货带来的增量利润大于零,不论对方出价高低,都应接受。

例 2-2 某公司生产系列产品 A_1、A_2、A_3,并一直销往国内。最近有一外商愿以每件 80 元的价格订购 3 000 件 A_2 产品,公司现每年生产 A_2 产品 20 000 件,如果多生产 3 000 件 A_2 产品,就要减少 700 件 A_3 产品。有关成本、价格的资料如表 2-1 所示。问:公司是否接受外商的订货?

表 2-1 某公司 A_2、A_3 产品的成本与价格 单位:元

产品规格	A_2	A_3
单位变动费用	50	60
单位固定间接费用	50	60
单位售价	120	148
单位产品利润	20	28

解 如果接受订货,则有:

$$MR = 3\,000 \times 80 - 700 \times 148 = 136\,400(元)$$

$$MC = 3\,000 \times 50 - 700 \times 60 = 108\,000(元)$$

$$MB = MR - MC = 136\,400 - 108\,000 = 28\,400(元)$$

因为 $MB > 0$,所以公司应接受外商订货。事实上,接受这笔订货,公司将增加 28 400 元的利润。

(二)零部件是自制还是外购的决策

企业经常会面临这样的问题:生产所需的零部件、工具是由自己生产还是从企业外部采购。答案是,如果外购的增量利润大于零,就应该外购;否则,应自制。

例 2-3 某企业生产产品需用 B 零件 10 000 个,并有现成的生产能力。生

产 B 零件的成本如表 2-2 所示。该零件的市场价格为 8 元。

如果外购,闲置的设备可出租,租金收入为 5 000 元,生产管理人员可转而从事其他工作,从而节省管理费 10 000 元。问:企业是自制还是外购?

表 2-2　B 零件的成本　　　　　　　　　　　　　单位:元

成本 项目	单位成本	总成本
直接材料费用	4	40 000
变动间接费用	2	20 000
固定间接费用	3	30 000
合计	9	90 000

解　如果外购,则有:

$MR = 5\,000(元)$

$MC = 10\,000 \times 8 - (40\,000 + 20\,000) - 10\,000 = 10\,000(元)$

$MB = MR - MC = 5\,000 - 10\,000 = -5\,000(元)$

因为 MB < 0,所以企业不应外购,应自制。

直观来看,自制的成本高于市场价格,但综合考虑企业整体效益,还是自制好。

(三) 新产品的决策

当企业利用现有生产能力开发新产品时,会遇到开发何种新产品的问题。决策的标准仍然是生产哪种新产品给企业带来的增量利润大。

例 2-4　某企业现生产 A 产品,有人提出开发 B、C 两种新产品,新老产品的有关资料如表 2-3 所示。但企业剩余生产能力有限,只能开发其中一种。问:

(1) 企业应上哪种新产品?

(2) 如果企业上 C 产品,需增购一台设备,每年需增提折旧费 300 万元。企业应上哪种新产品?

表 2-3　A、B、C 三种产品的有关资料

项目	A 产品	B 产品	C 产品
年产销量(件)	10 000	5 000	25 000
单位变动成本(元)	1 200	3 500	1 300
单位固定成本(元)	500		
单价(元)	1 800	4 000	1 500

解 （1）上 B 产品的年增量利润为：

$$MB_B = MR_B - MC_B = 5\,000 \times (4\,000 - 3\,500) = 250(万元)$$

上 C 产品的年增量利润为：

$$MB_C = MR_C - MC_C = 25\,000 \times (1\,500 - 1\,300) = 500(万元)$$

两方案都可行，但 $MB_C > MB_B$，所以应上 C 产品。

（2）如果企业上 C 产品，需增购一台设备，每年需增提折旧费 300 万元。此时，上 B 产品的年增量利润仍为 250 万元，但上 C 产品的年增量利润发生了变化：

$$MB_{C1} = MR_{C1} - MC_{C1}$$

$$= 25\,000 \times (1\,500 - 1\,300) - 3\,000\,000 = 200(万元)$$

因为 $MB_{C1} < MB_B$，所以应上 B 产品。

（四）亏损产品是否停产的决策

在企业产品组合中，有的产品赚钱，有的产品亏钱，亏钱的产品要不要减产或转产？衡量的标准是：停产或转产带来的增量利润大于零，就应停产或转产；否则，应继续维持生产。

例 2-5 某企业生产甲、乙、丙三种产品，有关资料如表 2-4 所示，问：

（1）甲产品是否应停产？

（2）如果把甲产品的生产设备转产丁产品，预计丁产品的生产可实现销售收入 250 万元，而发生的变动成本为 180 万元，那么，是否应转产丁产品？

表 2-4 企业产品组合的盈亏情况 单位：万元

产品	甲产品	乙产品	丙产品	合计
总变动成本	200	80	100	380
总固定成本	80	15	100	195
销售收入	260	100	250	610
利润	−20	5	50	35

解 在企业产品组合中，甲产品亏损。如果甲产品停产，则有：

$$MR = -260 \text{ 万元}$$

$$MC = -200 \text{ 万元}$$

$$MB = MR - MC = -260 - (-200) = -60 \text{ （万元）}$$

因为 $MB < 0$，所以不能停止甲产品的生产。

如果企业转产丁产品,则有:

$$MR = 250 - 260 = -10(万元)$$
$$MC = 180 - 200 = -20(万元)$$
$$MB = MR - MC = -10 - (-20) = 10(万元)$$

因为 MB > 0,所以转产可减亏 10 万元,故可转产。

以上分析表明,甲产品生产虽然是亏钱的,但如果停产,它所分摊的固定费用都将转移到其他产品上,从而使企业盈利减少。新上的产品(丁产品)也是亏钱的,但比甲产品亏得少,故可以上,达到减亏增盈的目的。

二、盈亏平衡决策法

盈亏平衡决策法又称量本利决策法,是通过产品成本、产销量、价格等变量之间关系的分析,判断企业状况,确定产销量,制定价格。

(一)盈亏平衡决策法的原理

我们假设单位产品变动成本为 C_V,销售价格为 P,销售量为 Q,销售收入为 S,总固定成本为 F,单一产品总成本为 TC,则有:

单一产品销售收入(S) = 销售价格(P) × 销售量(Q)

企业多品种生产时的销售收入(S) = $\sum PQ$

单一产品总成本(TC) = 总固定成本(F) + 单位产品变动成本(C_V)
    × 销售量(Q)

单一产品生产企业盈亏平衡决策法的原理如图 2-1 所示。

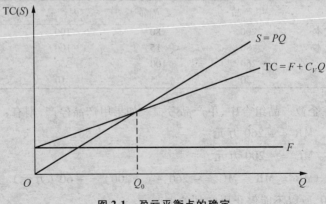

图 2-1　盈亏平衡点的确定

当产量大于 Q_0 时,企业盈利;当产量小于 Q_0 时,企业亏损;当产量等于 Q_0 时,企业保本。

(二)盈亏平衡决策法的计算

1. 单一产品生产企业盈亏平衡决策法的计算

盈亏平衡点的产量为:

$$Q_0 = \frac{F}{P - C_V}$$

边际贡献率(U)即单位产品的毛利为:

$$U = 1 - \frac{C_V}{P}$$

盈亏平衡点的销售收入为:

$$S_0 = \frac{F}{1 - \frac{C_V}{P}} = \frac{F}{U}$$

实现目标利润(M)的产量为:

$$Q_1 = \frac{F + M}{P - C_V}$$

实现目标利润(M)的销售收入为:

$$S_1 = \frac{F + M}{1 - \frac{C_V}{P}} = \frac{F + M}{U}$$

企业经营安全率(L)为:

$$L = \frac{Q - Q_0}{Q} \times 100\%$$

企业经营安全率是反映企业经营状况的一个指标,用以反映企业目前经营是否安全。经营安全率越高,说明企业的实际经营状况远离盈亏平衡点,企业经营越安全;经营安全率越低,说明企业实际经营状况靠近盈亏平衡点,企业处于亏损的边缘。如果经营安全率为负数,说明企业处于亏损状态。在实际中,可参考表 2-5 来判断企业经营安全状态。

表 2-5　企业经营安全状态标准

经营安全率	30%以上	25%—30%	15%—25%	10%—15%	10%以下
经营安全状态	安全	较安全	不太好	要警惕	危险

例 2-6　某企业生产 A 产品,年销售额为 500 万元,年固定费用为 200 万元,年变动费用为 250 万元。问:

(1) 企业盈亏平衡点的销售额是多少? 企业处于什么样的经营状况?

(2) 企业实现目标利润 100 万元的销售额是多少?

解　$U = 1 - \dfrac{C_v}{P} = \dfrac{P - C_v}{P} = \dfrac{PQ - C_v Q}{PQ} = \dfrac{S - C_v Q}{S}$

$$= \frac{500 - 250}{500} = 0.5$$

盈亏平衡点的销售额为:

$$S_0 = \frac{F}{U} = \frac{200}{0.5} = 400(万元)$$

经营安全率为:

$$L = \frac{S - S_0}{S} = \frac{500 - 400}{500} \times 100\% = 20\%$$

参考企业经营安全状态标准,可认为该企业经营处于不太好的状态。

企业实现目标利润 100 万元的销售额为:

$$S_1 = \frac{F + M}{U} = \frac{200 + 100}{0.5} = 600(万元)$$

2. 多品种生产企业盈亏平衡决策法的计算

在计算盈亏时,多品种生产企业的不同品种是不能简单相加的,所以只能确定盈亏平衡点的销售额和实现目标利润的销售额。

盈亏平衡点的销售额为:

$$S_0 = \sum_{i=1}^{n-1} S_i + \frac{F - \sum_{i=1}^{n-1} S_i U_i}{U_n}$$

式中,S_i 为边际贡献率位于第 i 位(从高到低排列)的产品销售收入。因为企业安排生产的顺序一般是按边际贡献率由高到低进行的,优先保证边际贡献率高的产品生产,其次再考虑边际贡献率低的产品生产。如此安排下去,直到第 n 种产品的生产。只有这样,才能保证企业不亏。

例 2-7　某企业生产系列产品,有关资料如表 2-6 所示。问:该企业盈亏平衡点的销售额是多少?

表 2-6　某企业产品有关资料　　　　　　　单位:万元

产品系列	变动成本(V)	预计销售额	固定费用
甲	350	500	
乙	300	600	共计 500
丙	220	400	
丁	300	500	

解　按边际贡献率的大小将产品组合进行重新排序,如表 2-7 所示。

表 2-7　某企业产品的组合决策　　　　　　单位:万元

产品	U	S	$S-V$	$\sum S_k$	$\sum (S-V)$	$\sum (S-V)-F$
乙	0.5	600	300	600	300	-200
丙	0.45	400	180	1 000	480	-20
丁	0.4	500	200	1 500	680	180
甲	0.3	500	150	2 000	830	330

企业在保证满足市场需要的乙、丙产品的同时,必须生产一部分丁($n=3$)产品才不至于亏损。盈亏平衡点的销售额为:

$$S_0 = \sum_{i=1}^{n-1} S_i + \frac{F - \sum_{i=1}^{n-1} S_i U_i}{U_n}$$

$$= 1\ 000 + \frac{500 - (600 \times 0.5 + 400 \times 0.45)}{0.4} = 1\ 050 (万元)$$

所以,企业应生产乙、丙产品,同时生产部分丁产品,实现销售收入 1 050 万元时才保本。

(三) 盈亏平衡决策法的应用

1. 产销量的决策

企业从事某项生产经营活动,应明确保本点的产销量是多少,实现一定目标利润的产销量又是多少。最常用的办法就是盈亏平衡决策法。下面通过举例来说明。

例 2-8　某旅游公司经营到某风景点的旅游业务,往返 8 天,公司负责旅客在途的交通、住宿和伙食。往返一次的成本费用如表 2-8 所示。问：

（1）如果向每位旅客收费 800 元，最少要多少旅客才能保本？如果收费 1 000 元，最少要多少旅客才能保本？

（2）如果收费 800 元的预期旅客数量为 50 人，如果收费 1 000 元的预期旅客数量为 45 人，企业经营安全状况如何？

（3）如果公司往返一次的目标利润为 2 500 元，在 800 元的价格和 1 000 元的价格条件下，分别需要多少旅客才能实现这一目标利润？

表 2-8　旅游公司业务成本 单位：元

项目	费用
固定成本	8 000
其中：折旧	4 500
员工工资（含司机）	2 500
其他	1 000
变动成本（每个旅客）	600
其中：每个旅客住宿伙食费	425
每个旅客的其他变动费用	175

解　如果收费 800 元，公司盈亏平衡点的旅客量为：

$$Q_0 = \frac{F}{P - C_V} = \frac{8\,000}{800 - 600} = 40\,(名)$$

如果收费 1 000 元，公司盈亏平衡点的旅客量为：

$$Q_0 = \frac{F}{P - C_V} = \frac{8\,000}{1\,000 - 600} = 20\,(名)$$

如果收费 800 元，公司经营安全率为：

$$L = \frac{Q - Q_0}{Q} \times 100\% = 20\%$$

参考企业经营安全状态标准，可以认为该公司经营状况不太好。

如果收费 1 000 元，公司经营安全率为：

$$L = \frac{Q - Q_0}{Q} \times 100\% = \frac{45 - 20}{45} \times 100\% = 56\%$$

参考企业经营安全状态标准，可认为公司经营是十分安全的。

由此可见，公司把价格定为 1 000 元较为有利。

如果公司往返一次需实现目标利润 2 500 元，收费 800 元时需旅客数量：

$$Q_1 = \frac{F + M}{P - C_V} = \frac{8\,000 + 2\,500}{800 - 600} = 53(名)$$

如果收费 1 000 元,实现 2 500 元目标利润的旅客数量为:

$$Q_1 = \frac{F + M}{P - C_V} = \frac{8\,000 + 2\,500}{1\,000 - 600} = 27(名)$$

2. 技术决策

企业选用何种技术生产产品,需要通过分析产销量、变动成本、固定成本及各种技术的盈亏平衡点来做决定。决策方法可通过以下举例来说明:

例 2-9 某企业计划上一条新的生产线,现有三种不同的方案,有关资料如表 2-9 所示。假设该产品的市场价格为 4 元。问:

(1) 如果市场需求量为 12 000 件,企业应选哪个方案?

(2) 如果市场需求量在 12 000—25 000 件之间,企业应选择哪个方案? 如果需求量在 25 000—50 000 件之间,应选哪个方案?超过 50 000 件,应选哪个方案?

表 2-9　各方案的成本费用　　　　　　单位:元

方案	单位产品变动费用	年固定费用
A 方案:自制生产线	2	20 000
B 方案:国内购置生产线	1	45 000
C 方案:进口生产线	0.5	70 000

解 (1) 首先计算各方案的盈亏平衡点的产量:

$$A 方案:Q_{0A} = \frac{20\,000}{4 - 2} = 10\,000(件)$$

$$B 方案:Q_{0B} = \frac{45\,000}{4 - 1} = 15\,000(件)$$

$$C 方案:Q_{0C} = \frac{70\,000}{4 - 0.5} = 20\,000(件)$$

由于市场需求量只有 12 000 件,刚刚超过方案 A 的保本点产量,而没有达到方案 B 和方案 C 的保本点产量,故应采用方案 A,即自制生产线。

(2) 计算 A 方案与 B 方案、B 方案与 C 方案的临界点(即两个方案利润相等的产销量)。

A 方案与 B 方案的临界点为:

$$(P - C_{V_A})Q - F_A = (P - C_{V_B})Q - F_B$$

$$(4 - 2) \times Q - 20\,000 = (4 - 1) \times Q - 45\,000$$

$$Q = 25\,000(件)$$

B 方案与 C 方案的临界点为：

$$(P - C_{V_B})Q - F_B = (P - C_{V_C})Q - F_C$$

$$(4 - 1) \times Q - 45\,000 = (4 - 0.5)Q - 70\,000$$

$$Q = 50\,000(件)$$

以上计算结果表明：当需求量在 25 000 件以下时，应采用 A 方案；当需求量在 25 000—50 000 件之间时，应采用 B 方案；当需求量在 50 000 件以上时，应采用 C 方案。

盈亏平衡决策法还可用于产品搭配决策、价格决策、成本决策等，在这里不一一列举。

盈亏平衡决策法在投资决策中应用十分广泛，计算方法也十分简单。但是，数据来源及其真实性是关键。同时，从投资项目决策到项目投产有较长的时间间隔，用于盈亏平衡决策法的数据应该是经过科学预测的未来数据。

三、线性规划法

企业资源总是有限的。企业在决策时，必须考虑如何以有限的资源，发挥最佳的效益。常用的方法是线性规划法。线性规划法的思想就是在资源约束的条件下，选择最佳的方案。

(一)线性规划法的原理

线性规划法是通过建立并求解线性数学模型来做决策的方法。线性规划模型包括以下三个部分：

(1) 变量。它是线性规划模型中待定的对实现决策目标有决定性影响的因素，一般用 X_{ij} 或 X_i 表示，这些变量有非负性的要求。

(2) 目标函数。它是决策目标的量化，是变量的函数，如利润最大化、成本最小化等。

(3) 约束条件。即实现决策目标的限制性条件，如市场需求的限制、可供资源的限制等。

有了变量、目标函数、约束条件,线性规划模型也就建立起来了。一般线性规划模型可表述为以下形式:

设定一组变量:

$$X_i > 0 \quad (i = 1, 2, \cdots, n)$$

约束条件:

$$a_{11}X_1 + a_{12}X_2 + \cdots + a_{1n}X_n < (\geqslant) b_1$$

$$a_{21}X_1 + a_{22}X_2 + \cdots + a_{2n}X_n < (\geqslant) b_2$$

$$\vdots$$

$$a_{m1}X_1 + a_{m2}X_2 + \cdots + a_{mn}X_n < (\geqslant) bm$$

目标函数:

$$Z = \max(\text{或} \min)\{C_1X_1 + C_2X_2 + \cdots + C_nX_n\}$$

对线性规划模型的求解,传统上采用图解法和单纯形法。求解起来虽然不难,但耗时特别长。随着计算机在管理中的广泛应用,用现成的计算机软件包对线性规划模型求解已成为举手之劳。本书只介绍线性规划模型的建立,计算方法从略。

例 2-10 某企业计划生产 A、B 两种产品,需要经过加工和装配两道工序。生产的有关资料如表 2-10 所示。问 A、B 两种产品各生产多少时,企业获利最大?

表 2-10　加工工时

工序	工时定额		年可用工时
	A 产品	B 产品	
加工工序	125	250	150 000
装配工序	100	100	100 000
单件利润	150	200	

解　设 A、B 两种产品的计划产量分别为 X_1、X_2,约束条件为:

$$125X_1 + 250X_2 < 150\,000$$

$$100X_1 + 100X_2 < 100\,000$$

$$X_1 、 X_2 \geqslant 0$$

目标函数为 $Z_{\max} = 150X_1 + 200X_2$。

把数据输入计算机,通过有关软件包的运算便可直接得出结果:

$$X_1 = 800(件), \quad X_2 = 200(件)$$

即企业生产 A 产品 800 件、B 产品 200 件时,获利最大。

(二)线性规划法的应用

线性规划法的应用范围较广,主要用于以下决策:

1. 产品搭配决策

当原材料供应、生产能力等受到限制时,企业如何计划各种产品的产量,才能获得最大利润?

例 2-11 某公司以钢板为主要原材料生产四种产品,生产过程需经五道工序,生产成本、费用、市场等资料如表 2-11 所示。由于进口的限制,B、D 产品所需钢板供应紧张,最大供应量为 24 000 平方米。已知 B、D 产品消耗该钢板的定额分别为 2.4 平方米和 1.44 平方米。问:A、B、C、D 四种产品的产量计划应各是多少?

表 2-11 钢板加工工时

工序	A 产品	B 产品	C 产品	D 产品	可用工时
冲压	0.6	3	1	2	80 000
钻孔	0.9	1.8	—	1.5	60 000
装配	1	2	1	2.4	100 000
喷漆	0.8	4	0.6	2.4	90 000
包装	0.2	0.6	0.2	0.5	40 000
产品市场价格(元)	200	500	320	400	
产品成本(元)	90	225	165	210	
市场需求(件)	10 000—60 000	< 5 000	5 000—30 000	1 000—10 000	

解 令 $X_1 、 X_2 、 X_3 、 X_4$ 分别为 A、B、C、D 四种产品的计划产量。约束条件为:

$$0.6 X_1 + 3X_2 + X_3 + 2X_4 < 80\,000$$

$$0.9X_1 + 1.8X_2 + 1.5X_4 < 60\,000$$

$$X_1 + 2X_2 + X_3 + 2.4X_4 < 100\,000$$

$$0.8X_1 + 4X_2 + 0.6X_3 + 2.4X_4 < 90\,000$$

$$0.2X_1 + 0.6X_2 + 0.2X_3 + 0.5X_4 < 40\,000$$

$$2.4X_2 + 1.44X_4 < 24\,000$$

$$X_1 > 10\,000, \quad X_1 < 60\,000, \quad X_2 < 5\,000, \quad X_3 > 5\,000,$$

$$X_3 < 30\,000, \quad X_4 > 1\,000, \quad X_4 < 10\,000, \quad X_1、X_2、X_3、X_4 > 0$$

目标函数为:

$$Z_{max} = (200 - 90)X_1 + (500 - 225)X_2 + (320 - 165)X_3 + (400 - 210)X_4$$

计算结果为:

$$X_1 = 55\,000, \quad X_2 = 5\,000, \quad X_3 = 3\,000, \quad X_4 = 1\,000, \quad Z_{max} = 2\,635\,000$$

2. 裁料决策

如何把整材裁成不同规格的毛坯? 可用线性规划法实现最优裁料,在保证生产需要的前提下,最大限度地节约原材料。

例 2-12 某企业根据生产所需,要将一批钢管裁成长 1.5 米、2.1 米、2.9 米三种不同长度的管材,根据现有裁料经验,有五种不同的剪裁方式,如表 2-12 所示。现需三种规格的管材各 1 000 根,如何下料使所用钢管最少?

表 2-12 裁料方案

规格(米)	方案 A	方案 B	方案 C	方案 D	方案 E
1.5	2	0	1	3	3
2.1	2	2	0	1	0
2.9	0	1	2	0	1

解 假设用 A、B、C、D、E 五种不同剪裁方式分别裁 X_1、X_2、X_3、X_4、X_5 根钢管。约束条件为:

$$2X_1 + X_3 + 3X_4 + 3X_5 = 1\,000$$

$$2X_1 + 2X_2 + X_4 = 1\,000$$

$$X_2 + 2X_3 + X_5 = 1\,000$$

$$X_1、X_2、X_3、X_4、X_5 > 0$$

目标函数为:

$$Z_{min} = X_1 + X_2 + X_3 + X_4 + X_5$$

计算结果为:

$$X_1 = 200, \quad X_2 = 300, \quad X_5 = 500, \quad Z_{min} = 700$$

3. 配方决策

在保证质量(或营养)的前提下,如何选择配方,使成本最低?

例 2-13 某企业生产鸡饲料,原料选用玉米、豆饼、麦麸、鱼粉、骨粉和鸡促进素,每千克进价分别为 0.314 元、0.54 元、0.224 元、1.2 元、0.4 元和 0.5 元。营养成分见表 2-13。

表 2-13 各种原料的主要营养成分

原料	营养成分(%)						
	粗蛋白	钙	磷	赖氨酸	蛋氨酸	色氨酸	胱氨酸
玉米	8.60	0.04	0.21	0.27	0.13	0.08	0.18
豆饼	43.00	0.32	0.50	2.45	0.48	0.60	0.60
麦麸	15.40	0.14	1.06	0.54	0.18	0.27	0.40
鱼粉	62.00	3.91	2.90	4.35	1.65	0.80	0.56
骨粉	—	36.40	16.40	—	—	—	—
鸡促进素	—	31.50	4.50	—	—	—	—
饲料营养标准	19.00	1.00	0.70	0.94	0.36	0.19	0.32

企业的传统配方是 59:25:7:7:1.5:0.5,成本为每千克 0.42 元。请求解成本最低的配方。

解 设玉米、豆饼、麦麸、鱼粉、骨粉和鸡促进素等在新饲料配方中所占比例分别为 X_1、X_2、X_3、X_4、X_5 和 X_6。100 千克饲料的原料成本为:

$$Z = 0.314X_1 + 0.54X_2 + 0.224X_3 + 1.2X_4 + 0.4X_5 + 0.5X_6$$

约束条件为:

$$
\begin{cases}
8.6\%X_1 + 43\%X_2 + 15.4\%X_3 + 62\%X_4 \geqslant 19\% \times 100 \\
0.04\%X_1 + 0.32\%X_2 + 0.14\%X_3 + 3.91\%X_4 + 36.4\%X_5 + 31.5\%X_6 \geqslant 1\% \times 100 \\
0.21\%X_1 + 0.5\%X_2 + 1.06\%X_3 + 2.9\%X_4 + 16.4\%X_5 + 4.5\%X_6 \geqslant 0.7\% \times 100 \\
0.27\%X_1 + 2.45\%X_2 + 0.54\%X_3 + 4.35\%X_4 \geqslant 0.94\% \times 100 \\
0.13\%X_1 + 0.48\%X_2 + 0.18\%X_3 + 1.65\%X_4 \geqslant 0.36\% \times 100 \\
0.08\%X_1 + 0.6\%X_2 + 0.27\%X_3 + 0.8\%X_4 \geqslant 0.19\% \times 100 \\
0.18\%X_1 + 0.6\%X_2 + 0.4\%X_3 + 0.56\%X_4 \geqslant 0.32\% \times 100 \\
X_1 + X_2 + X_3 + X_4 + X_5 + X_6 = 100 \\
X_i \geqslant 0, \quad i = 1, 2, \cdots, 6
\end{cases}
$$

经计算可知,$X_1 = X_2 = X_6 = 0$,$X_3 = 86.5473\%$,$X_4 = 12.3777\%$,$X_5 =$

1.0848%时,成本最低(每千克 0.34 元)。

4．物资调运决策

大公司的生产基地或市场散布在各地,产地与市场之间的距离和运输方式不同,所需的单位产品运输费用不一。如何在保证供需平衡的条件下减少运费?

例 2-14 某集团公司的甲、乙、丙、丁四个生产基地月生产彩电的能力分别为 5 000 台、10 000 台、8 000 台、15 000 台。其市场分布在 A、B、C、D、E 五个省会城市,五个城市的市场需求量分别为 6 000 台、8 000 台、8 000 台、12 000 台、4 000 台。运费的有关资料如表 2-14 所示。问:运费最低的物资调配方案是什么?

表 2-14 从不同工厂到市场的单位运费

工厂	单位产品从工厂到市场的运费(元)					
	A	B	C	D	E	供应量(台)
甲	15	10	12	8	2	5 000
乙	6	5	8	10	5	10 000
丙	10	3	7	16	8	8 000
丁	8	6	5	4	6	15 000
需求量	6 000	8 000	8 000	12 000	4 000	38 000

解 设甲厂运往 A、B、C、D、E 的彩电数量分别为 X_{11}、X_{12}、X_{13}、X_{14}、X_{15}。

乙厂运往 A、B、C、D、E 的彩电数量分别为 X_{21}、X_{22}、X_{23}、X_{24}、X_{25}。

丙厂运往 A、B、C、D、E 的彩电数量分别为 X_{31}、X_{32}、X_{33}、X_{34}、X_{35}。

丁厂运往 A、B、C、D、E 的彩电数量分别为 X_{41}、X_{42}、X_{43}、X_{44}、X_{45}。

约束条件为:

$$\begin{cases} X_{11} + X_{12} + X_{13} + X_{14} + X_{15} = 5\,000 \\ X_{21} + X_{22} + X_{23} + X_{24} + X_{25} = 10\,000 \\ X_{31} + X_{32} + X_{33} + X_{34} + X_{35} = 8\,000 \\ X_{41} + X_{42} + X_{43} + X_{44} + X_{45} = 15\,000 \\ X_{11} + X_{21} + X_{31} + X_{41} = 6\,000 \\ X_{12} + X_{22} + X_{32} + X_{42} = 8\,000 \\ X_{13} + X_{23} + X_{33} + X_{43} = 8\,000 \\ X_{14} + X_{24} + X_{34} + X_{44} = 12\,000 \\ X_{15} + X_{25} + X_{35} + X_{45} = 4\,000 \\ X_{11}、X_{12}、X_{13}、X_{14}、X_{15}、X_{21}、X_{22}、X_{23}、X_{24}、X_{25}、 \\ X_{31}、X_{32}、X_{33}、X_{34}、X_{35}、X_{41}、X_{42}、X_{43}、X_{44}、X_{45} \geqslant 0 \end{cases}$$

目标函数为：

$$Z_{min} = \{15X_{11} + 10X_{12} + 12X_{13} + 8X_{14} + 2X_{15}$$
$$+ 6X_{21} + 5X_{22} + 8X_{23} + 10X_{24} + 5X_{25}$$
$$+ 10X_{31} + 3X_{32} + 7X_{33} + 16X_{34} + 8X_{35}$$
$$+ 8X_{41} + 6X_{42} + 5X_{43} + 4X_{44} + 6X_{45}\}$$

计算结果为：

$$X_{14} = 1\,000, \quad X_{15} = 4\,000, \quad X_{21} = 6\,000, \quad X_{23} = 4\,000,$$
$$X_{32} = 8\,000, \quad X_{43} = 4\,000, \quad X_{44} = 11\,000$$

四、决策树法

决策树法是对风险型决策问题进行决策的有效方法。如前所述,风险型决策是指决策问题有几个可行方案,每一方案面临两个或两个以上的自然状态,每种状态的发生不肯定,但可知其发生的概率,每一方案在各种自然状态下的损益值能预计。

决策树法就是借用类似于树的图来辅助决策的方法。决策树的结构如图 2-2 所示。"□"表示决策点,由决策点引出的树枝,称为方案枝,有几个方案就引出几条枝;"○"表示状态点,由状态点引出的树枝,称为自然状态枝,有几种自然状态就引出几条枝。

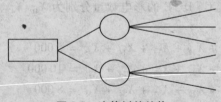

图 2-2　决策树的结构

决策树法的程序如下:

第一步:绘制决策树。决策树的一般结构如图 2-2 所示,对于不同的决策问题,方案及其面临的自然状态的数量不同,具体的决策树也不同。画出决策树之后,要对决策点和状态点进行编号,编号的顺序是从左到右、由小到大编号。还要把有关数据(如投资额、收益、概率等)填在决策树上的有关位置。

第二步,计算期望净收益值。即计算方案在不同自然状态下的期望净收益值。计算公式如下：

$$某方案的期望净收益值(E) = \sum_{t=1}^{n} \frac{\sum 概率 \times 收益值}{(1+i)^{t}} - 原始投资额$$

式中，i 为投资的时间价值（如银行利率）；n 为该项投资的使用寿命。

期望净收益值的计算一般是从右到左依次进行计算，并将结果标在相应的状态点上。

第三步，剪枝。比较各方案的期望净收益值，将期望净收益值小的方案剪掉，留下期望净收益值最大的方案，该方案为决策的最优方案。

例2-15 某企业为生产甲产品设计了两个方案，一是建大厂，二是建小厂，建大厂需投资 400 万元，建小厂需一次投资 200 万元，两方案的使用年限都是 10 年。期间，市场需求高的概率是 0.8，需求低的概率是 0.2。两方案的年收益值如表 2-15 所示。假设资金的时间价值为市场利率 10%。请用决策树法进行决策。

表 2-15 各方案收益值

方案	自然状态	
	高需求(0.8)	低需求(0.2)
建大厂年收益	100(万元)	−20(万元)
建小厂年收益	40(万元)	10(万元)

解 第一步，画决策树（见图 2-3）。

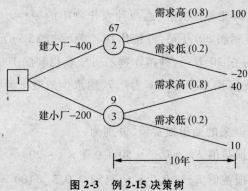

图 2-3 例 2-15 决策树

第二步，计算每一方案的期望净收益值（E）。

建大厂:

$$E_{大} = \sum_{t=1}^{n} \frac{\sum 概率 \times 年收益值}{(1+i)^t} - 投资额$$

$$= \sum_{t=1}^{10} \frac{0.8 \times 100 + 0.2 \times (-20)}{(1+10\%)^t} - 400$$

$$= 76 \times 6.1446 - 400 \approx 67(万元)$$

建小厂:

$$E_{小} = \sum_{t=1}^{n} \frac{\sum 概率 \times 年收益值}{(1+i)^t} - 投资额$$

$$= \sum_{t=1}^{10} \frac{0.8 \times 40 + 0.2 \times 10}{(1+10\%)^t} - 200$$

$$= 34 \times 6.1446 - 200 \approx 9(万元)$$

第三步,剪枝。从以上计算结果可知,建大厂的期望净收益大于建小厂的期望净收益,故选建大厂的方案为决策的最优方案。

五、敏感性分析

在风险决策中,由于自然状态发生的概率和每一方案在各种自然状态下的损益值是通过市场调查和预测出来的,都不会十分精确,因此,需要分析这些数据的变动是否会改变最优方案的选择。对这类问题的分析就是灵敏度分析。

例 2-16 某农场准备种植甲、乙两种农作物中的一种。如果今年雨水多,种植作物甲可获得利润 50 万元,种植作物乙要亏损 15 万元。如果今年雨水少,种植作物甲会亏损 20 万元,种植作物乙可望获得利润 100 万元。根据当地气象资料统计,该地区雨水多的概率为 0.7,雨水少的概率为 0.3。应选择何种作物最佳?

解 先计算两方案的期望损益值,分别为:

甲方案的期望损益值 $E_1 = 0.7 \times 50 + 0.3 \times (-20) = 29(万元)$

乙方案的期望损益值 $E_2 = 0.7 \times (-15) + 0.3 \times 100 = 19.5(万元)$

因为种植甲的期望损益值高于种植乙的期望损益值,所以应以选种甲为最佳方案。

假如最新气象资料表明雨水多的概率将上升到 0.8,此时:

$$E_1 = 0.8 \times 50 - 0.2 \times 20 = 36(万元)$$

$$E_2 = 0.8 \times (-15) + 0.2 \times 100 = 8(万元)$$

因 $E_1 > E_2$,且两者的数值差距拉大了,方案甲明显优于方案乙。但是,如果新气象资料表明,雨水多的概率下降到 0.6,情况则将完全相反,因为:

$$E_1 = 0.6 \times 50 + 0.4 \times (-20) = 22(万元)$$

$$E_2 = 0.6 \times (-15) + 0.4 \times 100 = 31(万元)$$

此时 $E_2 > E_1$,所以种植乙为最优方案,既然在损益值不变的情况下,雨水多的概率由 0.7 降至 0.6 时,两个方案期望值的高低发生了转化。那么,该概率值为多大时,这两个方案的期望值正好相等呢?

设 P 代表雨水多的概率,则雨水少的概率为 $1 - P$,当 $E_1 = E_2$ 时,即得:

$$P \times 50 + (1 - P) \times (-20) = P \times (-15) + (1 - P) \times 100$$

求解上式可知:

$$P = 0.65$$

0.65 被称为决策问题的临界概率。当 $P > 0.65$ 时,种植作物甲是最优方案;当 $P < 0.65$ 时,种植作物乙是最优方案。同样地,我们可以固定概率,对收益进行敏感分析。

在实际工作中,我们在可能的误差范围内对概率值、损益值等进行几次不同的变动,反复计算,然后比较得到的期望值,看其是否相差很大,是否影响最优方案的选择。如果这些数据稍加变动,而最优方案保持不变,则说明这个方案是比较稳定的;反之,如果这些数据稍加变动,最优方案就从原来的一个变为另一个,则说明这个方案是不稳定的(或称为敏感的),需要进一步加以分析。分析得越透彻,决策者心中就越有数。

如果我们能用科学的方法准确地预测出决策年份的降雨量以及降雨的季节,就可以更清楚地知道气候对作物的影响。此时,上述问题将变成确定型决策,风险将大大降低。

六、非确定型决策方法

由于决策者对非确定型决策问题所面临的条件知之甚少,很难用有效的方法进行科学的决策,只能凭借自身的经验,所以非确定型决策法又称为经验决策法。常见的有以下几种：

（一）小中取大决策标准

小中取大决策标准又称为悲观决策标准，是指先从每一方案中找出收益最小者，然后从几个最小收益值中选出一个最大者，其对应的方案即为中选方案。

例 2-17 某企业拟生产一种新产品，可采用三种方案中的一种，产品的市场需求情况不明，有关资料如表 2-16 所示，用小中取大决策标准进行决策。

表 2-16　各方案收益值

方案	收益值（万元）		
	销路好	销路中等	销路差
新建生产线	40	10	-10
改建生产线	36	12	-4
租用生产线	32	14	2

解　先找出每一方案在不同自然状态下的最小收益值。

新建、改建、租用生产线的最小收益值分别为 -10 万元、-4 万元、2 万元。其中最大者为 2 万元，对应的方案是租用生产线，该方案为中选方案。

采用租用生产线最低也能获利 2 万元，有可能获利 32 万元。所以，小中取大法是最保守的决策法，其决策的结果没有任何风险。

（二）大中取大决策标准

大中取大决策标准又称乐观决策标准，是指先找出各种方案在不同自然状态下的最大收益值，然后从这些最大收益值中找出一个最大者，其对应的方案即为中选方案。

例 2-18　仍以例 2-17 为例来说明大中取大决策标准。

解　先找出每一方案在各种自然状态下的最大收益值。

新建、改建、租用生产线的最大收益值分别为 40 万元、36 万元、32 万元。其中，最大者为 40 万元，对应的方案是新建生产线，该方案为大中取大法的中选方案。

采用新建生产线在市场销路好的时候能获利 40 万元，但在市场销路差的时候亏损达 10 万元,所以,选择此方案的结果可能是赚得最多,也可能亏得最多,风险极大。

(三)最小后悔值决策标准

此处的后悔值是指某一方案的机会成本与收益值之差。具体做法是:先求出每一方案在不同自然状态下的后悔值,然后找出每一方案的最大后悔值,最后从这些最大后悔值中找出一个最小的,其对应的方案即为中选方案。

例 2-19 仍以例 2-17 为例来说明最小后悔值决策标准。

解 先计算各方案在不同自然状态下的后悔值(计算结果见表 2-17),然后找出每一方案在不同自然状态下的最大后悔值(表中最后一列),其中最小者(6 万元),对应的方案(改建生产线)为最小后悔值决策标准的中选方案。

表 2-17　方案收益值

方案	后悔值(万元)			最大后悔值(万元)
	销路好	销路中等	销路差	
新建生产线	0	4	12	12
改造生产线	4	2	6	6
租用生产线	8	0	0	8

该决策标准遵循的是机会损失最小的标准,具有一定的保守性。

从以上非确定型决策法的举例可以看出,用不同的决策标准对同一决策问题进行分析,所得到的结果大相径庭,并且难以区分谁是谁非。这是由于决策缺乏资料,只能凭决策者的个人经验和兴趣进行决策,难以保证决策的准确性。因此,我们应当尽可能地收集信息,变不知为已知,把非确定型决策问题转化为风险型决策问题或确定型决策问题,然后再用现代的决策技术进行决策。

七、竞争决策方法

企业的很多决策都是针对竞争对手做出的,目的在于保证企业在竞争中处于有利地位。在一定程度上,竞争决策的成败对企业的影响比投资决策的成败对企业的影响还大。因此,企业在竞争中的决策必须慎重。这里介绍两种主要的竞争决策方法。

（一）价格—效用决策法

当企业面临众多竞争对手时，降价与提高效用是其常用的竞争方法，但是，如果运用失当，企业就可能陷入灾难。

效用是西方经济学中的概念，用来表示产品或服务给消费者带来的满足程度。它因时、因地、因人而异。效用的大小受产品或服务的质量、品牌、规格、色彩、环境等因素的影响。

在图2-4中，横轴表示产品或服务的市场价格，纵轴表示产品或服务的效用。

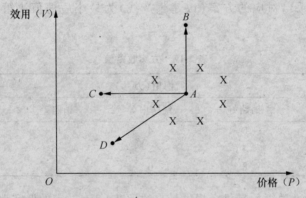

图2-4　价格—效用的关系

假设企业的产品位于图2-4中A点的位置，而其周围分布着很多价格和效用都很接近的竞争对手的产品（图中用 X 表示），因为各企业提供的产品及价格相差无几，消费者认为买谁的都行。各企业所占有的市场份额基本相同，如果大家都安分守己，这种市场格局将维持下去；如果某企业要扩大自己的市场份额，它将如何决策呢？

决策方法主要有以下两种：

1. 降价法

降价可以使企业产品的位置从 A 点向左移，即以更低的价格向消费者提供和竞争对手效用相同的产品，吸引更多的消费者，从而扩大市场份额。要达到这一目的，企业必须消除两种可能性：

（1）要消除消费者"便宜非好货"的心理。如果企业的产品没有明显的效用标记,降价很容易让消费者产生"便宜非好货"的错觉,不但不能增加销量,反而会减少销量,使企业的竞争位置从 A 点移至 D 点。因此,企业降价时,必须消除消费者的这种心理。名牌产品或知名企业的产品,由于质量易于辨别,降价一般不会使消费者产生这种心理,但是,无名企业的产品降价,就对企业十分不利了。

（2）要避免价格竞争中的不利地位。企业降价必然导致竞争者的效仿,一场价格战在所难免。但企业是否能持续降价,并能在较长时间内保持比竞争对手更低的价格,这就要看企业的实力和成本。如果企业的实力和成本不具有竞争优势,企业就会处于价格竞争的不利地位,甚至会因降价而作茧自缚。如果企业的实力和成本具有竞争优势,经过持久的价格战,就会使竞争对手纷纷离开本行业,而取得价格竞争的最后胜利。

2. 提高效用法

在与竞争者同价的条件下,提高效用会使企业的产品位置从 A 点移至 B 点,同样能吸引更多的消费者,从而扩大市场份额。问题是如何提高效用? 如果决策不当,企业花了钱还得不到消费者的青睐,最终造成损失。例如,某企业为了提高传统出口产品的竞争力,投资引进了一条现代化的包装生产线。然而,新的包装不但没有吸引更多的新顾客,还使老顾客产生厌恶。这就是决策不当。

提高产品的效用就是更好地迎合更多消费者的需要并切实让消费者看得见、摸得着、感受得到。例如,消费者认为吸烟有害身体健康,如果企业能开发出无害香烟并得到权威部门的论证,企业就会吸引更多的烟民。提高效用的有效方法就是进行市场调查,在市场调查的基础上了解消费者的共同需要,进而开发产品,满足他们的需要。

（二）博弈决策法

当企业面临一个或少数几个竞争对手时,企业与竞争对手之间的行为互相联系、相互依赖,企业做决策时必须考虑竞争对手可能做出的反应。

面对这种市场局势,供企业决策的方案有两个:一是和竞争对手合作,建立稳固的信任关系,使行业整体利润最大化以保证企业获得较高的收益。但是,这种合作必须得到有效的监督,否则就会出现企业间的欺诈,因此该方案具有很大的不稳定性。第二个方案是企业以最低风险、最大收益为标准制定最为有利的政策,与竞争对手短兵相接。

例 2-20 甲、乙两家企业共同垄断了某种产品的整个市场,这两家企业原广告支出分别为 400 万元和 600 万元,两家企业的利润分别为 1 000 万元和 1 200 万元,有关资料如表 2-18 所示。甲、乙两家企业都要考虑是否增加广告预算支出的问题。表中括号内的数据是乙企业的销售利润。

表 2-18 广告预算决策收益矩阵 单位:万元

		乙企业的广告预算方案	
		600	800
甲企业的广	400	1 000(1 200)	600(1 800)
告预算方案	600	1 600(800)	850(1 050)

如果两家企业都维持原状,即甲、乙两家企业的广告支出仍分别为 400 万元、600 万元,它们的销售利润分别为 1 000 万元、1 200 万元;如果甲企业维持原广告预算 400 万元,乙企业扩大广告预算至 800 万元,乙企业因吸引了更多的消费者(包括吸引甲企业的消费者),销售利润增至 1 800 万元,甲企业因丢失了很多消费者,销售利润急剧降至 600 万元;如果乙企业维持原预算 600 万元不变,而甲企业增加广告预算至 600 万元,因同样的原因,甲企业的销售利润增至 1 600 万元,而乙企业的销售利润降至 800 万元;如果甲、乙两家企业都分别增加广告预算至 600 万元和 800 万元,因广告效果相互抵消和广告支出增加,两家企业的销售利润分别降至 850 万元和 1 050 万元。

面对此类问题,企业必须及时做出决策,力求避开竞争的不利地位。如表 2-18 所示,对甲企业来说,维持原广告预算的结果是坏的结果,如果增加广告预算至 600 万元,甲企业至少也能获得销售利润 850 万元,可能还能获得 1 600 万元的利润。所以甲企业根据最小风险、最大收益的原则,应增加广告预算至 600 万元。同样的理由,乙企业也应增加广告预算至 800 万元。

上述情况的产生是因为两家企业间的信息互不沟通,企业难以互相信任,不易达成有效的默契,企业害怕竞争对手不信守诺言,使自己吃亏上当,结果竞相增加广告支出。

课后案例

日产 20 万块蒸养灰沙砖生产线可行性报告[①]

1. 市场前景和项目建设的可行性

蒸养灰砂砖是替代实心黏土砖的一种新型墙体材料。根据国家墙体材料革新规划,到 2008 年,全国大中城市禁止使用实心黏土砖。随着实心黏土砖逐步退出市场,承重结构用新型墙体材料会供不应求。因此,开办蒸养灰砂砖厂,可以改变毁田取土现象,还能疏通河流、治理污染。

2. 主要原料的一般要求

蒸养灰砂砖是以沙子和石灰为主要原料,经磨细配料,搅拌混合。沙子除要求二氧化硅含量高、质地纯而杂质少之外,还要强调沙子的颗粒级配。石灰要求新鲜,高钙低镁,活性钙不低于 60%,氧化镁不大于 6%,硅酸钙含量在 80% 以上。

3. 成品规格

蒸养灰砂砖的成品规格为 240 mm ×115 mm ×53 mm。

4. 蒸养灰砂砖每万块所需主要原料及其他指标

沙子:每立方米沙子生产 600 块;石灰:2 000 千克/万块;电:180 度/万块;煤:0.3 吨/万块;用工:50 人/班(指年产 6 000 万块设备用人)。

5. 蒸养灰砂砖工艺流程

计量——→搅拌——→消化——→输送——→压制——→加压蒸养。

6. 设备选型

本着节约办厂的原则,尽量减少建设投资,以有限的资金发挥最大的经济效益,选用国内同行业中最先进的 DY160-8 型盘转式压砖机。

7. 产品质量

体积密度 1 709.06 kg/m³,最高抗压强度可达 25 MPa,抗折强度 4.1 MPa,干燥收缩 0.26 mm/m。

8. 产量计算

按单机每小时生产 1 900 块,按每天两班工作 20 小时计算,则整条生产线

---

① 参见《日产 20 万块蒸养灰沙砖生产线可行性报告》,http://www.hnshuguang.com/fenxi/kexingxing01.htm。

日生产能力约为 $1\,900 \times 20 \times 6 = 228\,000$ 块。在设计的 6 台压砖机中,有 1 台为备用。按其配套设备,每天生产 20 万块是有保证的。全年按 300 天计算,则年产量可达 6 000 万块。

9. 成本核算及效益分析

按现在的市场行情,蒸压灰砂砖综合成本每块约为 0.08—0.10 元(含原材料、人工和电费),市场平均售价约为 0.15—0.16 元,固定资产总投资为 240 万元,其中,设备投资为 200 万元,有效寿命为 5 年,厂房投资为 40 万元,有效寿命为 10 年。税收按政策全免,管理、销售费用和不可预见的开支 10 万元。

案例思考题

(1) 请你用相关的决策方法论证该方案是否可行。

(2) 如果计算结果可行,你愿意投资吗?为什么愿意或者不愿意?

(3) 请你进行敏感性分析。该项目有风险吗?风险具体来自哪些方面?

第三节　计　划　概　述

一、计划的特征

计划是关于企业未来的蓝图,是对企业目标的实现途径所进行的策划与安排。没有计划,企业活动就会出现混乱。

箴　言

孙子曰:"夫未战而庙算胜者,得算多也;未战而庙算不胜者,得算少也。多算胜,少算不胜,而况于无算乎!吾以此观之,胜负见矣。"意思是对未来行动进行预测并做好计划。如果预计行不通,一般是行不通的;如果预计行得通,一般能行。所以,还是尽量做好预测和计划。

计划告诉管理者和执行者未来的目标是什么,要采取什么样的活动来达到

目标,在什么时间范围内达到这种目标,以及由谁来执行这项活动。计划有如下特征:

(一)计划的目标性

任何企业和个人制订计划都是为了有效达到某种目标,但是在计划工作开始之前,这种目标可能不是很具体,计划就是起始于这种不具体的目标。

(二)计划的首要性

计划工作在管理中处于首要地位,这主要是由于管理过程中的其他职能都是为了支持、保证目标的实现。因此,这些职能只有在计划工作确定了目标之后才能进行。

一位经理只有在明确目标之后才能确定合适的组织结构、下属的任务和权力、责任,以及怎样控制企业和个人的行为不偏离计划等。所有这些组织、领导、控制职能都是依计划而定的。

另外,在有些情况下,计划职能是唯一需要完成的工作。计划工作最终可能导致一种结论,即没有必要采取进一步的行动。如原打算在某郊区开设一家大型超市,首先要做的工作是进行可行性分析,如果分析的结果表明在此地建立大型超市是不合适的,那么所有工作也就告一段落。

(三)计划的普遍性

计划是各级管理人员的一个共同职能,高层管理人员仅对企业活动制订结构性计划,不可能也没必要对一切活动做出确切的说明,这是有效管理所必须遵循的一条原则。现代企业管理十分繁杂,即使是最聪明、最能干的领导人,也不可能包揽全部计划工作,同时,授予下属某些制订计划的权力,有助于调动下属的积极性。

(四)计划的效率性

计划的经济效益可用计划的效率来衡量。

计划的效率 = 所得利益 / 所有耗损 = 所有产出 / 所有投入

如果一个计划能够达到目标,但它需要的代价太大,这个计划的效率就很低,因此不是一个好计划。在制订计划时要时时考虑计划的效率,不但要考虑经济方面的利益和耗损,还要考虑非经济方面的利益和耗损。

(五)计划的预见性

计划是对未来的活动进行安排,计划不能消除变化,但应能预见未来的变化,预测变化对企业的影响并准备对策,这样才能保证计划的可行性。

二、计划的类型

(一)按计划的形式分类

按表现形式可以将计划分为宗旨、目标、战略、政策、程序、规则、规划和预算。

1. 宗旨

宗旨是社会对企业的基本要求,即明确企业是干什么的、应该干什么。例如,工商企业的基本宗旨是向社会提供有经济价值的商品和服务,大学的宗旨是培养社会所需的高级专门人才。一家企业要系统阐明在一定时期应达到的目标,首先必须明确它的宗旨。世界上一些知名大企业的成功,首先就在于它们有明确的宗旨。

2. 目标

企业在一定时期的目标是在其宗旨指导下提出的,它具体规定了企业及其各个部门的经营管理活动在一定时期要达到的具体成果。目标是计划工作的始点,也是组织、领导和控制活动所要达到的结果。

3. 战略

战略是为实现企业的长远目标所选择的发展方向、行动路线以及资源分配方案的一个总纲。战略是指导全局和长远发展的方针。凡存在竞争且胜利取决于长期准备和持续努力的场合,都需要制定战略。对一家企业来说,制定战略的根本目的,是使公司获得相对于竞争对手的持久竞争优势。因此,企业战略就是以最有效的方式,努力提高企业相对于竞争对手的实力。除了长期竞争需要战略外,那些涉及长远发展、全局部署的管理活动也需要制定战略。

4. 政策

政策也是一种计划,它是企业在决策时用来指导、沟通思想和行动方针的明文规定。政策有助于将一些问题事先确定下来,避免每次重复分析相同的情况。制定政策还有助于主管人员把职权授予下属。政策的种类很多,如公司仅雇用具有硕士学位的员工的政策、从公司内部提拔人员的政策、制定竞争性价格的政策等。政策是指导决策的,它必须对某些事情酌情处理,否则就成为规则了,但是又要把它限制在一定的范围内。企业为了实现目标,必须保持政策的连续性和完整性,这样才能使政策深入人心,形成一种持久作用的机制。

5. 程序

程序也是一种计划,它规定了重复发生的例行问题的标准处理方法。程序的实质是对所要进行的活动规定时间顺序,因此,程序也是一种工作步骤。制定程序的目的是减轻主管人员决策的负担,明确各个工作岗位的职责,提高管理活动的效率和质量。此外,程序通常还是一种经过优化的计划,它是对大量日常工作过程及方法的提炼和规范化。程序是多种多样的,企业中所有重复发生的管理活动都应当有程序。

企业的上层主管部门应当有重大决策程序、预算审批程序、会议程序等,中层职能管理部门应当有各自的业务管理程序。此外,企业中有些工作是跨部门的,如新产品的开发研制工作,对于这些工作应当有相应的跨部门管理程序。

一般来说,越是基层,规定的程序也就越细,数量也越多。例如,制造业的工艺路线就是一种程序,它明确规定某个零件的加工顺序、使用的设备、加工的方法等,对于保证零件的质量起着关键的作用。管理的程序化水平是管理水平的重要标志,制定和贯彻各项管理工作的程序是企业的一项基础工作。

6. 规则

规则是一种最简单的计划。它是在具体场合和具体情况下,允许或不允许采取某种特定行动的规定。规则与政策和程序不同,它与政策的区别在于规则在应用中不具有自由处置权,与程序的区别在于规则不规定时间顺序,可以把程序看做一系列规则的总和。

7. 规划

规划是为了实施既定方针而对目标、政策、程序、任务分配、执行步骤、使用的资源等制订的综合性计划。规划一般是粗线条的、纲要性的。

8. 预算

预算作为一种计划,是以数字表示预期结果的一种报告书,也被称为"数字化"的计划。例如,企业的财务收支预算,也可叫利润计划或财务收支计划。一个企业的财务预算包括利税计划、流动资金计划、财务收支明细计划表和成本计划等。其中,财务收支明细计划表详细规划出企业各管理部门的主要收支项目的金额数量。

(二)按职能分类

按职能可将计划分为销售计划、生产计划、采购计划、供应计划、新产品开发计划、财务计划、人事计划、后勤保障计划等。这些职能计划通常就是企业相应的职能部门编制和执行的计划。

(三)按广度分类

按广度可将计划分为战略计划与作业计划。应用于整个企业的、为企业设立总体目标和寻求企业在环境中的地位的计划,称为战略计划。规定总体目标实现的细节的计划,称为作业计划。战略计划和作业计划在时间跨度上和范围上是不同的。战略计划的时间跨度较长,一般为 5 年甚至更长的时间,它包括较宽的领域并且规定具体的细节。作业计划一般指较短时间的计划,如月度计划、周计划、日计划。战略计划的一个重要任务是设立目标,而作业计划则假定目标已经存在,只是提供实现目标的方法。

(四)按时间跨度分类

按时间跨度可将计划分为短期计划、中期计划和长期计划。短期是指 1 年以内的期限,长期一般超过 5 年,中期介于两者之间。大量的研究表明,长期计划工作越来越受到企业的重视,那些有长期计划的公司,其成就普遍超过没有长期计划或只有一些非正式长期计划的公司。一家企业如果在新产品开发、技术开发、市场开发、人才开发方面没有长期计划,迟早会陷入困境。

(五)按明确性分类

按明确性可将计划分为具体计划与指导性计划。具体计划有明确规定的目标,指导性计划只规定一些一般的方针,它给出重点,但不把管理者限定在具体的目标或特定的行动方案中。

三、计划的作用

（一）为落实和协调企业活动提供保证

企业的活动是由数量众多的员工在不同时间、空间进行的。为了使不同员工在不同时空进行的活动能够相互支持、彼此协调，他们所从事的活动就必须事先得到安排和部署，以便为企业总体目标的实现做出共同的、一致的贡献。计划就是将目标实现所需要的活动任务进行时间和空间上的分解，以便将其具体落实到不同部门及个人，使决策得以贯彻和实施。

（二）明确企业员工的发展方向和协作方式

计划在时空上对企业活动进行分解，它规定了企业不同部门在不同时间应从事的各种活动，使各部门员工获得明确的分工和指示，计划的编制也为企业员工的工作分工和配合提供了基本依据，使各方面的行动得到了规范和约束。

（三）为企业资源的筹措和整合提供了依据

企业活动实质是对资源进行加工和转换。为了使企业活动能以尽可能低的成本顺利进行，企业必须在规定的时间内，提供开展企业活动所需的各种资源。资源的提供如果不及时或数量不足，或规格不符合要求，都可能导致企业活动的中断。而数量过多也会导致积压、浪费和活动成本上升。良好的计划有利于企业对资源做出事先的、全面的安排，从而使有关方面明确何时需要何种资源、需要多少。这样，企业资源的筹措和供应也就有了计划性。

（四）为检查与控制企业活动奠定了基础

不同员工由于素质和能力不同，对企业任务和要求的理解可能存在差别，企业在不同环节的活动能力可能并不平衡，企业实际活动所面临的环境与事先预计的可能不完全吻合，这些因素导致企业的实际活动与预计的不完全相符，甚至可能出现较大的偏差。这种偏差，如果不能及时发现并对其采取纠正措施，就会导致企业决策执行的局部或全局失败，从而危及企业的生存和发展。计划的编制为及时对照标准、检查实际活动情况提供了客观的依据，从而也就为及时发现和纠正偏差奠定了可靠的基础。

四、计划的程序与内容

> **箴　言**
>
> 　　计划涵盖了你期望雇员完成什么任务的全部决策领域。它包括谨慎选定需求,确定企业目标,制定达到这些目标的基本工作程序,以及向集体指派恰当的任务。
>
> 　　　　　　　　　　　　　　　　　　　　　　——劳伦斯

（一）选定目标

（1）选择目标的内容和顺序。企业在一定时间内到底要取得哪些成果是首先要决定的。在一定的时间和条件之下,某一目标可能比其他目标更为重要。不同的目标内容和顺序将导致不同的政策和行动,也会有不同的资源分配顺序。

（2）选择适当的目标时间,即要用多长时间来达到目标。人们习惯于按日历的相等间隔来确定计划时间和目标时间,但这种做法有时与实际工作中所需的时间不一致。最好的办法是按承诺原则确定目标时间,合理的目标时间应当与合理承诺所包括的时间相同。

（3）目标要有明确的科学指标和价值。目标不能含糊其辞,应尽可能数量化,以便度量和控制。

（二）确定计划的前提条件

确定计划的前提条件,即计划是以什么样的未来环境为前提的。为此,必须对环境做出正确的预测。但是,环境是复杂的,因此并不要求对环境的每一细节都给予预测,而只是对计划有重大影响的主要项目做出预测。例如,企业的生产经营计划一般要对经济形势、政府政策、销售以及资源进行预测。

（三）发掘可行方案

任何事物只有一种可行的方案是极少见的,完成某一项任务总是有许多方法,只有发掘了各种可行的方案,才有可能从中选出最佳方案。

（四）评估与选择方案

在评估各种可行方案时,应重点考虑那些阻碍实现目标的制约因素,对制约因素认识得越深刻,选择方案时的效率就越高。

将一个方案的预测结果和原目标进行比较时,既要考虑到许多有形的可以用数量表示的因素,也要考虑到许多无形的不能用数量表示的因素,同时要用总体的效益观点来衡量方案。这是因为,对某一部门有利不一定对全局有利,对某项目标有利不一定对总体目标有利。

（五）拟定政策

政策是贯彻和实现目标的保证,它为整个企业采取行动规定了指导方针,要保证计划有效实施,必须拟订支持政策。

在拟定时要考虑有效政策应具备的特点。

（1）稳定性和灵活性。没有稳定性就没有方向和秩序,朝令夕改会导致员工无所适从。但是,政策要想指导实践,就必须随条件的变化而变化。

（2）全面性、协调性和一致性。计划目标往往是多方面的,因此政策也应包括多方面的内容,不能只顾一点,不顾全面,只顾当前,不顾长远。

（六）拟订派生计划

在这一阶段要考虑以下问题:

（1）让有关人员充分了解总体计划和目标、计划前提、主要政策、抉择理由,掌握总体计划的指导思想和内容。

（2）协调并保证各部门计划方向的一致性,防止各部门追求本部门目标而妨碍总体目标。

（3）协调各部门计划的工作时间顺序。例如,制造与采购、加工与装配的时间配合。

（4）制定部门预算,协调资金的使用,保证经济目标的实现。

课后案例

某公司新建流水线的实施计划

某公司通过科学论证,决定在武汉开发区投资 1 500 万元买地,建厂房,购置流水线,生产经营小家电。

案例思考题

(1) 请你为该项目制订一个详细的实施计划。

(2) 是制订计划难还是实施计划难?

(3) 制订这一计划对项目实施有何好处?

(4) 你觉得这一计划能顺利实施吗?

第四节 目标管理

一、目标管理的原理

目标管理(management by objective,MBO)的概念是管理学家德鲁克 1954 年在《管理的实践》一书中最先提出的,其后他又提出"目标管理和自我控制"的主张。德鲁克认为,并不是有了工作才有目标,而是相反,有了目标才能确定每个人的工作,所以,"企业的使命和任务,必须转化为目标"。如果一个领域没有目标,这个领域的工作必然被忽视,因此管理者应该通过目标对下属进行管理。当企业最高层管理者确定了企业目标后,必须对其进行有效分解,使其转变成每个部门以及每个人的分目标,然后管理者根据分目标的完成情况对下属进行考核、评价和奖惩。

目标管理的思想提出以后,便在美国迅速流传,并很快为日本、西欧国家的企业所仿效,在企业界大行其道。

目标管理的具体形式各种各样,但其基本内容是一样的。目标管理是一种程序或过程,它使企业中的管理者和下属一起协商,根据使命确定一定时期内企业的总目标,由此决定管理者和下属的责任和分目标,并把这些目标作为评估和奖励每个部门和个人贡献的标准。目标管理与传统管理方式相比有鲜明的特点。

1. 重视人的因素

目标管理是一种参与的、民主的、自我控制的管理制度,也是一种把个人需求与企业目标结合起来的管理制度。在这一制度下,上级与下属的关系是相互平等、相互尊重、相互依赖、相互支持的,下属在承诺目标和被授权之后是自觉、自主和自治的。

2. 建立目标锁链与目标体系

目标管理通过专门设计的过程,将企业的整体目标逐级分解,转换为各部门、各员工的分目标。从企业目标到部门目标,最后到个人目标。在目标分解过程中,权、责、利明确,而且相互对称。这些目标方向一致,环环相扣,相互配合,形成协调统一的目标体系。目标管理强调的是,只有每个人完成了自己的分目标,整个企业的总目标才有完成的希望。

3. 重视成果

目标管理以制定目标为起点,以目标完成情况的考核为终点。工作成果是评定目标完成程度的标准,也是人事考核和奖评的依据,更是评价管理工作绩效的唯一准则,至于完成目标的具体过程、途径和方法,上级并不过多干预。所以,在目标管理制度下,监督的成分很少,而控制目标实现的能力却很强。

二、目标管理的基本程序

目标管理的具体做法分设置目标、实施过程管理、总结和评估等三个阶段。

(一)设置目标

这是目标管理最重要的阶段,这一阶段可以分为以下四个步骤:

(1)高层管理预定目标。这是一个暂时的、可以改变的目标预案,既可以由上级提出,再同下属讨论,也可以由下属提出,上级批准。无论哪种方式,都必须共同商量决定。同时领导必须根据企业的使命和长远战略,估计客观环境带来的机会和挑战,对本企业的优劣势有清醒的认识,对企业能够完成的目标心中有数。

（2）重新审议组织结构和职责分工。目标管理要求每一个分目标都有确定的责任主体，因此预定目标之后，需要重新审查现有组织结构，根据新的目标分解要求进行调整，明确目标责任者，协调关系。

（3）确立下属的目标。首先下属要明确企业的规划和目标，然后商定下属的分目标。在讨论过程中，上级要尊重下属，平等待人，耐心倾听下属意见，帮助下属发展一致性和支持性目标。分目标要具体量化，便于考核；要分清轻重缓急，以免顾此失彼；既要有挑战性，又要有实现的可能。每个员工和部门的分目标要和其他的分目标协调一致，支持企业目标的实现。

（4）上级和下属就实现各项目标所需的条件以及实现目标后的奖惩事宜达成协议。分目标制定后，要授予下属相应的资源配置的权力，实现责、权、利的统一。同时，由下属写成书面协议，编制目标记录卡片，整个企业汇总所有资料后，绘制出目标图。

（二）实施过程管理

目标管理重视结果，强调自主、自治和自觉，但这并不等于领导可以放手不管。相反，由于形成了目标体系，一环失误，就会牵动全局。因此，领导必须对目标实施过程管理。

在目标实施过程中，首先要进行定期检查，利用双方经常接触的机会和信息反馈渠道自然地进行；其次要向下属通报进度，便于互相协调；最后要帮助下属解决工作中遇到的困难问题。当出现意外和不可测事件，严重影响企业目标实现时，也可修改原定的目标。

（三）总结和评估

达到预定的期限后，下属首先要进行自我评估并提交书面报告；然后领导和下属一起考核目标完成情况，决定奖惩；同时讨论下一阶段目标，开始新循环。如果目标没有完成，则要分析原因，总结教训，切忌相互指责，从而保持相互信任的气氛。

目标管理在全世界产生了很大影响，但实施中也出现了许多问题。因此，必须客观分析其优势，才能扬长避短，收到实效。

三、目标管理的优点

(1) 目标管理对企业内易于度量和分解的目标会带来良好的绩效。对于那些在技术上具有可分性的工作,由于责任、任务明确,目标管理常常会起到立竿见影的效果;而对于技术不可分的团队工作,则难以实施目标管理。

(2) 目标管理有助于明确组织的职责分工。只要企业目标和责任明确,就不容易发生授权不充分、职责不清等问题。

(3) 目标管理调动了员工的主动性、积极性、创造性。由于强调自我控制、自我调节,将个人利益和企业利益紧密联系起来,因而提高了士气。

(4) 目标管理促进了意见交流和相互了解,改善了人际关系。

四、目标管理的缺点

在实际操作中,目标管理也存在许多明显的缺点,主要表现在:

(1) 目标难以制定。企业内的很多目标难以定量化、具体化;许多团队工作在技术上不可分解;企业环境变化越来越快,内部活动日益复杂,使企业活动的不确定性越来越大。

(2) 目标管理的哲学假设不一定存在。Y 理论对于人类的动机做了过分乐观的假设,实际上人是有"机会主义本性"的,尤其在监督不到位的情况下。因此,许多情况下,目标管理所要求的承诺、自觉、自治气氛难以形成。

(3) 目标商定可能增加管理成本。目标商定、向下沟通、统一思想等工作很费时间,而且可能忽略了相互协作和企业目标的实现,滋长了本位主义、临时观点和急功近利的倾向。

(4) 有时奖惩不一定都能和目标成果相配合,不够公正,从而削弱了目标管理的效果。

在推行目标管理时,还要特别注意把握工作的性质,分析其分解和量化的可能;提高员工的职业道德水平,培养他们的合作精神,建立健全各项规章制度,注意改进领导作风和工作方法,使目标管理的推行建立在一定的思想基础和科学管理基础上;要逐步推行,长期坚持,不断完善,使目标管理发挥预期的作用。

课后案例

某汽车公司的目标管理

下图是某汽车公司的组织架构图,董事会和总经理协商明年的汽车目标产销量是 30 万辆,公司希望明年在内部试行目标管理。

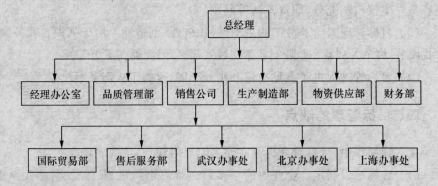

案例思考题

(1) 请将公司 30 万辆车的产销目标分解到各个部门,销售部门的目标分解到个人。

(2) 为了实现目标,公司还需要采取哪些配套措施?

(3) 在目标管理中,各级领导的职责是什么?

(4) 在你所设计的目标管理体系中,是否会出现产销脱节? 如果出现,怎么办?

 思考与练习题

1. 在向领导请示工作时,你一般会准备几套方案?

2. 你如何找到最好的项目或方案? 选择的标准是什么?

3. 作为管理者,你面临什么决策问题? 这些决策重要吗?

4. 高层管理者和部门经理制订的计划有什么区别?

5. 每个人都有理想。为了实现这些理想,你应该制订什么样的计划?

第三章

组织设计

☞ **学习目标**

1. 理解正式组织和非正式组织的含义；
2. 掌握几种基本的组织结构类型；
3. 理解分权与集权的含义，并能进行合理授权；
4. 理解组织变革的含义；
5. 了解组织变革的模式和发展趋势；
6. 了解几种新型的企业组织形式。

第一节 组织及其设计

一、组织的概念及特征

动态地看，组织是一项活动，是企业把员工组合起来实现企业目标的过程，是企业的一项具体管理职能。静态地看，它是企业的一种管理机构，是由各种管理人员构成的群体结构。

当组织结构适应环境，有利于企业实现目标时，企业就应维护该组织结构的稳定性；当组织结构不适应环境，不利于企业实现目标时，企业就应不失时机地进行调整。

虽然各种组织以不同的形式出现,但它们都有以下共同的特征:

(1) 每个组织都有一个明确的目的。这个目的通常以一个目标或者一组目标来表达,它反映了组织所希望达到的状态。德鲁克曾经说过:并不是有了工作才有目标,相反,有了目标才能确定每个人的工作。因此,任何一个组织都会有其目标,否则就不能成为组织。

(2) 每个组织都是由人员组成的。人是组织不可缺少的因素,组织通过人员来完成工作并实现组织目标。在德鲁克看来,企业只有一项真正的资源——人,管理就是充分开发人力资源以做好工作。

(3) 组织是动态的,即组织是不断发展变化的。随着企业规模的扩大,组织结构也会相应变化。

二、正式组织与非正式组织

(一) 正式组织

正式组织是指企业内所有成员互相沟通,为既定的共同目标采取行动并依法或依有关规章制度组建的机构。每一个正式组织都包含以下内容:

(1) 有一个职能系统,使人们可以实现专业分工。在一个组织中,如果一个人连自己该干什么都不知道,就会变成无头的苍蝇,不知所措,因此职能系统相当重要。

(2) 有一个有效的激励系统,引导成员为实现企业目标而努力。例如,可口可乐公司实行的年度激励计划和股票期权计划,激励了员工,提高了员工的积极性,为可口可乐公司的发展奠定了基础。

(3) 有一个权力(权威)系统,使下级接受上级的指令。企业跟军队一样,如果军队的士兵都不听从军官的指挥,各自行动,那么这个军队肯定打不了胜仗。

(4) 有一个科学的决策系统,为企业的发展指明方向。一旦决策的方向错了,即便你规划再严密,员工再努力,愿景再美好,那也是枉然。

(二) 非正式组织

非正式组织是指人们不按正式的隶属关系,而是因感情、爱好、兴趣等因素联系在一起而形成的群体。

1. 非正式组织的特征

（1）非正式组织的联系纽带主要是个人之间的感情，即非正式组织的成员是以感情为基础进行合作的。因此，非正式组织成员之间通过交往行为使人际关系密切，情感交流频繁，相互吸引，能较好地满足成员的社交欲、归属感、安全感、受人尊重等需要，使群体产生一致的行为趋势，从而以共同的感情和认识来对待工作和人际交流。

（2）非正式组织的行为规范是非制度化的。非正式组织行为松散而极不稳定，组织形态松散，人员结构不稳定，人员进出自由，人与人之间的关系极随便。

（3）非正式组织具有自卫和排他的特性。尽管在小组内部信息渠道流畅，其成员彼此交流，倾吐衷肠，但对组织以外的成员却有较强的自我防卫意识，不希望外人参与。

2. 非正式组织的类型

（1）情感型。即以深厚感情和友谊为基础而形成的非正式组织，如同学会。

（2）爱好型。即基于共同的兴趣和爱好而形成的非正式组织，如业余网球俱乐部。

（3）利益型。即以成员的共同利益为基础而形成的非正式组织，如消费者协会。

（4）亲缘型。这类非正式组织是由于亲缘关系而形成的，具有比较稳定、凝聚力强的特点，如老乡会。

3. 非正式组织的积极作用

（1）非正式组织的存在能够增强员工的凝聚力。

（2）非正式组织的存在能够促进信息沟通，使人们更快地取得一致性。

（3）非正式组织的存在能够增强激励的效果。

4. 非正式组织的消极作用

（1）抵制变革。当组织采取变革性措施，并且这些变革措施触及非正式组织成员的自身利益时，他们就会采取抵制的措施。这时，非正式组织转变成了组织变革的绊脚石，有碍于正式组织目标的实现。

（2）传播谣言。当正式渠道的信息沟通不畅或中断时，就会出现小道消息。由于非正式组织遍布正式组织的各个角落，经其传播的谣言不仅速度快，而且辐射面广，对正式组织产生极为不利的影响。

（3）不利于团结。非正式组织容易产生拉山头、搞派系的现象，致使正式组织内部派系林立。各派系之间明争暗斗的不良风气可能不利于正式组织内部的团结。

非正式组织的存在及其活动，既可对正式组织目标的实现起到积极作用，也会产生消极影响。管理者必须正视非正式组织存在的客观性，允许和鼓励健康的、有利于公司发展的非正式组织的存在，为它的形成与发展提供条件，进行充分的信息沟通，把非正式组织的目标引导到有利于整个组织目标实现的轨道上来。

案例·知识 ▶▶▶ ▶

　　在惠普公司，经理们经常在工作之余举办咖啡会谈，借此机会与其他非正式员工聚会，话题内容涉及方方面面，因此能够让员工放松，启发他们的思想，也容易产生新的创意，同时还可以增强员工的责任心和自豪感。

三、组织设计的决定因素

所谓组织设计，是把实现组织目标所要完成的工作，划分为若干性质不同的业务工作，然后再把这些工作"组合"成若干部门，并确定各部门职责与职权的过程。

组织是一个系统，科学的组织结构设计必须综合考虑各方面因素，特别包括以下几个方面：

1. 组织规模

不同规模的组织会采用不同的组织结构形式，同一个企业在发展过程中，随着组织规模的扩大，也会对组织结构进行变革。

2. 组织战略

组织的战略就是它的总目标，它决定着本组织在一定时期内的活动方向和水平，战略的变化必然会导致组织的变化。

3. 组织环境

如果企业所处环境相当稳定，则组织结构是传统型的，具有专业化、分工与阶层性的特征，整个组织结构非常稳定；如果企业所处环境动荡不定，则组织就不得不采取富有弹性的、权变式的结构,组织内部的相互依赖程度增加,从而使组织具有很强的应变能力,成为一个处在不断变革与调整中的经济有机体。

4. 技术因素

例如,在纺织印染厂,一般有纺纱、织布、印花、染色等基本生产单位,并有相应的技术职能部门;而在汽车制造厂,一般有底盘、车桥、发动机、水箱、总装等基本生产单位。技术特点决定这些基本单位,而这些基本单位又会使组织结构呈现出不同的特点。

5. 权力分配

权力的分配与高层管理者有关。比如,一个偏好集权的公司高层管理者,不愿意采用事业部制这种分权化程度较高的组织结构形式。

6. 生命周期

与企业发展相伴的是组织结构的发展,企业发展到某一水平,就必须有与之相适应的组织结构。合理的组织结构促进企业的发展;不合理的组织结构阻碍企业的发展,甚至使企业陷入危机。典型的组织发展一般经过四个阶段,如图3-1所示。各阶段的特点如下:

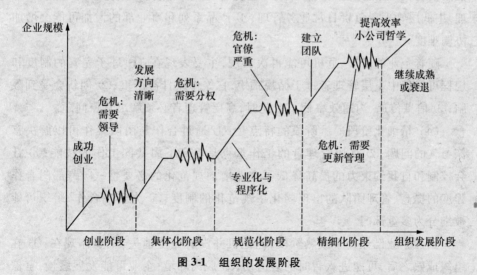

图3-1 组织的发展阶段

(1)创业阶段。本阶段的特点是:① 当企业诞生时,其重点是生产产品和在市场中求得生存;② 创业者将所有精力都投入到生产技术和营销活动中;③ 企业组织不规范,灵活性大;④ 员工工作时间长;⑤ 业主直接控制企业;⑥ 一般经营一种产品或服务。

当创业发展到一定阶段,企业危机出现了。主要表现在:① 随着企业规模的扩大,管理问题越来越多;② 创业者一般是生产技术或市场方面的专家,他们偏爱开发、制造或销售产品。此时,业主必须及时调整组织或任用专业管理人才以适应不断成长的业务需要。

(2)集体化阶段。本阶段的特点是:① 前期领导危机得到解决,企业获得有力的领导并开始有了明确的目标和方向;② 部门也随着权力下放、工作分派和劳动分工而初步建立起来;③ 员工与组织的使命一致,集体感增强;④ 尽管规范的制度已开始出现,但沟通与控制基本上是非规范的。

随着企业的发展,危机出现了,主要表现在:① 由于企业的成功,下级管理者信心大大增强,他们更愿意分权和自主管理;② 由于企业的成功,上级管理者更愿意维持现有的集权管理,以保持现有的成功态势。此时,高层管理者必须下放权力,实施分权管理。

(3)规范化阶段。本阶段的特点:① 建立与完善企业的规章制度、程序及控制系统;② 规范沟通系统,实现专业化管理;③ 高层管理者更加注重战略管理,中低层管理者负责日常业务管理;④ 产品系列和事业部的增加可能会增加协调难度。

随着企业的发展,危机可能再次出现,主要表现在:① 过于完善的制度和规程可能使中下层管理者过于循规蹈矩,官僚作风日益严重;② 创新会受到限制;③ 信息传递、沟通效率低下。此时,高层管理者必须解决官僚问题。

(4)精细化阶段。本阶段的特点是:① 通过合作与团队工作可以解决官僚习气的问题;② 高层管理者的工作重点是提高下属共同工作的技能;③ 社会控制和自我约束力的提高降低了企业增加规范化的必要性;④ 跨部门合作程度的提高、管理团队的出现弱化了规范化的制度;⑤ 为实现合作,组织可能被细分为多重部门。

虽然企业已经处于成熟阶段,但危机并没有完全消失,主要体现在:① 在组织成熟之后,可能进入暂时的衰退期;② 脱离环境,企业可能发展缓慢,官僚作风重现;③ 必须不断创新,否则,高层管理者可能被换掉。此时,高层管理者必须注重更新问题。

四、组织设计的程序

如图 3-2 所示,组织设计的程序主要分为以下几个步骤:

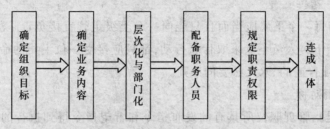

图 3-2 组织设计的程序

（1）确定组织目标。即在综合分析组织内部环境和外部环境的基础上,合理确定组织的总目标及各种目标。

（2）确定业务内容。根据组织目标,确定为实现组织目标所必须进行的业务管理工作,并按其性质进行分类,明确每种业务的活动范围和大概的工作量。

（3）层次化与部门化。根据组织规模、技术特点、业务工作量的多少,确定需要设计的单位和部门,并把性质相同或相近的管理业务工作划归到适当的部门和单位,形成层次化和部门化的结构。

（4）配备职务人员。根据各部门所分管的业务工作和对人员素质的要求,挑选和配备称职的人员及行政负责人,并明确其职务和职称。

（5）规定职责权限。根据目标要求,明确规定各单位和部门及其负责人对管理业务应负的责任、评价工作业绩的标准,同时根据业务工作的需要,授予部门及其负责人相应的权力。

（6）连成一体。明确规定各单位和部门之间的相互关系,以及它们之间信息沟通和相互协调方面的原则和方法,把组织实体上下左右衔接起来,形成一个能够协调运作、有效实现企业目标的管理组织系统。

五、组织设计的原则

1. 分工明晰
它是指组织员工应该明确自己所承担的工作责任、权力,以及由此带来的利益。专业化分工不仅适用于生产技术工作,也适用于管理工作,实行专业化分工管理,显然有利于提高整个企业的经营管理水平,适应管理工作日益复杂化的要求。

2. 统一指挥

它是指每一个下属应当而且只能向一个上级主管直接负责。法约尔曾经说过:"一个下属人员不管采取什么行动,都只应接受一位上司的命令。"他认为,这是一项普遍的、永久必要的准则。

3. 权责对称

"权"是指管理职位所具有的发布指令和希望指令得到执行的一种权力,"责"是指对相应职权所应承担的责任。权责对称是指一定的权力应当与一定的责任相一致。

责大于权,会造成人们对责任的逃避;权大于责,将导致权力的滥用。因为人既有渴求某种权力的心理,又有逃避责任的心理,因而会导致扩大权力和缩小责任的倾向。

4. 层幅适当

管理幅度也叫管理跨度,是指一个上级领导能够直接、有效地指挥和监督下属人员的人数。管理层次是指组织里从最高领导层到基层工作人员之间的领导层次的数量。由此可见,管理幅度与管理层次成反比关系。管理幅度越大,则管理层次越少;反之,管理幅度越小,则管理层次越多。大多数学者认为:在高层,管理幅度一般为4—8人,在低层一般为8—15人。

5. 授权原则

管理者没有必要事必躬亲,相反,应尽量发动别人去干工作。因此,授权是管理者所能支配的最有效的手段。对组织而言,若不授权,不发动大家共同完成任务,管理者本人不仅无法完成任务,亦不能进行有效的管理。

6. 部门化原则

部门是组织的细胞,部门化就是将整个管理系统分解成若干个相互依存的基本管理单位的过程。组织设计中经常关注的部门化有以下五种:

(1)职能部门化。如图3-3所示,这种方式遵循了管理分工和专业化原则,因而有利于发挥专业职能,有利于高效实现组织目标。但同时也会使各部门只注重本部门的利益,给协调工作带来一定的困难。

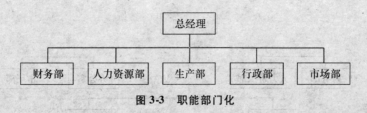

图 3-3 职能部门化

（2）产品部门化。如图 3-4 所示，这种方式能够发挥个人的技能和专长，充分利用专用设备的效率，及时做出信息反馈，但在协调问题上仍然有问题，会导致机构臃肿，产品之间的协调比较困难，管理效率比较低。

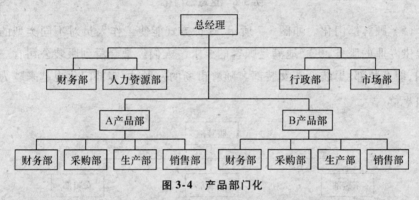

图 3-4 产品部门化

（3）过程部门化。如图 3-5 所示，这种按生产过程来划分的部门能够提高工作效率，同时也能提高员工的专业化程度和产品的质量。

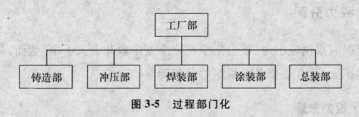

图 3-5 过程部门化

（4）区域部门化。如图 3-6 所示，这是近年来跨国公司普遍采用的一种方式，比如 IBM 公司就在中国设立了大中华区，同时在世界各地也分设了不同的区域。这种方式有利于主管人员的培养和训练，便于考核，能对本地区环境的变化做出迅速的反应，不过也会增加高层人员控制的难度，而且地区之间不易协调，常发生越区行使职权的现象。

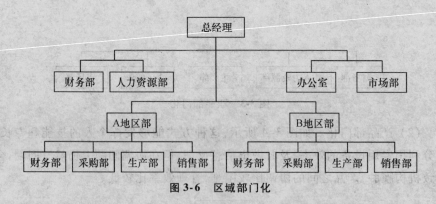

图 3-6　区域部门化

（5）顾客部门化。如图 3-7 所示,这种方式能使工作人员对不同类型的人员提供专业的服务,更好地满足顾客的要求。人们经常会看到服装公司有三个部门,即童装部、男装部和女装部。随着市场的发展,顾客部门化也越来越为人们所重视。

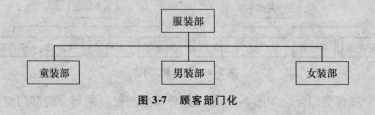

图 3-7　顾客部门化

六、权力分配

当组织的规模较小时,权力集中在一个或少数几个人手中,然而,随着组织的成长和扩大,就有必要考虑组织的分权问题。

（一）权力来源

权力是一个人影响另一个人的能力。组织管理者的权力包括职位权力和个人权力。

（1）职位权力。职位权力来自于组织的授权,与职位高低正相关。具体来自以下三个方面:① 组织授予的强制权和奖励权。例如,企业高管决定部门的奖金多少,其拥有的权力相对较大;部门经理决定部门内员工奖金的多少,其拥有的权力相对较小。② 与岗位对应的法定权力。管理规范的组织对不同岗位进行了责权利的定义,任何人只要到某一管理岗位,就可以行使岗位赋予的权力。③ 对信息的垄断而形成的权力。高层管理者拥有较多的关于公司内外的信息,因而拥有较大的权力。

(2) 个人权力,即来自个人品质的权力,具体包括:① 专家权力,即来自个人的专长、技能和知识。企业中很多专家虽然不是管理者,但是他们拥有的权力不亚于一些管理者拥有的权力。② 魅力权力,如果一个人很有人格魅力,得到很多人的认同、崇拜和仰慕,他的权力就很大,如乔丹、姚明等明星的影响力非常大,他们在那些认同者、崇拜者和仰慕者面前拥有较大的权力。

(3) 联盟的权力。尽管一个人既没有职位权力,也没有个人权力,但是他和很多人结成联盟,他们联合起来就有了较大的权力,即所谓的人多势众、法不敌众。上到国家间的结盟,下到企业之间和个人之间的结盟,其目的就是为了获得相对较大的权力。

(二) 集权制和分权制

1. 集权与集权制的特点

集权就是把较多和较重要的权力集中在组织的高层或几个人手中。集权制是集权程度较高的领导方式,其特点是:① 决策主体是组织的最高领导者个人或最高领导层,决策性质是指令性的,组织的下级部门是这种指令的单纯接受者和执行者;② 对下级的控制较多,下级的决策多数要经过上级的审核;③ 采取统一经营和核算的管理模式。

2. 分权与分权制的特点

分权就是把较多和较重要的权力分散到中下层,老子的"无为而治"其实就是一种分权管理的思想。分权制是分权程度较高的领导方式,其特点是:① 组织的重大决策权仍在最高领导层手中,决策主体不仅是最高层领导,还包括下级部门,中下层有较多的决策权。组织上层的决策多为指导性的,组织各层级之间的决策关系是松散的。② 上级的控制较少,主要是控制目标和方向性问题。③ 独立经营,独立核算,下级有一定的财务支配权。

3. 集权与分权的权衡

集权有助于统一指挥、统一行动,分权有助于发挥员工的主动性和积极性,两者各有利弊。因此,任何组织都不可能采取绝对的集权或分权,而必须在集权和分权之间取得一定的平衡。

（三）授权

在组织中,由一个人来行使所有的决策权是不可能的。随着组织的发展和管理层次的出现,必须把职权授予下属。美国颇有影响力的商业性刊物《福布斯》在与竞争对手《财富》杂志的竞争中,就是靠授权得当而挽回了竞争的颓势。至今,在《福布斯》内部仍然保持着这样的用人风格:相信你,你绝对自由,完全不加限制;只要你的想法独特、新颖,想怎么干就怎么干。这也是《福布斯》能够一直不断进步、取得成功的秘诀之一。

（1）授权的概念。授权就是委派工作和分配权力的过程,授权也叫委派。授权的内容包括:① 上级分配给下级一项任务或职责,指明下级该做什么工作;② 授予下级相应的职权去完成所分派的任务,如使用资金、指挥别人工作、对外代表公司等权力;③ 确定下级对上级应承担的责任。

（2）授权的原因。① 任何组织都不可能由一个人独自控制,必须通过权力的分散来控制;② 权力和责任是相辅相成的,没有权力,下级就不能很好地完成任务;③ 只有授权,才能缓解压力,赢得时间。如果一个领导者事必躬亲或者下级事事向他请示,就会陷入烦琐的日常事务中无法自拔,更不用说考虑组织的全局问题和战略问题;④ 有效的授权可以增加下级的满意度和成就感,起到良好的激励作用。

案例·知识 ▶▶▶▶ ▶▶

雀巢公司在管理上给每个分公司负责人以充分的自主权。公司前总裁马歇尔说:"没有固定不变的管理风格,可以自由运用各种发展机会,我们希望每家分公司都能独立地发展。"从一开始建厂,雀巢公司就从当地的出资者中选择有管理才能的人来担任该地雀巢公司的经理。当地分公司的生产、销售的基本方针都由这位经理定夺,雀巢公司只是在广告、巡回销售、员工教育等方面提供必要的协助。

（3）授权的原则。① 明确具体。对下级的授权应具体明确,最好用书面加以说明。这些说明应包括主要目标和具体目标、可指挥的人员、可利用的资金和设备、被授权者的权力范围、应向谁汇报以及完成任务的时限等,从而使下属既能大胆做出决策,又不超越规定的决策权限。② 事前授权。权力应事前授予,而不是问题发生时授予,这样有助于下级主动全面地考虑问题。③ 选择合适的人授权。因事设人,根据职务的要求检查被授权人的技术和能力是否同任务的要求一致,要认真评估被授权人的经验和能力,尽量避免非理性因素的影响。④ 不可越级授权。越级授权必然使下属处于被动的境地,使部门间产生矛盾。⑤ 授权适度。首先,下级的权责要对等;其次,授权者应明确什么职权可以授予,什么职权不能授予。对于组织的战略目标、重要人事任免、重大政策和财务预算等问题,不可轻易授权。⑥ 适度控制。授权者应定期检查被授权者的工作情况,了解工作进展,要求定期反馈有关信息,对出现的错误要及时纠正,遇到困难要给予帮助,对取得的成绩要给予认可和奖励。控制的目的还在于了解自己的授权是否恰当。

课后案例

王氏餐饮股份有限公司的组织演变

1996 年 12 月,王氏夫妇投资 8 万元人民币在山城成立了王氏火锅店。1998 年 6 月,王氏火锅店与 1997 年在山城开的第一家分店合并改制为王氏餐饮有限责任公司,计划在全国连锁经营特色火锅店。2002 年 6 月,公司再一次改制为股份有限公司,在全国开设 120 家连锁店的基础上,计划在美国、泰国、越南、日本和新加坡等国家开设多家分店。王氏餐饮股份有限公司现在是一家跨国性的大型餐饮生产服务型企业,同时生产经营餐饮辅料、酒类和茶叶等产品。截至 2007 年年底,国内外分店达到 180 家,营业收入超过 20 亿元人民币。

案例思考题

(1) 王氏餐饮股份有限公司的发展与其组织结构设计密不可分,请你分别设计公司三个关键时期(1996 年 12 月、1998 年 6 月和 2002 年 6 月)的组织结构图。

(2) 你认为王氏公司最高层应如何有效控制各个分店?

(3) 你认为最高层应如何避免非正式组织对公司的不利影响?

(4) 你在进行该公司组织结构设计时遵循了哪些原则?

第二节 组织结构的基本类型

一、直线职能制

直线职能制是在各级行政领导之下设立相应的职能部门,这些职能部门作为同级领导的参谋部。在直线职能制组织中,各级行政领导统一对下级进行行政指挥,职能部门为同级领导拟订工作计划、方案等,为领导出谋划策,对下级只起业务上的指导作用,无权直接指挥下级,如图 3-8 所示。

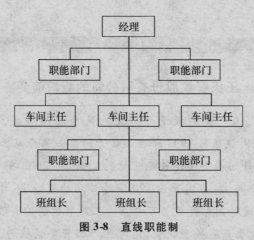

图 3-8 直线职能制

例如,当销售部门规模比较小时,销售经理能够直接领导本部门的各项工作。但是,随着公司规模的扩大和销售业务的增加,销售经理已感到力不从心。于是,他就需要增加一个广告部门来帮助他拟订公司的广告战略。广告部的员工在广告方面是专家,由于他们的帮助,销售经理就可以腾出时间研究其他问题。应当指出,在企业内部,只要有需要,各个管理层次都可以增设参谋部门。

（一）直线职能制的优点

（1）责任和权力界限明确,有关人员对其十分清楚。

（2）权力集中在各级行政部门,保证了各级行政领导对本部门的控制,管理效率高。

（3）通过各级职能部门提供专业的知识和经验,实现了管理分工。

（二）直线职能制的缺点

（1）如果职能部门的建议权得不到充分利用,会造成人才的巨大浪费。

（2）如果行政管理人员过分依赖职能部门,可能出现多头领导的现象。

（3）横向部门间的协调比较困难,部门之间甚至老死不相往来,不利于步调一致地实现企业目标。

这种组织形式是一种高度集权的管理模式,比较适用于生产规模相对较小、产品单一、工艺和生产管理比较简单的中小型企业。

二、事业部制

事业部制是在总公司统一领导下,按产品、地区或市场设立若干分公司或事业部(如图3-9所示)。事业部制是一种分权的管理组织结构形式,其特点是"集中决策,分散经营"。公司最高管理层拥有决策权、财务控制权、监督权等,通过制定政策来管理各事业部。各事业部是总公司控制下的利润中心,具有利润生产、利润核算和利润管理的职能,实行独立经营、单独核算,拥有一定的经营自主权,并设有相对完善的职能部门。

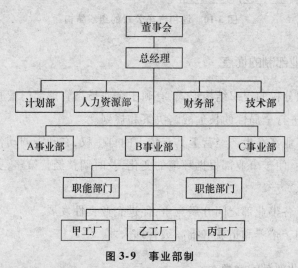

图 3-9 事业部制

事业部制是 20 世纪 20 年代通用汽车公司副总裁斯隆在对公司进行改组时首先采用的,它帮助通用汽车公司摆脱了当时的危机,并获得进一步的发展。

据统计,在美国最大的 500 家公司中,有 76% 的公司采用了事业部制。图 3-10 是通用汽车公司的组织结构图。

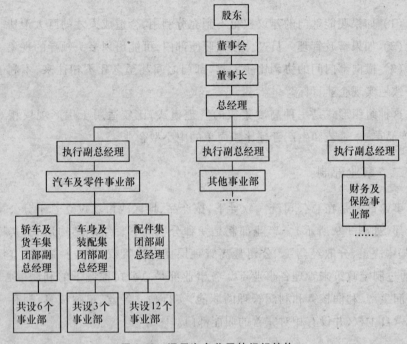

图 3-10　通用汽车公司的组织结构

(一)事业部制的优点

(1)采用分权的组织结构形式,有利于企业最高管理部门摆脱日常经营事务,集中精力进行全局性的长远战略决策和规划。

(2)各事业部在生产经营上具有较大的自主权,有利于调动各事业部的积极性和主动性,便于事业部根据环境的变化,及时调整经营策略,更好地把握机会,适应市场。

(3)便于各事业部之间开展竞争,促进企业良性发展。

(4)有利于培养和造就一批高级管理人才。

(二)事业部制的缺点

(1)丧失了职能部门内部的规模经济。

（2）事业部之间缺乏协调。

（3）不利于各职能技术的深度挖掘和提高。

（4）产品线的整合与标准化变得困难。

（5）公司内部可能出现竞争的不良后果。

三、委员会制

委员会制在现代企业中是一种常见的管理组织形式。现代公司中的董事会、监事会就是一种常设的委员会组织。为了完成某项特殊的任务，企业还可设立各种委员会。委员会主要是为了补充和加强直线管理组织而设立的，它的活动特点是集体活动。

委员会有各种各样的形式。按工作的时间性，委员会可分为常设委员会和临时委员会。常设委员会长期存在，旨在协调各方面的工作，并且有制定和执行企业重大决策的职能；临时委员会是为某一特定工作而设立，当这项工作完成后，该委员会也宣告解散。

按权力的不同，委员会可分为执行管理职能的委员会和不执行管理职能的委员会。执行管理职能的委员会参与直线管理，并有权做出决策；没有执行管理职能的委员会作为企业参谋与咨询的管理机构，不直接参与决策。

委员会的产生是现代企业在经营管理组织结构上的一个重要特色之一。在20世纪初期的大企业里，就出现了各种各样的委员会。比如，在1924年的通用汽车公司组织系统中，就设有董事会、财务委员会、执行委员会以及部门间关系委员会，而在部门间关系委员会下又设有总技术委员会、总销售委员会、工厂经理委员会、营业委员会、总采购委员会以及动力及维修委员会。在其他一些大公司里，委员会的设置情况大同小异，其名称与职能也基本相同。

1. 委员会制的优点

（1）集思广益。委员会的决定由集体做出，集中了所有委员的知识、经验和智慧，其决定更具可靠性。

（2）集体决策。一般地，委员会中委员的权力均等，委员会做出的决策是少数服从多数的结果，此结果受个人因素影响较小，因而较为理智和科学。

（3）有效协调。委员会提供了活动场所，讨论问题的过程也是沟通和协调的过程。

（4）鼓励参与。让企业基层管理者和员工参与委员会讨论,制定企业重大决策,可起到鼓励基层员工参与管理、提高其积极性的作用。

2．委员会制的缺点

（1）决策时间长,费时费钱。

（2）责任不明确,委员的责任感不强。

（3）委员会可能产生专家之间的学派之争,决策常带有感情色彩。

（4）有些结果可能是妥协的结果,出于对某些委员的敬畏而顺从了他们并非正确的建议。

要保证委员会充分发挥效能,企业必须注意以下几点：① 选任合适的委员。委员既要有代表性,又要德、能、勤兼备,是胜任工作的人才。② 决策前做好充分准备,明确会议讨论的问题和委员会的权限,事先通知各委员,使委员们事先做好调查研究工作,有备而来。

四、矩阵制

矩阵制又称为规划—目标结构组织,如图 3-11 所示。在矩阵组织结构中,成员要受两位上级的领导,不过,这种双重领导可能是针对不同方面的。

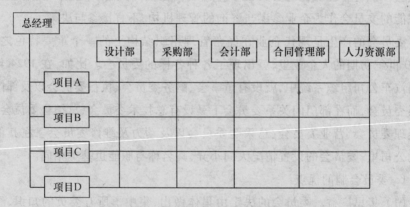

图 3-11　按项目建立的矩阵结构

20 世纪 50 年代末,为了实施庞大的军事生产计划,美国洛克希德·马丁飞机公司、休斯公司等最先采用这种矩阵制组织,其他一些著名的大公司,如通用电气公司、壳牌石油公司等纷纷采用这种组织形式。

（一）矩阵制的类型

矩阵制又可以划分为按项目设置的矩阵制结构（如图 3-12 所示）和按地区设置的矩阵制结构。

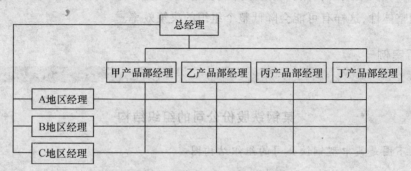

图 3-12　按地区建立的矩阵结构

（1）按项目建立的矩阵结构。为了完成某项特定任务，从不同部门抽调人员组建项目小组，任务完成之后，成员仍回到各自部门中去。

（2）按地区建立的矩阵结构。它的基本特征是在每一个地区建立该地区负责人和公司职能部门共同领导的机构，使图 3-12 中的横向结构和纵向结构有机地结合起来。按地区建立起来的矩阵结构可以作为企业的一种较稳定的组织形式。

（二）矩阵制的优点

（1）机构的设置和人员安排比较灵活，有较强的应变性，加强了各职能部门之间的配合，使企业管理中的纵向联系与横向联系得到了很好的结合。纵向与横向互通情报、交流信息、共同决策，使人们能够比较灵活地执行任务，有助于提高工作效率。

（2）对人力资源的运用富有弹性。同一职能部门的知识和经验可以用在不同的项目或产品之中，能充分发挥各职能专家的作用。

（3）在新产品的开发中，把不同专业知识和经验的人才集中起来，可加速开发进度。

（三）矩阵制的缺点

（1）当图 3-11 和图 3-12 中的横向结构和纵向结构之间发生矛盾时，处于双重领导之下的成员往往会面临两难困境。

（2）稳定性较差，容易使成员产生临时观念，导致责任心下降，人心不稳定。

（3）决策效率较低。因为矩阵制在增加了组织的灵活性同时，也破坏了组织的整体性，这样有可能会降低整个组织的决策效率。

课后案例

某钢铁股份公司的组织结构

下图是某中型钢铁公司的组织结构图。

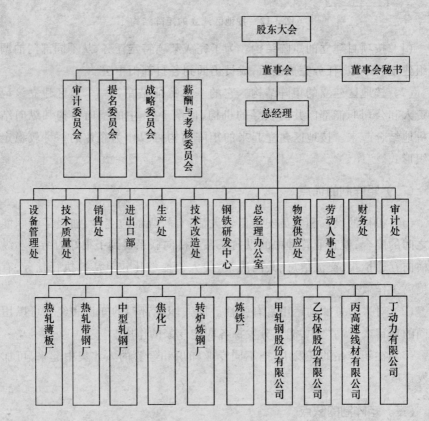

案例思考题

（1）该公司的组织结构属于哪种组织结构形式？

（2）图中四个委员会的作用分别是什么？

（3）在职能部门中，哪个部门的权力最大？有哪些权力？

第三节　组　织　变　革

组织变革是组织发展过程中的经常性活动，伴随着组织成长的各个时期。组织变革与组织演变相互交替，进而促进组织的发展。

一、组织变革的原因

组织是一个开放、复杂的系统，这种系统处于多重环境之中，并与之发生动态的相互影响。一个组织要能生存、发展、壮大，就必须依据外部环境及内部条件的变化，适时调整其目标与功能，不断地对组织进行变革。

组织变革是组织依据外部环境和内部条件的变化，及时地调整并完善自身的结构和功能，以提高其适应生存和发展需要的应变能力的过程。任何组织变革的行为都是有因而发的，要制定科学的组织变革对策，首先需要对组织变革的原因进行分析。

（一）组织变革的基本原因

组织变革的基本原因在于组织本身发展过程中的矛盾冲突。这类冲突主要包含以下几个方面：

1. 环境要求与组织内部要求之间的矛盾

第二次世界大战后，美国公司在全球具有很强的竞争力，这使它们满足于现有组织的安全、稳定、连续和协调性。然而1980年前后，当美国大公司，特别是汽车和电子公司，突然发现其他国家的公司已经超过它们，甚至可能会收购它们后，不得不开始实行规模空前的变革。

2. 组织目标与个人目标之间的矛盾

组织目标是在分析其所处的内外部环境的基础上根据自身的发展需要而制定的,不以个人目标为转移。但是,组织不仅是实现组织目标的场所,也是员工个人实现自我的场所。如果员工个人的目标和追求得不到满足,其积极性必将受到打击,甚至退出组织。因此,如何在组织目标和个人目标之间取得平衡就成为组织面临的一大难题。

在零售巨人沃尔玛的经营中,就曾经出现了以公司总裁兼董事长罗恩为代表的大批公司经理人“出走”的重大危机,但这次危机并没有使沃尔玛倒下,而是在戴维的带领下进行了一系列的变革,反而为公司的发展找到了新的起点。

3. 科学、理性与人性之间的矛盾

一方面任何组织为了生存与发展,都必须提高效率,为此就要讲究科学,依靠理性,尽可能地采用科学技术手段和方法,严格执行各项规章制度;另一方面,管理又具有艺术性的特征,组织中的员工是社会人,他们有各种各样的社会需求。因此,如何做好“硬管理”与“软管理”的结合工作也是组织面临的一大难题。

(二)组织变革的外部原因

组织是从属于社会大环境系统中的一个子系统,适者才能生存与发展。外部环境变了,整个组织就要相应地进行变革。引起组织变革的外部因素可以归纳为以下几方面:

1. 技术

现代科学技术的迅速发展,对组织结构、管理幅度与管理层次、组织运行等都带来了巨大的冲击,同时也对组织变革提出了新的要求。比如,以计算机技术为代表的信息化社会的到来,对组织中的人员结构、信息传递方式、沟通方式等产生影响,因此要进行组织变革。

2. 政治、法律

包括国家宏观经济调控手段的改变、国际国内政治环境的变化、国家产业政策的调整与产业结构的优化、国家有关法律法规的颁布与修改等,要求组织重新考虑自身的产业领域和发展战略。

案例·知识　>>>>　>>

　　针对 20 世纪 70 年代发生的石油危机,美国政府下令对耗油量大的凯迪拉克轿车征收每辆 1 000 美元的重税,对中等耗油量的道奇轿车征收每辆 500 美元的中等税,而对耗油量小的车不征税,以此引导消费者选择低耗油量的轿车,减轻石油危机的压力。在这种情况下,凯迪拉克和道奇的生产厂商不得不采取措施,进行变革,以适应政治环境变化的影响。

3. 经济

　　包括经济发展现状及前景、市场状况等。目前,我们处在全球经济一体化的时代,竞争空前激烈,成功的组织将是那些能根据竞争的需要做出快速变革的组织。

案例·知识　>>>>　>>

　　20 世纪 70 年代末和 80 年代初,世界爆发了严重的经济危机,雀巢公司也遭受了巨大的灾难,经营一度出现了停滞不前甚至滑坡的局面。1981年,销售额一落千丈,利润比百年前创业时还低,令公司上下束手无策。在危难之中,哈勒姆特·马歇尔出任雀巢公司总裁,他分析形势,制定出果断的决策,进行变革,几经奋斗,走出了一条开拓国际市场的成功之路。

4. 社会趋势

　　包括全球人口老龄化、组织员工的多元化、家庭结构的小型化等。这一切都要求组织重新审视自己的目标消费群体及其需要。

案例·知识　>>>>　>>

　　诺基亚公司总裁约玛·奥利拉早在 1992 年就提出"未来将属于通讯时代,诺基亚要成为世界性电信公司",因此当他上任的时候就推出了以移动电话为中心的专业化发展新战略,将造纸、轮胎、电缆、家用电子等业务压缩到最低限度,或出售,或独立出去,甚至忍痛砍掉了拥有欧洲最大的电视机生产厂之一的电视生产业务,集中 90% 的资金和人力加强移动通信器材和多媒体技术的研究和开发。正因为抓住了社会发展的趋势,诺基亚才能在今天取得令世人瞩目的成就。

（三）组织变革的内部原因

引起组织变革的内部驱动因素可归纳为以下几方面：

1. 组织目标的选择与修正

组织目标的选择与修正决定着组织变革的方向，同时也在一定程度上规定了组织变革的范围。

一般地，当组织的既定目标已经或即将实现，或组织既定目标无法实现，或组织目标在实施过程中与组织所处环境相抵触时，都必须重新确定目标或对原有目标进行修正，这一切都要求组织进行变革。

案例·知识 ▶▶▶▶ ▶▶

英特尔公司总裁格鲁夫在 20 世纪 80 年代中期意识到公司的战略严重失调，因为公司 40% 的营业额和 100% 的利润来自微处理器，而 80% 以上的研究费用却用在了存储器上。1985 年，格鲁夫力排众议，决定放弃存储器市场，专心开发微处理器，并且对组织的目标进行了选择和修正，使英特尔公司取得了今天的辉煌。

2. 组织职能的转变

随着社会经济的发展，现代组织的职能和基本内容也发生了相应的变化，从而引起结构的调整，这些必然要求组织进行相应的变革。

3. 组织成员内在动机与需求的变化

在组织中，员工的个体行为动力是组织运行有效性的基础，个体成员的行动又是以各自的需要为基础的，因此一定的组织结构与管理总是与一定的成员需要相适应的。

组织成员内在动机与需求的变化也是影响组织变革的一个重要原因。比如说，当成员希望得到具有挑战性并能促进个人成长的工作，但组织仍倾向于工作简单化和专业化时，就限制了员工的成长与发展，此时就要积极地进行组织变革。

上述因素都会通过各种各样的形式在组织中表现出来，这就是组织需要变革的信号。组织在下列现象出现时应考虑变革：① 决策效率低或经常出现决策失误；② 组织沟通渠道不畅，信息不灵，人际关系混乱，部门协调不力；③ 组织职能难以正常发挥作用,如不能实现目标、人员素质差、产品或服务的产量和质量下降等;④ 缺乏创新。

二、组织变革的模式

管理学者提出了许多组织变革的模式,比较有代表性的有库尔特·卢因模式、卡斯特模式和约翰·科特模式。

(一)库尔特·卢因模式

库尔特·卢因从探讨组织变革中组织成员的态度出发,提出组织变革需要经历以下三个阶段:

1. 现状的解冻

在这一阶段,要明确变革的必要性,改变组织成员的习惯与传统,鼓励人们接受新的观念,使组织成员、群体乃至整个组织都能清楚地认识到组织变革的必要性与紧迫性,产生共识。

首先,管理者要向员工介绍组织问题,指出必须进行变革的形势和压力,描述组织变革后将会有怎样美好的未来,使员工产生理解、支持变革的愿望;然后,改变组织成员的态度,因为组织成员态度转变的过程,反映了组织变革的基本过程——通过增加变革的压力,减少反对的意见;最后,采取一系列的正负强化措施,加速解冻的过程。

2. 转变到新的状态

这是实施组织变革的过程。往往是由一个变革领导小组推动,由他们向员工解释变革的理由、内容、日程安排、对组织和员工个人可能产生的影响等。鼓励员工参与变革计划的拟订和执行,随时出面解决变革过程中出现的新问题。

3. 重新冻结新的现状

即把变革后出现的状况稳定下来。为此,应系统地收集变革取得成功的客观信息,并把这些信息及时反馈给变革的参与者,提高他们的信心。

库尔特·卢因认为,组织变革是变革推动力量和变革阻力较量的结果,推动力量强于阻力,则会促进组织变革,阻力强于推动力量,则会维持现状甚至倒退,如图 3-13 所示。

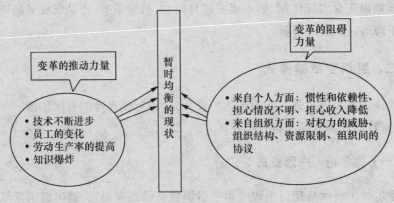

图 3-13　库尔特·卢因模式

（二）卡斯特的变革模式

美国华盛顿大学弗里蒙特·E.卡斯特教授与詹姆斯·E.罗森茨韦克在其合著的《组织与管理——系统方法与权变方法》一书中,把组织变革分为以下六个步骤:

（1）回顾和反省。组织进行自我回顾、反省和批评,对组织内外环境进行必要的调查研究。

（2）觉察问题。通过调查研究,发现问题,并认识到组织变革的必要性与紧迫性。

（3）分析问题。通过分析找出原因,衡量现状与变革前景之间的差距,确定变革方向。

（4）提出解决问题的方案。对可供选择的方案进行评估,选择最佳方案。

（5）实行变革。这是组织变革的具体实施阶段。

（6）检查变革的成果。分析变革的成果,找出今后进一步改进的途径,进而使变革过程又回到第一步,如此循环,使组织不断得以完善。

卡斯特的变革模式是一个不断发现问题,同时不断解决问题的滚雪球过程。

（三）约翰·科特的八阶段变革模式

组织变革一般是渐进式的,偶尔也会出现一些转型式的变革。亨利·明茨伯格对组织几十年的研究表明,转型式的变革确实发生过,但并不经常发生,更典型的变革是渐进式的。

一般认为,渐进式的变革对组织是有益的,因为这样的变革是以组织中的技术、能力、日常惯例以及文化为基础的。在组织原有环境上进行的变革,会受到组织内各方面的更多认可,因此所遇到的阻力会少一些,同时组织所承担的风险也小一些。以下列举了约翰·科特八阶段变革模式的内容:

(1)形成紧迫感。研究市场竞争的激烈程度,发现现实和潜在的危机或机遇,并商定对策。

(2)建立联合指导委员会。建立一个强大的致力于变革的委员会,使委员会同心协力。

(3)努力构思设想,制定相应的战略,指明变革的方向,确立实现这一目标的战略。

(4)传播变革设想。委员会以自己的言行告诉员工该怎么做。

(5)授权各级员工采取行动,消除障碍,鼓励冒险和反传统的观念和行动。

(6)创造短期的利益,制定旨在取得收益的计划,大力奖励给组织带来收益的人。

(7)利用已有的信誉,改变不符合变革的制度和政策,提拔和培养能实施改革设想的人。

(8)让改革的新办法制度化,加强员工培训,物色新的领导人。

组织变革并非目的,而只是一种维持或提高竞争力、业绩的手段。如果一个组织在不改变现有常规方式和方法的条件下也能达到组织变革的目标,那就不需要重大的、转型式的变革。

很多时候,渐进式的变革效果非常好,管理人员应尽可能地寻找各种方法,从中获得渐进式变革的好处。但是,外部环境的变化并不总是逐渐的,也不可能总与渐进的变革同步。如果渐进的变革落后于环境变化,组织就会与环境不协调,这时,就需要进行转型式的变革;当组织内部发生危机,特别是组织的效率或经营业绩显著下降时,只有进行转型式的变革,才能使组织重新走上良性发展的轨道。

在环境变化日新月异的今天,成功永远属于那些能灵活应变的组织。因此,组织需要适时地抛弃传统做法而发动一场激进的、根本的、转型式的变革。

三、组织变革的趋势

（一）内部组织团队化

团队组织克服了跨部门沟通、分工过细、决策缓慢和灵活性差等金字塔组织的缺点，营造了一种自主、创新、灵活和相互紧密合作的工作气氛，适应了企业创造性劳动日益增多的需要。

案例·知识 >>>> >>

20 世纪 60 年代，沃尔沃汽车公司废除了传统的流水线作业形式，而用有高度自我管理权的团队来装配汽车；波音公司采用了由设计、工艺和制造等不同部门组成的跨部门团队来共同开发波音 737 飞机，这些团队均取得了较大的成功。

随着社会的不断发展，团队组织得到了更大的发展。根据美国《商业周刊》的报道，在美国 1 000 家最大的上市公司中，1987 年有 28% 的公司声称至少建立了一种自主的工作团队，1996 年则有 78% 的公司声称建立了工作团队。

（二）组织结构扁平化

信息传递技术决定了组织结构模式。在传统的信息技术条件下，信息自下而上到达总裁办公室，再自上而下传达到员工，中间需要经过多个环节，从而形成了传统的多层次组织结构。现代信息传递和网络技术使信息传递发生了革命性的变化，信息可以在同一层次上传递和共享，而不必经过中间环节。传统的组织结构受到挑战，大量的中间管理层成为多余，形势要求组织建立扁平式结构，否则，组织就会因为管理费用高、决策缓慢、信息失真而在竞争中败下阵来。

（三）组织关系网络化

以因特网为标志的信息技术革命使组织之间的联系更加方便、快捷和低成本，地球就像一个村子，各个组织和个人可以进行零成本、零距离和零时差的交流与合作;反过来,各个组织和个人也越来越依赖这一网络进行广泛的活动。就企业而言,这种趋势主要表现在两个方面:一方面是企业内部组织关系的网络化,另一方面是企业之间关系的网络化。

(四)组织边界的柔性化

现代信息技术条件下,信息可以在组织之间进行零成本和零距离传递,组织物流可以在低成本、方便快捷的社会物流配送体系支持下实现,组织与外部之间的协调配合就像组织与其内部之间的协调配合那样容易。组织将以更广的视角来审视组织运行,不加区别地整合企业外部优势资源,形成新的经营优势和利润增长点。组织边界的这种模糊化发展趋势被称为组织边界的柔性化,近年来出现的虚拟组织和战略联盟都是这种趋势下的产物。

四、新型企业组织形式

(一)团队组织

团队是指由两个或两个以上相互作用和相互依赖的个体,为了实现某个特定目标而结合在一起的工作群体,通过个体的共同努力和协同作用,使群体的绩效远远高于个体绩效的总和。

案例·知识 ▷▷▷ ▷▷

波音公司在设计新产品或对一些主要项目进行协调时,就通过建立跨职能部门的团队,把有关的活动组织起来,既可以实现标准化所产生的效率,又可以获得团队组织所提供的灵活性,取得了良好的效果。

1. 团队组织的特点

(1)哑铃形组织结构。团队组织将组织高层和基层之间的各个职能部门进行分解和弱化,把决策权分散到工作团队这一层次上,从而形成了中间层细小的哑铃形组织结构。

(2)组织成员既是专家又是通才。团队组织的成员都是专业人才,横向流动频繁的团队工作既消除了他们单一工作的枯燥感,也使他们的技能得以多样化,变专才为通才。

2．团队组织的优点

（1）能使企业更好地适应环境的变化，更迅速准确地对变化的市场做出反应；

（2）可在企业内部建立合作、协调的机制以提高管理效率；

（3）可以按照市场需求进行灵活生产，变等级分工为合作与协调；

（4）可更好地培养员工的团结协作精神，发挥整体优势；

（5）可通过员工参与决策来提高其积极性和决策的成功几率。

（二）虚拟组织

随着信息技术的发展、竞争的加剧和全球化市场的形成，没有一家企业可以单枪匹马地面对全球竞争。企业由常规组织过渡到虚拟组织是必然的趋势，虚拟组织日益成为公司竞争战略"武器库"中的核心工具。

人们通常将那些拥有生产某种产品所需的全部要素和过程的企业称为实心组织，如很多钢铁企业拥有轧钢、炼钢、矿山开采等钢铁生产的整个价值链，这些企业可被近似地看做是实心组织。与其相对的是虚拟组织，即几乎没有实体的组织。虚拟组织是一种较小的中心组织，以合同为基础，依靠其他组织，进行制造、分销、营销或其他业务的经营活动。图 3-14 描述了一个极端的虚拟组织，处于中心位置的虚拟企业——美国 A 公司是一家只有一个人注册的小公司，基本没有有形资产，但是，A 公司能广泛借用周围机构的能力，弥补自己的不足。一般企业介于实心企业和虚拟企业之间，如商业企业仅有营销能力而没有产品的生产和研发能力。

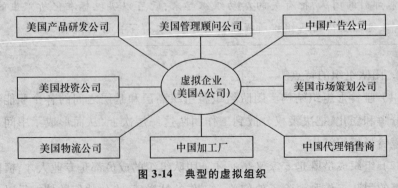

图 3-14　典型的虚拟组织

（三）战略联盟组织

1. 战略联盟组织的特征

战略联盟是企业之间或企业各部门之间为实现某一目的，以协议或联合组成新机构的方式形成的联盟。它是一种松散的、动态的和开放式的组织形式。战略联盟组织的特征如下：

（1）联盟各方的企业一般都具有某个方面的比较优势，有可相互利用之处。例如，宝洁公司与零售巨人沃尔玛组成战略联盟，宝洁公司可以利用沃尔玛强大的销售网络，沃尔玛则可以销售人们喜爱的宝洁产品。

（2）联盟各方都有自己的发展战略，合作又是为了实现各自的战略目标。例如，美国、日本和德国的汽车公司组成战略联盟，就是为了瓜分世界市场，各自保住一部分市场。有些跨国公司的战略联盟就是为了将企业边界扩展到多个国家，建立国际生产网络，以实现一体化的国际生产战略目标。

（3）联盟各方经营行为只受所定协议、契约的制约，其他方面都具有独立的法人资格。

（4）联盟的期限一般都比较长，具体视联盟各方的发展需要而定。

（5）联盟各方都是为了追求联合的协同效应，获得预期的经济效应。例如，1991 年宝洁公司在美国市场的销售额（153 亿美元）中，有 11% 是通过沃尔玛实现的，1992 年这个数字上升到了 20%（即 156 亿美元中的 20%）。对于沃尔玛而言，因为其创新型销售体制的建立，一举超过了凯马特，成为美国第一大零售商。

2. 战略联盟的主要形式

（1）研究开发战略联盟，即集中联盟各方的资金、人才等资源进行联合技术创新方面的研究。这是世界各国企业为了研究开发新技术、新产品采用较多的形式。例如，韩国三星电子公司于 1990 年 8 月和美国惠普公司合作开发与销售 RISC 工作站；1992 年 12 月和日本 DNS 公司合作开发与生产半导体生产设备；1993 年 1 月和美国 IBM 公司联合开发与销售台式电脑；1995 年 5 月与俄罗斯 Crosna 公司合资开发生产通信设备。这些联盟有利于集中各种资源和各方优势，节省研究成本，缩短研究周期，从而有助于三星电子公司缩短达到目标的时间，促进公司快速的发展。

（2）生产制造战略联盟，即联合各自的核心生产能力，共同生产一种产品。

例如,空中客车公司生产的 A300 和 A310 宽体客机由德国负责生产机身,英国负责生产机翼,西班牙负责生产尾翼而在法国总装。这是一种将各国飞机制造优势结合在一起的联盟。

（3）联合销售战略联盟。当企业自身销售能力不足时,可以通过与其他企业联合销售或由其他企业代理销售的方式来共享已有的销售渠道资源。例如,IBM 公司和理光公司合作销售个人电脑,还与富士银行合作销售金融软件。三星电子公司和日本 NEC 合作生产半导体销往欧洲市场。雷诺公司与美国汽车公司达成协议,雷诺通过美国汽车公司 1 700 家经销商网络,在全美销售汽车。

（4）合资企业战略联盟。这种形式多发生在发达国家与发展中国家企业之间。例如,为了中国乙烯工业的发展,中国石化集团于 1999 年与德国巴斯夫股份公司合作签订了扬子石化—巴斯夫一体化的大型石油化工项目,还与美国埃克森公司、沙特阿美公司合资建设福建炼油化工一体化项目。这些合作有利于学习国外先进的技术和管理经验,同时外资企业也通过这种方式进入了中国市场。

（四）扁平化组织

1. 扁平化组织的特征

扁平化组织是一种通过减少管理层次、压缩职能机构、裁减管理人员而建立起来的一种紧凑而富有弹性的新型组织,它具有敏捷、灵活、快速、高效的优点。具体表现在:① 围绕工作流程而不是部门职能来建立组织结构;② 纵向管理层次简化;③ 企业资源和权力侧重于基层;④ 顾客需求驱动。

扁平化组织的竞争优势在于不但降低了企业管理的协调成本、管理费用,同时还大大提高了企业对市场和顾客的反应速度及满足市场与用户需要的能力。

2. 组织结构扁平化对企业管理的影响

（1）企业在劳动分工基础上,更强调系统观念,系统和协作观念是贯穿扁平化组织组建和运作的核心概念。

（2）减少中间层,导致"中层革命",高层直接对下属发号施令。

（3）知识的影响力凸现并日益加强。

（4）灵活指挥。但随着组织规模的扩大,统一指挥原则经常无法实现,而灵活指挥成为企业控制过程的灵魂。

（5）分权。消除中间层之后，一部分权力下放到下层，基层的权力较传统模式更大。

（6）加大控制幅度。

3．建立扁平化组织应注意的几个问题

（1）扁平化组织是手段而不是目的，应与企业目标一致；

（2）扁平化组织要求企业高层实现管理角色和领导方式的转换，团队式的民主管理和知识管理成为主角；

（3）扁平化组织要求建立开放、平等、民主、信任的企业文化；

（4）扁平化组织减少了行政管理者的升迁机会。

课后案例

IBM 公司发展中的波折[①]

IBM 是由 1911 年成立的联合企业发展而来的，最初企业制作天平、咖啡搅拌机、奶酪切片机以及时钟，1924 年改名为 IBM。20 世纪 60 年代中期，IBM 开发了 360 系列大型计算机——同时开发了六个型号，需要五个新工厂。这是一个巨大的成功，它决定了 IBM 在计算机行业的领先地位。

然而，正如 IBM 前高级主管罗宾逊所说的那样，360 系列的规模带来了 IBM 经营上几乎不能应付的复杂性，公司经营出现了混乱。为了走出困境，必须重构组织，尽快控制混乱并使之永远不会再发生，而这可能正是官僚制得以流行的真正原因。

IBM 有太多的管理人员和会议。繁杂的管理系统要求每件事都要按"IBM 方式"处理。所谓"IBM 方式"，就是要求会议必须一致通过，只要有一个参会成员不同意，决议就会被推迟到下次会议。这种延迟对快速变化的计算机市场而言是致命的。

推出 360 系列的时候，IBM 没有随着时代的变化而改变。公司在价值数千万美元的大型机上下了赌注，等它认清形势准备进入个人计算机市场时，为时已晚。当最后决定进入 PC 行业时，大型机的丧钟已经敲响。小心谨慎、注重

---

① 参见迟双明：《与大象一起跳舞：郭士纳对 IBM 的复兴策略》，中国盲文出版社 2003 年版。

跟踪客户需要以及终身就业保证等价值观在 IBM 进入快节奏、迅速变化的 PC 行业后失去了原来的作用。IBM 在 PC 机的竞争中失败的原因还在于自身的屡屡犯错。

IBM 犯的第一个错误就是没有及时利用公司发明的一项新技术——RISC 微处理器,采用这一技术毫无疑问会成功,但考虑到该技术可能影响到公司大型机的巨额利润而一直拖延了下去,直到 IBM 被竞争对手甩在了后面。

IBM 犯的第二个错误是未能抓住机会。公司同微软签约使用其 PC 机软件,同英特尔签约使用其微处理器的同时,本可以购买这些公司的全部或部分股份,但是没这样做。多年之后,比尔·盖茨曾再一次劝说 IBM 购买微软的股份,但是 IBM 拒绝了。如果那时 IBM 买了微软股份的 10%,意味着公司把 1 亿美元的投资转化为了 30 亿美元。

IBM 没有迅速做的另一件事是在新环境中未能调整其不裁员政策。IBM 坚持这个政策就像保护"贞洁"一样神圣,IBM 不是承认组织需要精简、员工队伍需要裁员,而是开始了"组织再造"——员工因为违反了一点点公司的规则而被解除职位或解雇,员工压力巨大。IBM 一直坚持不裁员的政策,维持这个与众不同的 IBM 文化,但当 IBM 最终放弃这一政策之后,员工士气和公司形象还是受到这些文字游戏的影响。

1993 年 1 月,郭士纳就任董事长,他决心使 IBM 重现光辉,并创立一种企业文化使 IBM 不会错过任何机遇,减少官僚制,将公司的利益置于公司各部门的利益之上。上任第一年,郭士纳就重整 IBM 财务,引进外部人才,大幅调整公司高层管理者的激励体系,将他们薪水的 75% 与整个公司的经营业绩挂钩。便装、休闲服在许多 IBM 的办公室里已替代了古板的白衬衫和西装。郭士纳可以迅速废除一个妨碍行动的高层管理委员会,或直接通过电子邮件与雇员和顾客对话。IBM 又一次进入成长通道,利润翻倍、股价上涨。

IBM 曾经遭受了痛失良机和拖延行动的损失,郭士纳希望保证过去的错误不会再现。他将公司的所有资源集中起来,并且将目标集中于为顾客提供各种网络计算机服务方面。郭士纳设想未来大公司都将像购买电力服务一样去购买计算动力和应用软件,而不必知道更不用关心做这些工作的计算机在哪里。他能否再次将 IBM 推向计算机世界的顶峰呢?或者 IBM 能否追赶上这个急剧变化的世界?但有一件事是肯定的,那就是郭士纳不怕变化。"如果组织在一种方式下无法运行,我们就换一种方式。"

案例思考题

（1）你能定义官僚这一概念吗？

（2）官僚作风是绝对的坏事吗？

（3）如何看待灵活与官僚？

（4）你从中认为决定企业成败的关键因素是什么？

（5）如何避免企业成长的波动？

（6）IBM 公司能用新型组织结构吗？请你提出有关思路。

 思考与练习题

1．企业建立非正式组织有何意义？

2．武汉神龙汽车有限公司和美国福特汽车公司都是生产汽车的企业，但它们却有不同的组织结构，这是为什么？

3．为什么大权在握的公司总经理会觉得自己控制不了员工？

4．企业规模是否越大越好？

5．什么是扁平式结构？它有何好处？

第四章

管 理 沟 通

☞ **学习目标**

1. 理解管理沟通的含义、功能和过程；

2. 掌握人际沟通的渠道和方法；

3. 学会解决团队冲突；

4. 掌握组织沟通的渠道和方法；

5. 善于处理企业外部关系。

第一节　沟 通 概 述

一、沟通的含义

沟通是指信息的传递和被理解的过程。它包括以下三层含义：

（1）它是信息的传递过程。如果信息或意义没有被传送到信息的接收者那里，则意味着沟通没有发生。

（2）它是信息被理解的过程。要实现沟通，信息不仅要得到传递，还需要被理解。这一点常常被人忽视，所以也更加重要。

完美而有效的沟通，应该是信息经过传递之后，接收者所理解的意思恰好与发送者发出的信息是完全一致的。

（3）它是双向、互动的理解过程。成功的沟通不仅是发出信息，而且要知道对方是否准确理解信息。这就要求信息的发出和接收双方进行双向互动沟通。

案例·知识 ▷▷▷▷ ▷▷

　　在互动式教学中，老师不仅传授了知识，而且也知道学生对所传授知识的理解程度，这样便于老师及时调整教学方法，保证学生接受。相反，在一言堂式的教学中，老师传授了不少知识，但学生听到没有、听懂没有、理解没有、记住没有等都是一个未知数。同样，一言堂式的会议效果肯定不如互动式的会议。

　　管理沟通包括人际沟通、团队沟通、组织沟通和公共关系四个层次。前三者都属于组织内部的沟通，公共关系则是组织对外的沟通。人际沟通是管理沟通的基础。

二、沟通的功能

1. 信息传递功能

企业决策者需要得到有关人事、生产、销售、研发、环境和市场等方面的信息，只有建立在充分信息基础上的决策才可能是最优决策；企业管理者需要掌握有关员工方面的信息，才能提出有效的激励政策；管理层制定的政策必须让下属知道并充分理解，才能被有效执行。这些重要的功能都依赖沟通去实现。

2. 情绪表达功能

管理者不能简单地将下属看做是理性人，事实上人的情绪波动很大，高兴时可能开怀痛饮，不快时可能垂头丧气。有效的人际沟通可以消除不良情绪，使人们迅速恢复理智。

3. 控制功能

一方面，有效的沟通能及时了解计划的执行情况，发现问题和解决问题；另一方面，通过沟通，使下属知道什么是对的、什么是错的、为什么对或错，这样的思想政治工作能改变下属的心智，使他们实现自我控制。

4. 激励功能

良好的沟通能拉近上下级和员工与员工之间的心理距离，加深彼此间的感情和友谊,增强组织的凝聚力,极大地激发员工为组织努力工作的积极性。

三、沟通的过程

沟通的过程由发送者、编码、信息、渠道、接收者、解码和反馈等七个要素组成。任何一个沟通过程,都存在信息的发送者和接收者。信息经过发送者进行编码后,通过一定的渠道传递给接收者,接收者将接收到的信号进行解码,然后反馈给发送者。整个沟通过程如图 4-1 所示。

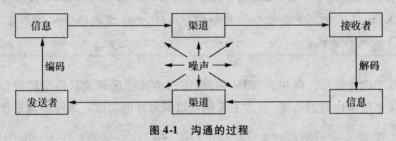

图 4-1　沟通的过程

整个沟通过程可能受到噪声的影响。所谓噪声,就是指对信息的传送、接收和反馈造成干扰的因素。例如,难以辨认的字迹、电话中的静电干扰、接收者接收信息过程中的"走神",以及生产设备或人群的背景噪音等都是噪声。噪声可能影响到沟通过程的任何环节,包括发送者、渠道和接收者。

1. 发送者

发送者把头脑中的想法进行编码,从而生成了信息,被编码的信息的质量高低受到发送者的技能、态度、知识以及价值观四个方面的影响。所谓"茶壶装汤圆,有嘴倒不出",说的就是发送者有想法,但不能迅速编码成信息。

2. 渠道

任何信息沟通的渠道都有可能受到噪声的干扰而使被传递的信息发生扭曲或者失真。恰当的渠道就是沟通信息失真最少的通道。

3. 接收者

在信息被接收之前,接收者必须先将其转化为自己可以理解的形式,即进行解码。与发送者一样,被解码的信息的质量也受到接收者的技能、态度、知识以及价值观四个方面的影响。

在上面的沟通过程中,我们尤其应该注意的是信息的反馈。若无反馈,沟通过程就是单向的;有了反馈,沟通过程就是双向的。反馈是能够增强沟通效果的强有力因素,因为它使得发送者能够判断接收者是否正确理解了信息。

某计算机公司的总裁詹姆斯每月都要在公司办的电视台对话节目中向员工传达公司的决策或政策,公司在各地的员工都观看这个节目,并打电话提出问题或进行评论。该电视台就是詹姆斯发送其编码信息的渠道。员工观看节目并进行解码,然后将他们理解的信息通过电话反馈给詹姆斯,构成了一个完整的双向沟通过程。

课后案例

一段夫妻间的对话

妻子正在厨房炒菜,丈夫在旁边说:"小心!火太大了。赶快把鱼翻过来,快铲起来,还是烧焦了!油放太多了!把豆腐整平一下。哎呀,锅放歪了!少放一点盐。""请你住口!"妻子脱口而出,"我懂得怎样炒菜。""你当然懂,小姐。"丈夫平静地答道:"我只是想让你知道,我在开车时,你在旁边喋喋不休,我的感觉如何?"

案例思考题

(1)夫妻间的对话体现了沟通的哪些功能?

(2)简述这对夫妻对话的沟通过程。

(3)这对夫妻对话对你有何启示?

第二节 人际沟通

一、人际沟通的好处

1.信息充分,决策正确

在管理者的决策过程中,无论是问题的提出、认定,还是各种可选方案的比较,都需要市场、技术、价格、资源、人力和士气等方面情报。有效的沟通能使管理者得到充分的信息,从而做出正确的决策。

2. 关系融洽,配合默契

沟通是在组织成员之间,特别是领导者和被领导者之间建立良好的人际关系的关键。人际关系融洽是指彼此很了解,有感情,配合默契,这要依赖沟通。

二、人际沟通的主要障碍

1. 语言问题

中国地域辽阔,各地方言众多,往往一江之隔,两岸的人们由于言语不通不能进行有效的沟通。特别是在跨国公司内部,员工来自于不同的国家,语言的理解就成为沟通的一大障碍。例如,四川话"鞋子",在北方人听来颇像"孩子";广东人说"郊区",北方人常常听成"娇妻"。

2. 文化差异

由于不同的民族、种族、宗教、政治、历史等各方面的差异,人与人之间会存在或多或少的文化差异。

案例·知识 ▶▶▶ ▶▶

一位英国男青年邀一位中国女青年出游。为了取悦女友,他特地买了一束洁白的菊花带到她家。不料女青年的父亲一见便勃然大怒,把他轰了出来,他却不知道祸因所在。在英国男青年看来,白色象征纯洁无瑕,他选择白色的花完全是一片好意。但是,他压根儿也不会想到,在中国,白色的花是吊唁死者用的。

3. 地位差异

一般人在接收信息时不仅判断信息本身,还会根据信息发送者的地位高低来理解所接收到的信息。

4. 知识经验差异

当信息沟通双方在知识水平上相差太大时,在发送者看来很简单的内容在接收者那里却由于知识和经验水平太低而不能正确理解。

　　一个秀才去买柴,他对卖柴的人说:"荷薪者过来。"卖柴的人听不懂"荷薪者"三个字, 但是听得懂"过来"两个字, 于是把柴担到秀才面前。秀才问他:"其价如何?"卖柴的人听不太懂这句话, 但是听得懂"价"这个字, 于是就告诉秀才价钱。秀才接着说:"外实而内虚, 烟多而焰少, 请损之。"(你的木材外表是干的, 里头却是湿的, 燃烧起来, 会浓烟多而火焰小, 请便宜一些卖吧。)卖柴的人听不懂秀才的话, 担着柴走了。

5. 信息含糊

　　对同一思想、同一事物, 由于人们表达能力不同, 有的人吐字不清晰, 语义含糊, 容易使信息接收者产生误解。

　　某学生给学校领导写信:"新学期以来, 张老师对自己十分关心, 一有进步就表扬自己。"校领导感到纳闷, 这究竟是一封表扬信, 还是一封批评信? 因为"自己"一词不知是指"老师自己"还是"学生自己"? 幸好该校领导作风踏实, 马上进行询问调查, 才弄清这是一封表扬信, 其中的"自己"乃是学生本人。

6. 心理因素

　　在沟通中, 个人的某些因素比如性格、气质、态度、情绪、兴趣等也容易成为信息传递和交流的障碍。

三、人际沟通的渠道

　　管理者可以通过选择正式的报告、公告、便条、面谈、打电话、发送电子邮件、写备忘录、演讲等不同渠道与其他经理或员工沟通。具体采用哪种方式, 要看具体问题的性质。

　　不同的渠道具有不同的信息传递能力, 这就好比不同的输油管道具有不同的输油能力一样。我们用渠道丰富程度来表示某种渠道所能传送的信息的数量多少。按照渠道丰富程度由低到高排序, 我们把管理者常用的几种沟通渠道排列成如图 4-2 所示的形式。

渠道丰富程度

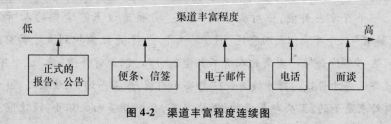

图 4-2　渠道丰富程度连续图

每一种沟通渠道都有优劣势。例如,渠道丰富程度最高的面谈具有传递信息数量大、反馈快、针对性强的优点,但也存在一些缺点,如没有记录、不容易快速传播等。渠道丰富程度最低的正式报告或公告,虽然传递信息速度慢、数量小且反馈慢,但是传播面广、能保存。

管理者应该了解每一种沟通渠道的优劣势,并能够选择恰当的沟通渠道。选择渠道还要看所传递的信息是日常性的还是非日常性的、是正式的还是非正式的。

日常性的信息非常简单、直接,一般是管理者知道下属已经明白或赞同的,因此,即使在丰富程度较低的渠道中也能有效传递。正式的信息一般要求存档,所以应该使用正式的报告和公告等丰富程度较低的渠道。

非日常性的信息通常比较模糊,极易产生误解。管理者只有选择丰富程度较高的渠道才能有效地传递它们。非正式的信息一般不要求留存记录,而且多是针对某些个人,宜选择丰富程度较高的渠道来传递。

案例·知识　▶▶▶▶　▶▶

某公司发生了一起工厂爆炸事件,致使 25 名员工受伤。公司首席执行官约翰逊决定就此事件筹划一个新闻发布会。如果新闻发布会必须在 3 小时之内准备好,就必须使用丰富程度很高且反馈迅速的渠道。约翰逊与公关部的人员进行面谈、打电话等双向沟通,迅速获得了反馈。约翰逊最终成功地举行了这个新闻发布会。

四、人际沟通的方法

人际沟通是一种艺术,它的方法很多,这里仅简要介绍几种。

（一）倾听

倾听与听见不同。听见是一个生理过程，取决于耳朵如何对振动做出反应。我们可能听见了却没有意识到这样的事实，或者不能在事后回忆起我们当时听见了什么。相反，倾听是一个集中注意力于所听见的声音的有意识的行动。

以下方法可以帮助我们提高倾听的效果：

（1）创造良好的倾听环境。倾听环境对倾听的质量有很大的影响。例如，如果谈话内容属于私事或机密信息，最好在安静、封闭的谈话场所进行。

（2）要有良好的精神状态，集中精力进行倾听。在许多情况下，我们之所以不能认真倾听对方的谈话，往往是由于肌体和精神的准备不够。因为倾听是包含肌体、感情、智力的综合性活动。在情绪低落和烦躁不安时，倾听效果肯定不会太好。

首先，应保持强烈的兴趣。我们可能都有这样的体会，当对某件事感兴趣时，就会非常认真地倾听；相反，当对听见的事情不感兴趣时，就会心不在焉。

其次，要求倾听者集中精力。在倾听过程中，要随时提醒自己到底要解决什么问题。倾听时，应注意保持与谈话者的目光接触，但时间不宜过长。因为如果没有语言上的呼应，只是长时间地盯着对方，那会使双方都感到局促不安。

最后，要努力维持身体和大脑的警觉。专心倾听不仅要求健康的体质，而且要使躯干、四肢和头处于适当的位置。比如，有的人习惯把头稍偏一点，这样有助于集中精力。全神贯注意味着不仅用耳朵，而且用整个身体去听对方说话。

（3）建立信任关系。信任是双方交流的前提。真诚的谈话可以唤起对方的兴趣，激发对方的积极性和参与的主动性。因此，在交谈过程中有意无意地撒谎，都有可能使对方觉得你是在欺骗他，而使交谈中断或效果不佳。

（4）使用开放性动作。一个人的身体姿势会暗示出他对谈话的态度。自然开放性的姿态，代表着对他人的接受、容纳、感兴趣与信任。例如，交叉双臂、跷起二郎腿也许是很舒服的姿势，但往往让人感觉是一种封闭性的姿势，容易让人误以为不耐烦、抗拒或高傲。

（5）及时用动作和表情给予呼应。用各种对方能理解的动作与表情，表示自己的理解，如微笑、皱眉、迷惑不解等表情。此外，还应通过动作与表情，表达自己的感情，表示自己对谈话和谈话者的兴趣。

（6）适时适度提问。在倾听过程中，恰当地提出问题，往往有助于相互沟通。

我们沟通的目的是为了获得信息,是为了知道彼此在想什么、要做什么。通过提问,一方面可让对方知道自己对其讲话感兴趣,另一方面也可通过对方回答的内容、方式、态度、情绪等来获得自己所需的信息。

(7)建立日常性的倾听制度。对管理者而言,仅仅培养个人的倾听技能还远远不够。只有制定出有效的程序,将对顾客、员工等的倾听制度化、日常化,才能做到主动、有序地全面倾听。例如,微软公司办了一份内部周报,并将它送至公司每位员工的桌前;星巴克公司开通了网上建议栏目,为便于当面倾听,每季度都由高层人员发布三小时消息和一段简短的录像,并留有大量时间回答问题;柯达公司在创业初期便设立了"建议箱"制度,公司内任何人都可以对某方面或全局性的问题提出改进意见。

(二)演讲

演讲是一个人在公共场合与一群人进行双向沟通的过程。演讲使我们与人沟通的范围从个体扩大到一群人。

成功的演讲可以有效地传递信息,沟通感情,鼓励群众,坚定信念。历史上,大凡卓越的领导人都是演讲高手。丘吉尔在英法联军全线溃败、德国法西斯步步紧逼的危急关头,凭借令人热血沸腾的演讲,鼓舞起全英国人民的斗志,拿起武器,投入世界反法西斯战争;新中国总理周恩来在万隆会议的演讲中,一举征服众人,在全世界面前成功地展示了新中国领导人的崭新形象。正所谓,"一人之辩,重于九鼎之宝;三寸之舌,强于百万之师。"

既然演讲如此重要,那么我们怎样才能进行有效的演讲呢?

(1)做好充分的准备。有句俗话说得好,"准备的失败就是失败的准备。"无论管理者做何种演讲,都必须注意以下几个方面的准备:

• 演讲的主题:主题要尽可能新颖、有针对性。古人曾说:"语不惊人死不休。"演讲的主题应像磁石一样,一下子吸引住听众。

• 讲稿的要点:要准备要点而不是完整的演讲稿,避免对着听众照本宣科。

• 演讲的环境:包括桌椅、视听设备等。要充分利用幻灯片、投影仪、录像带、音响等视听设备来加强演讲效果。

(2)巧妙地开好头。常言道:"好的开端是成功的一半。"演讲者开始时要注意直奔主题。例如,你可以这样开头,"我今晚要给您讲述令人激动的电脑多媒体程序,然后告诉您这种程序将如何改变您的工作和生活方式。"

（3）在演讲的整个过程中,演讲者在思想上要一直想着听众。例如,可以这样问听众:"我想问一下在座的诸位,谁知道过去 24 小时里在中国有多少孩子出生?"

（4）演讲者要始终抓住听众的注意力。例如,"我想知道,如果我告诉您,您的计算机在购买时已经过时,您有何感想?"

（5）经常引用一些伟人的讲话或者经典的案例。例如,"一位伟人曾说过:'每个人的经历远远超过他的想象范围。'不过,正是经验而不是想象,才影响人的行为。"

（6）要注意用感情去感染听众的情绪。例如,"好心的人们,您只要掏五毛钱,就可以使这个孩子活下去,直到下年的收获季节,那时他就可以养活自己。"

（7）要注意演讲的姿势,显得自然而不造作。使用有意义的手势,可加强演讲效果。

（8）成功的收尾。俗话说:"编筐编篓,难在收口。"成功的收尾既是演讲的终点,又是引发听众思维的新起点,所谓言犹尽而意无穷。

（三）写作

写作,从形式上来看,表现为文字,或称为"书面语言",它具有一定的行文和格式;从内涵上来看,它具有创造性,简单的记录或者抄袭不属于写作范畴。优秀的写作应该是真情实意的表达。在这里,我们讨论的写作不是文学写作,而是作为一种重要而且特殊的沟通方式。

无论是内部沟通还是外部沟通,一个企业时刻离不开写作。例如,对内部而言,公司成立时需要拟订章程、制定规章制度和职务说明书等。日常管理中需要制订年度计划、月度计划,还有众多的商务交往信件和函件。现在,许多大企业比如长虹、海尔等都有内部刊物。对外部而言,写作就更普通了,如财务报告、市场调研报告、对外的商务交往信件与函件等。

写作有以下四个基本原则:

（1）正确。这是写作的首要原则,也就是说,写出的文章材料要真实可靠,观点要正确无误,语言要恰如其分。尤其是对写作主旨的把握,在写作前一定要下一番工夫,明确写作的意图,正确地传递信息,从而实现有效的沟通。

（2）清晰。在正确表达的基础上,应该力求清晰。清晰的文章能引起读者的兴趣,使读者正确领会作者的意图。要做到清晰,应该注意文章的总体布置,包括标题、大小写、字体、页边距等。尤其是要留下适当的空白,如果把所有的文字都挤在一起,则很难阅读。如果是手写,则不能太潦草。

(3)完整。写作的一大优势就是使我们有充分的时间思考问题,完整地表达想要表达的思想、观点,完整地描述事实。在电话或是当面交谈时,常常会遗漏很多想要交流的事项,这是由这些沟通方式的特点决定的。在写作时,为了完整地表述,应该反复检查思考,不断增补重要的事项。

(4)简洁。"简洁"似乎与"完整"是一对矛盾,但其实这只是一个"度"的把握问题。"完整"是为了表达想要沟通的重要方面,但并不意味着要把所有的事实、观点罗列在纸上。可以通过排序的方法,把不太重要的事项删除,也可以对每一个字进行评估,把琐碎的、没有太大价值的文字删掉,使得文章言简意赅。

(四)会议

会议是一种十分重要、使用频繁的管理工具,开好各种不同类型的会议是大多数公司决策的中心环节。会议的目的是收集众人的意见,以最佳的方式处理有关问题。然而,会议是否有效,能否达到预期目的,就离不开会议技巧问题。以下几点仅供参考:

(1)明确会议目的。在会议开始之前,主持人应明确提出会议的目的,根据会议目的,还应设定具体的目标。

(2)造成"自我群感"。这种技巧是从心理上让与会人员对会议有一种"自我群体"的认同感。也就是想方设法使与会者有一种对会议群体的强烈归属感。

(3)处理好会议的显在目标与潜在目标的关系,并在会议中尽快实现近期目标和较易达到的目标。会议的显在目标一般是主席在会议开始时明确、清楚地向全体与会者宣布的目标;会议的潜在目标是会议未公开宣布,但随着会议的进行而逐渐达到的目标。对此,主席应始终保持清醒的头脑,并营造良好的会议气氛。同时,会议的目标有近期的、较易达到的和远的、较难实现的之分。主席在安排会议时,应使近期的、较易达到的目标尽快实现,这样会使与会者兴趣增加,并激发其信心,保证会议的顺利进行。

(4)利用与会者的经验、专长。虽然会议开始时,与会者对于会议的情况还不甚了解,但每个成员都有自己特殊的学识、文化、阅历和经验。主席应尽力调动这些潜在因素的功能,让与会人员提出合理化的建议。当然,提合理化建议的方式可以是口头的发言,也可以是在意见簿上留言。总之,想方设法使与会人员的聪明才智得到充分发挥。

（5）讨论。这是与会者进行沟通的主要形式,主席的基本责任之一就是鼓励和促进讨论。对于要讨论的问题,不要在讨论之前就规定某种答案,应允许各种不同的意见充分表达出来。参加讨论的成员是平等的,不存在谁服从谁的问题,都应服从于事实或真理。

（6）提问。主持会议的一项重要技巧是善于提出问题。提问可以吸引全体与会者的注意力,也有助于人们深入思考。提问时,要注意把握时机,问题要明确具体,切忌语言含糊。例如,当讨论已涉及某个问题但焦点又不十分明确时,及时地提出问题,常能使讨论形成高潮。

（7）对不同意见的处理。会议过程中常出现这样那样的不同意见,甚至出现争执,这是会议不可避免的问题。由于与会者的素质、阅历、观点各不相同,他们对问题的解释也就各不相同。主席在处理不同意见时应把握的原则是:避免不必要的冲突,引导不同的意见向会议的主题靠拢。具体可采取如下措施:

● 对不同的意见进行深思熟虑后,提出自己的观点。当然,这个观点在提出之前,必须有足够的把握,让与会的大多数人都能接受,从而结束争论。

● 对争论双方或各方的观点加以澄清。

● 分析造成分歧的原因。

● 研究争论双方或各方的观点,了解协调的可能性。

● 将争论的问题作为会议的主题之一,展开全面的讨论,以便把会议引向深入。

● 若分歧难以弥合,那就暂时放下,按会议议程进入下一项。

（8）对已达成的共识给予必要的重申,让与会人员心中有数;对不能取得一致的与会人员,请他们会后沟通或反思,必要时向有关人员汇报。

（9）总结会议取得的成果、成功的经验和失败的教训。

（10）对在这次会议中表现突出的人给予物质的、精神的奖励。

（五）谈判

谈判是为达成双方都可接受的条件而进行的活动。谈判活动的基本要素包括谈判主体（参与谈判的当事人）、谈判客体（谈判的议题及内容）、谈判目的和谈判结果。

如何扬长避短,最大限度地发挥自己的优势,力争在谈判中占据主动,是每

一位谈判者都十分关注的事情。要提高谈判的技巧,应注意以下一些谈判原则:

(1) 将心比心。谈判最忌以己方观点,漫天要价。《菜根谭》有云:"做事须带三分侠气,为人须存一片素心。"谈判时,也要有仁厚之心,多为对方着想,将心比心,带来皆大欢喜的双赢。如果不能如此,谈判过程将充满火药味,双方各持己见,互不相让,最后脸红脖子粗,难以达成任何建设性结果。

(2) 洞悉优势。在对对方立场、观点都有初步认知后,双方谈判就要紧锣密鼓地进行了。谈判前要详细列出己方在谈判中的优劣势及对方的优劣势,尤其要列出己方优势,以作为谈判人员的谈判筹码;而己方劣势,当然也要注意,以免仓促迎敌,被对方攻得体无完肤。

(3) 模拟演习。就是预先模拟各种可能发生的状况,以免实际遭遇时惊慌失措,难以控制局面。在了解优劣势后,就要假想各种可能发生的状况,制定出应对的行动方案。小至谈判座位的选定,大至对手可能提出的要求,都可依状况的轻重缓急,详加模拟。

(4) 清楚底线。谈判时,双方通常都带有攻击性,只想到可以"获得多少",而常常忽略了"让步多少",才可皆大欢喜。所以,在谈判前,务必要清楚自己的底线:可让什么,可让多少,如何让,何时让,为何要让。否则,一旦对方咄咄逼人,将导致己方束手无策,任由对方宰割,那就失去了谈判本意。

(5) 了解对手。《孙子兵法》中"知己知彼,百战不殆"这句名言众所皆知。谈判前,了解对方的可能策略及谈判对手的个性特点,依据对方的情况制订周密的谈判计划,哪怕是生活中的细节问题也不要放过,这对谈判的圆满完成将有莫大的帮助。

案例·知识 〉〉〉〉 〉〉

如果谈判对手喜欢打球,不妨在会前寒暄,刻意提及;会后若有时间,邀请对方一起运动,以营造谈判气氛。请记住,球场也是一种谈判桌,可以促进谈判。因为在共同的交往中可以增进感情,缩小分歧;而且,你的体贴入微的关怀会给对方留下深刻的印象。

(6) 要有耐心。俗话说,"病急乱投医。"但对于谈判,这是大忌。谈判中要时刻牢记"耐心"两字,尤其在剑拔弩张之际,更是如此。这是因为,谈判中常有持久战要打,一谈四五个钟头的现象时有发生。在关键时刻,谈判常常通宵达旦,双方无论是心理上还是生理上都承受着巨大的煎熬。这个时候,坚持就是胜利。

(7)随机应变。谈判如战斗,战场状况瞬息万变,谈判桌上硝烟弥漫。虽说智者千虑,但人算不如天算,总有考虑欠妥之处,这在谈判中时有发生。因此,必须临场发挥、随机应变。例如,谈判时,若对手突然提出某种要求,出乎我方的预料。这时,要随机应变,可先施缓兵之计,再图谋对策,以免断了自己的后路。

(8)好聚好散。双方若不能达成圆满结果,谈判面临破裂之时,也不要图一时的口舌之快,伤了双方和气。双方若是撕破脸皮,以后要想再谈判,虽非不可能,但也会颇费周折,付出巨大的代价。正因为如此,即使买卖不成,但情义还在。双方好聚好散,好为下回谈判的成功做好铺垫。

另外,谈判时还要注意以下技巧:

(1)入题技巧。包括从题外话入题,从介绍己方谈判人员入题,从"自谦"入题,从介绍本企业的生产、经营、财务状况入题,从具体细节入题,从一般原则入题等。

(2)阐述技巧。阐述要注意正确使用语言,使表达准确易懂、简明扼要,具有条理性;要做到第一次就说准,语言富有弹性,发言紧扣主题,不走极端;注意语调、语速、声音、停顿和重复,恰当使用解围用语,慎用否定性语言结束谈判等。

(3)提问技巧。包括借助式提问,如"我们请教了××顾问,对该产品的价格有了较多了解,请您考虑,是否把价格再降低一些?"强迫选择式提问,如"付佣金是符合国际贸易惯例的,我们从法国供应商那里一般可得到3%—5%的佣金,请贵方予以考虑。"引导式提问,如"经销这种商品,我方利润很薄,如果不给3%的折扣,我方很难成交。我看给我方的折扣可以定为4%,你一定会同意的,是吗?"协商式提问,如"你看给我方的折扣定为3%是否妥当?"

(4)答复技巧。包括不要彻底答复对方的提问、针对提问者的真实心理答复、不要确切答复对方的提问、降低提问者追问的兴致、让自己获得充分的思考时间、礼貌地拒绝不值得答复的问题、找借口拖延答复等。

(六)面谈

面谈是指任何有计划的和受控制的、在两个人(或多人)之间进行的互有听和说的谈话。它的目的是要在尽可能少的时间内获得尽可能多的相关信息。面谈的过程,一般分为准备、实施、评价及决策四个阶段。

(1)准备。要安排好环境、时间、地点,以促进面谈者与受访者之间的关系;

要精心设计面谈时要问的问题,以鼓励信息共享。

(2)实施。面谈应该按照事先做好的准备实施,在面谈过程中可以根据情境的需要临时改变,但要遵循两个原则:一是尽量开诚布公;二是尽量以"建立和睦的关系"开始。

(3)评价。从面谈中获取的信息会不断增加我们对受访者的认识。根据这些认识和从受访者的个性、态度和表面动机获得的印象,就逐渐产生了评价。当得到最终评价时,就应当中止面谈了。延长面谈不会得到有用的信息,有时反而可能影响已经做出的决策。比如,在销售商与顾客的交流中,当买方已决定购买后,如果销售商继续阐述其产品的优点,顾客可能不再信任他对产品的中意评价。

(4)决策。通常在最终评价后执行。有时决策与评价同时进行。决策应当是客观的,要坚决抵制在评价过程中和面谈结束前做出结论的诱惑。如果没有获得完全的信息就做出决策,这一决策很可能在一定程度上具有主观性,如受受访者服饰、口音或其他个人特征的影响。

课后案例

从某公司新产品研发决策看中式决策沟通

某公司为新产品研发的决策召开了三次会议。在第一次会议上,生产总监、销售总监、产品经理各自都提出一种意见,总经理认为产品经理的方案最为合理,就要求大家按照他的方案去执行。会上没有异议,会后却不见行动,后来才了解到两部门的意见,说是由于采用产品经理的方案,就应由产品经理来主管,跟他们没什么关系,也没有采取配合行动。谁都知道,对于新产品研发而言,没有其他部门的配合,产品经理寸步难行。总经理在第二次会议上实行民主,说他们的见解都有独到之处,可以结合起来取长补短,让他们自行决策和合作。但结果还是和原来一样,大家还是没有行动。后来,总经理召开了第三次会议。在这次会议上总经理不明确表态支持谁,而是通过会后的行为来向各位暗示最好的方案,同时要求他们互相配合把方案做得更好。例如,会后把产品经理叫进办公室,不直接告诉他打算采用他的方案,希望他去协调生产总监和销售总监,而是问他:"你觉得你的方案怎么样?"一方面要产品经理继续研究,另一方面为自己留下退路,万一生产总监和销售总监的方案更佳,还可以转而支持更好的方案,使其顺利获得一致的协议。这是中庸之道,符合中国人的做法。当然,这次会议十分成功。

案例思考题

(1) 公司采用了何种人际沟通方法?

(2) 公司前两次会议失败的原因是什么?

(3) 你如何组织好这次新产品开发的决策工作?

第三节　团 队 沟 通

一、团队沟通的好处

1. 提高团队工作效率,保证团队任务的完成

团队沟通有利于集思广益,加强信息沟通,提高任务完成的效率。

案例·知识　▶▶▶▶　▶▶

　　吉尔伯特和沙利文组成的音乐团队是音乐世界里最伟大的组合之一,在他们合作的曲目中有14首至今仍在上演。在他们合作之前,吉尔伯特只是一个成功但不是很杰出的剧作家。他脾气暴躁,难以相处,但性情随和的沙利文凭借他的机智和耐心将他们的合作维持了二十多年。一位评论家说:"如果单独的话,他们是两个令人愉快但瞬间即逝的天才。但在一起,他们变成了戏剧巨匠,远远超越他们两人各自潜力的总和。"

2. 满足个人心理需要,使个人更具创造力

团队沟通能够满足个人的安全、社交、情感、自尊等需要,增强士气和自信心,协助个人解决精神和物质上的困难等。

案例·知识　▶▶▶▶　▶▶

　　苏珊在某科研部门工作,该部门是一个团结高效的工作团队。苏珊近几天闷闷不乐,团队成员很快察觉到这一现象,并发现苏珊最近被她的男友抛弃了。玛利亚是这个团队的核心人物,她不断找机会和苏珊聊天,为她解闷。一个星期后,苏珊甩掉了思想包袱,以更大的热情投入到工作中。

二、团队对个人行为的影响

1. 激励作用

一般来说,个人在集体中的表现,由于受集体的影响,往往比个体单独情况下的表现好。例如,从事简单重复的劳动时,几个人一起干比一个人单独干效率高,因为集体劳动有助于消除疲劳、提高兴趣。需要用脑的问题,众人一起讨论可以相互启发,往往比一个人强。在日常生活中,一个人很难坚持长跑锻炼,两三个人就容易坚持下去。

2. 团队规范的约束作用

任何一个团队都有许多成文或不成文、大家认可和共同遵守的行为标准。这些非正式的行为标准就是团队规范,它对团队成员的行为有着极大的约束和影响力。

3. 从众行为

团队经常对其成员施加一种无形的压力,以使其态度和行为(知觉、判断、信仰)与团队中多数人一致,这种现象被称为社会从众行为,或团队压力的顺从现象,俗称"随大流"。

三、团队冲突产生的原因

1. 资源稀缺

资源包括金钱、信息、人员、物资、名誉、地位和权力等。个体为达到目的希望增加自己的资源,于是就带来了相互冲突。

案例·知识 ▷▷▷▷ ▷▷

某服装制造厂对工资体系进行了改革,新的工资体系是按照团队产出支付员工工资而不是按照个体计件工资体系支付。这就引来了严重的冲突,因为某些员工认为团队中一些工作速度较慢的成员影响了他们的收入。有一个工人说他的小时工资已经下降了2美元,而工作慢的成员意识到他们比在计件工资体系下获得了更多的收益。

2. 权责不分

当工作界限和责任含糊不清的时候就容易产生冲突。

3．目标差异

当人们之间所期望的目标不一致时,冲突就会发生。一名销售员的目标可能与其他销售员或经理的目标有差异。更进一步说,销售部和生产部之间就有目标差异。在汽车工人联合会中就有这种差异。因为一个小群体想违背团队工作,他们相信团队剥削工人,只会对自己的工作带来麻烦。联合会的其他部分都认为团队对工人和组织有利。这种相反的目标导致了联合会中各小群体之间的冲突。

4．观点差异

团队成员之间由于教育背景、知识经验等的不同,对同一事物的看法和观点不一致,从而导致冲突的产生。

5．信息差异

不同的人掌握的信息多少和信息的来源都不相同,所做出的判断也不同,这样就自然而然产生了冲突。

四、团队沟通的方法

团队冲突最终需要通过团队成员之间、团队与团队之间、个人与团队之间的沟通来解决。这里介绍几种团队沟通的方法。

1．谈判法

这意味着冲突双方相互讨价还价并试图系统地达成一个解决方案。这种方法的好处是不需要第三方来调解,但需要冲突双方本着求同存异的原则,相互谅解和妥协,将个人的恩怨抛在脑后,最终达成一致。

2．调解法

调解者与冲突双方通过协商或谈判,订立一个协议或公约来解决冲突。处理冲突的调解者可以是基层经理、高层经理或人力资源部的人员。他应该充分倾听双方意见,了解双方分歧所在,提出合理的建议,设法使双方做出妥协。

3．裁决法

指由握有权力的人或组织对冲突做出裁决的方法。这种方法的好处是简单、省力,再严重的冲突、再复杂的问题,只要权威一出现,凭他几句话就可以裁决,被裁决者只能无条件服从。这种办法只有当权威是一个有能力、公正、熟悉情况并明白事理的人时,裁决才可能是正确和公正的。反之,必然严重挫伤被裁决者的积极性。

4. 改组法

改组的具体做法有如下几种：

（1）复制分离法。例如，研究部门经常有加工任务，如果总让生产车间进行加工就可能发生冲突，这时可以分配给研究部门一个小的加工单位，专门从事研究部门的加工任务，生产车间不再负责研究部门的加工任务。

（2）角色转换法。轮换互相冲突的岗位、人员，以进行角色体验，加深彼此间的了解。例如，公司生产班组内班长和工人之间由于所处位置不同发生的冲突，可以通过定期（一个月、一个季度、半年等）地轮流担任生产班组长，使每个工人都能体验到角色变换带来的矛盾，从而相互理解、精诚合作。

（3）角色简化法。调整个人职责，简化角色要求和角色冲突。例如，为了化解科研和教学的矛盾，教师在某一阶段专门从事其中一项工作。

（4）缓冲法。利用缓冲物加以分离或利用连缀角色加以缓冲。例如，铸工车间和机工车间由于对毛坯质量标准的看法和要求不同，对某批毛坯是否合格产生分歧。如果他们直接对话，可能争执不下。通常的解决办法是：由厂部建立的毛坯库、质量检查科或厂部调度人员作为中介，这样就减少了冲突。

5. 支配法

分配法是指冲突的一方利用自己手中的权力或武力迫使对方放弃。支配可以是个人支配、联合支配或多数人支配。所谓个人支配，是指一个管理者可以利用职权将冲突的一人或数人革除职务，或者进行其他的人事调动。所谓联合支配，是指几个人形成一个权力中心，以此来支配别人或冲突的另一方。所谓多数人支配，是指管理人员致力于形成多数人一致的看法，使意见不一致的对方所拥有的力量，小到可以忽视的程度，迫使对方退出冲突或保持沉默。但是，支配往往是针对某个人的，而冲突并不一定都是由某个人引起的，所以人虽然受到了支配，但冲突并未真正得到解决。此法虽简单，但效果往往不好，应当慎用。

6. 拖延法

指拖延一段时间，使矛盾双方激动的情绪平静下来，问题的实质暴露得更加清楚时再行处理，这种方法也被称为"冷却法"。拖延法适用于对人的处理，特别是由于政治原因对人的处理。此法比较谨慎，不在双方"气头"上进行处理，而是等冷却后再处理，从而更加稳妥。

陷入沟通困境的"老字号"①

　　龙井商业集团旗下的龙井家电连锁公司曾占据了北方省城电器市场的半壁江山，2004 年以来，国美、苏宁等大规模进入给龙井家电带来了巨大的压力。龙井商业集团打算在龙井家电导入国内先进连锁管理理念和 ERP 软件系统，借此提高应对市场风险的能力。

　　商业集团旗下一家软件公司顺理成章地拿下了龙井家电的 ERP 软件开发合同。该软件公司曾参与实施过许多不同零售业态的 ERP 项目，但做家电连锁还是头一次。ERP 软件没有专门针对家电连锁优化的功能模块，需要进行二次开发。

　　该项目人员配备是：一名研发人员负责 ERP 的前台修改；一名研发人员负责家电连锁后台新增功能模块的设计；一名项目经理带领两名新学员提供现场 ERP 软件的调试、安装、服务与支持服务；一名财务出身的项目总经理协调公司资源，并主动与客户沟通，搜集客户需求。

　　由于项目组筹建初期，项目总经理并未过多关注成员间固有的个人矛盾，使得在项目施工过程中人员沟通不畅，项目进度无法按照既定进度表正常进行。问题出现后，项目组成员互相指责，推卸责任，导致项目实施工期无限延长，成本水涨船高。

　　该项目要根据客户需求添加更新模块，并指导客户操作。为实现配送中心按 POS 前台销售时登记的客户送货地址安排相关车辆运送商品，研发人员专门开发了配送中心送货模块和 POS 前台录入送货地址模块。可是，开发人员与项目实施人员在技术上的沟通不到位，或不愿将某些关键技术倾囊相告，出现问题后，项目实施人员只能根据只言片语的解释来揣摩。

　　在项目实施过程中，送货单据无法及时传送到配送中心，退货流程烦琐且容易导致账面与实际库存相差过大，大大延长了送货时间，给顾客带来了很多麻烦。项目实施人员不是忙于客户方的人员培训、系统切换工作，而是一边做

----

① 参见彭波：《北人股份公司 ERP 实施研究》，清华大学 2005 年工商管理硕士论文。

顾客的安抚解释工作,一边手忙脚乱地开夜车寻找技术症结,同时不停地向项目总经理反映技术问题。项目总经理对IT一窍不通,而对IT技术轻车熟路的项目经理和开发人员却因个人矛盾很少沟通,出现技术问题都要由项目总经理在两个人之间不停地协调。

项目实施后期,由于沟通问题越来越尖锐,项目总经理不得不更换两个矛盾突出的技术人员,并重新安排新的技术人员接手这个混乱不堪的ERP项目。项目整整拖延了六个月。也就是在这六个月中,国美、苏宁在当地迅速开店,挤占了大部分电器市场份额。龙井家电因此败下阵来,龙井商业集团也陷入了困境。

案例思考题

(1) 该团队在沟通中出现了哪些问题?

(2) 在该项目中,团队冲突的原因有哪些?

(3) 你认为该如何解决这些问题?

第四节 组 织 沟 通

一、组织沟通的重要性

(1) 沟通是组织的生命线。组织整合的中心过程是沟通。离开沟通,组织的主要功能(如商品生产或提供服务)就不可能实现。

(2) 沟通是组织统一思想、行动一致的保证。组织沟通有利于企业内部成员间保持高度的思想和行动一致。

案例·知识 >>>>> >>

日本企业非常重视内部的感情沟通。公司管理人员不是终日埋头于办公室里,而是经常和下属打电话或面谈。有的企业家几乎每天晚餐时都是同基层管理人员边吃饭边谈话,一些公司的高管甚至同员工一起野餐、跳舞。据粗略统计,日本中层管理人员有1/3—2/3的时间花在参与下层人员的活动上,高管花的时间则高达60%。

二、组织沟通的渠道

将组织视为一个整体,管理者可以通过不同的沟通渠道与其他经理或员工进行沟通。

1. 正式沟通渠道

正式沟通渠道是指按照正式的组织系统与层次来进行沟通的渠道。

（1）向下沟通。这是正式沟通中最常见的一种,是指从高层管理者那里发送信息给下属的过程。

案例·知识 >>>>

迈克每个月都和员工一起召开关于财务数据和业绩分析的会议。因为员工们总是摔坏昂贵的设备,迈克不得不把价格标在设备上,以便让员工清楚此设备的成本是多少。员工们经协商后,将工具挂起来,这样工具就不会摔坏了。迈克的沟通帮助员工们清楚自己的行为是如何影响整个公司的,并且通过沟通建立了一种团队工作的气氛。

（2）向上沟通。在组织层级中由下而上传递信息的过程。许多组织通过大量努力来改善向上沟通的效果。采用的机制包括建议箱、员工调查、开放政策、管理信息系统报告、员工与管理层之间的直接交流等。

案例·知识 >>>>

在太平洋电气公司,首席执行官理查德一直非常注意倾听员工的问题和抱怨,为员工提供高效率的沟通渠道。他采取的方式有员工调查、一年两次的电视会议、每月都有的自带食品的餐会等。

（3）水平沟通。水平沟通是指同级管理人员或员工之间的信息沟通。它可以在部门之间或之内发生,其目的不仅仅是通知,还有要求支持或协作的意图。

2. 非正式沟通渠道

不是以组织系统,而是以私人的接触来进行沟通。非正式沟通渠道存在于正式沟通渠道之外,与组织等级的权力没有任何关系。非正式沟通与正式沟通并存但却跨过层级,几乎可以与组织中的任何一个人进行沟通。

下面是非正式沟通渠道的两种常用形式:

(1)巡视管理。管理人员与员工直接交流,以了解当前所发生的事情。巡视管理对于所有层级的管理人员都有效。他们与员工一起工作,有效沟通并从员工那里直接了解到各个部门或组织的状况。

案例·知识 ▶▶▶ ▶

ARCO公司的主席形成了一种拜访地区经理办公室的习惯。但是,他对与地区总裁的会面不屑一顾,而是宁愿与该地区总裁手下最底层的员工进行交谈,而且总是充当不速之客。百事公司的总裁则总是从上层人员开始进行交流。他一般会直接与一位高级品牌副经理见面并询问:目前公司如何?

(2)小道消息网。这是一种非正式的、面对面的员工沟通网,它使所有的员工通过这种网络联系起来。它所提供的信息能够帮助管理人员了解许多通过正式渠道无法了解到的事情,如利用小道消息填补信息空白、澄清管理决定等。小道消息网沟通有两种主要的形式:一种是流言飞语式,主要由个人传播小道消息;另一种是组群式,每个人都向其他人发布消息。

许多经理希望小道消息网被破坏,因为他们认为这些小道消息都是不真实的、恶意的、对组织有害的。但事实并非如此,小道消息网传播的信息当中有70%—90%的细节都是准确的。所以,经理应该接受并使用小道消息网来与员工进行沟通,特别是在危急时刻,更应该有效地控制沟通方式,以免小道消息网成为消息的唯一来源。

三、组织沟通的主要障碍

1. 地位与权力差异

下级可能不太愿意将坏消息向上级传递,以免给上级带来不好的印象。上级难以察觉到下级的碌碌无为。

2. 部门间需求和目标的差异

每一个部门都以自己的观点看待问题,生产部门关心生产效率,从而不可能完全理解营销部门将产品马上推销给消费者的需求。

3. 沟通渠道不适合组织的任务

如果某种集权沟通结构被用于非日常性任务，就有可能导致信息不足，难以解决问题。当组织内的信息流与组织目标一致时，组织的沟通是最有效的。

4. 缺乏正式沟通渠道

组织必须以员工调查、开放政策、备忘录、任务小组以及人员联络等方式提供向上、向下以及水平沟通渠道。缺乏这些正式渠道，组织就无法进行整体沟通。

四、组织沟通的主要方法

1. 形成鼓励性沟通氛围

鼓励性氛围促进开放，防御性氛围限制沟通。在防御性氛围中，人们显得谨慎和退缩，发言者使听者感到威胁，听众很少听清信息并且常常歪曲信息发送者的价值观和动机。相反，鼓励性氛围使人们在陈述自己的观点时感到非常安全，确信自己是有价值的，并会被人重视，因此能够使人们进行广泛的沟通。

案例·知识 ▶▶▶ ▶▶

军队似乎是一个不可能存在鼓励性沟通的地方，然而，波拉德却实现了鼓励性沟通。

越战后，波拉德被派往空军学院担任预备学校的指挥官。波拉德是一个充满活力的人。通常，当他发现一种可以改善学校管理的新方式时，他就会熬上一个晚上来考虑这个问题。第二天早晨，他会召集部门负责人到他的办公室，听一听他们的最新想法。

当他以极大的热情陈述完自己的新计划以后，他会停下来，看着他们说："好！开炮吧！"而他也确实是这个意思，他不能容忍他们仅仅说"听起来不错"。相反，他要每一个人都以不同的知识，找出计划中可能存在的问题。他总是很认真地倾听，大多数情况下，他会接受下属的建议重新制订计划，只有极少数情况下他会不顾反对意见就开始制订计划。即使这样，他的下属也知道，他已经听取过自己的意见了。

2. 建立有效的信息沟通系统

杰克·韦尔奇强调："在组织内部建立起上情下达、下情上达的有效信息沟通系统极为必要。"这一系统既能保证上级及时掌握情况,获得作为决策基础的准确信息,又能保证指令的顺利下达和执行。

管理学家切斯特·巴纳德在《经理人员的职责》一书中,总结了如下经验:

(1)应明确宣布信息交流沟通渠道,做到人人知晓。做到这一点的办法包括及时公布官方的一切任命、明确个人的岗位责任、明确宣布组织机构的设置和调整、进行说服教育等。

(2)把组织内部的每一个人无一例外地置于这种信息交流系统之中。

(3)信息交流的路线越直接,层次越少,距离和时间越短,沟通的效果就越好。

(4)应当注意信息交流系统的完整性。组织首脑的指令要确保做到逐级传达,人人皆知,防止越级现象的发生。

(5)应当注意首脑机关或总部的工作人员必须能够胜任工作。

3. 明确传达组织理念,让员工知道并建立信任的氛围

在那些沟通充分有效的企业,各级别、各部门的员工都非常清楚组织的目标,以及他们如何才能做出自己的贡献。他们不会浪费时间猜测高层管理者真正在想些什么,也不会从他们收到的信息中寻找隐含的意思。明确地传达组织理念的关键是要做好以下几点:

(1)重复信息。有效沟通需要重复发布信息,这样,信息才能在组织内深深扎根。有些专家认为,只有当人们听到某条信息重复六遍以后,才能开始相信并消化这一信息。

(2)使用简单的语言。由于语言可能成为沟通的障碍,管理者应选择好措辞,并注意表达的逻辑,使发送的信息清楚明确,易于接受者理解。

(3)运用多种沟通渠道。高级管理者往往过于依赖一种沟通方式来向组织内其他人传递信息,实际上,企业内部沟通需要多种交流方式结合在一起才会产生最佳效果。由于员工对通过哪种方式接收信息也有自己的偏好,所以,仅仅使用一两种沟通渠道是肯定不会取得很好的沟通效果的。

4. 扫除跨文化沟通的障碍

无论管理者是在公司、地区还是在国际范围内进行跨文化沟通,都必须了解文化差异,以免犯下不可挽回的错误。以下是成功企业的做法:

(1)强化海外商务旅行和工作经历。采取这种做法的企业相信,员工可以通过实际经历和旅行获取应对其他文化的技能。

（2）通过培训增强跨文化工作能力。这些培训包括研讨会、课程、语言培训、书籍、网站、讨论、录像和模拟演练。

（3）聘用合适的人员赴海外任职。通过聘用来自多样文化背景的员工或具备广泛国际经历的人员，企业可以增加拥有合意技能的员工人数。

案例·知识　▷▷▷　▷▷

> 为减少任职失败的可能性，摩托罗拉公司和惠普公司根据员工意见，运用不同方法选择驻外经理。摩托罗拉公司的林达建立了驻外任职候选人才信息库。她让对国际工作有兴趣的员工通过内部网将简历和其他相关信息发送过来。随后，有兴趣的员工可以参与一个任职模拟练习。这种自我选择方法，让员工认识到在国外必须进行跨文化沟通。这个候选人才信息库向管理层提供了重要信息，帮助他们选择适合职位的候选人。摩托罗拉公司向员工提供了两天的文化入门培训，重点是如何在陌生的文化环境中生活并开展业务。

（4）在企业文化中遵循多样化政策。多样化已经成为企业战略的重要方面，因为它使员工队伍趋于多元化，并鼓励员工珍视工作场所的文化差异。

课后案例

迪士尼公司的员工意见沟通制度①

早在 20 年前，迪士尼公司就开始试行员工协调会议，即每月一次的公开讨论会。管理人员和员工共聚一堂，商讨一些彼此关心的问题。公司的总部、部门、基层组织都会举行这样的会议。从地方到中央，逐级反映上去，员工协调会议是标准的双向意见沟通系统。

在开会之前，员工可将想法反映给参加会议的员工代表。代表们将在协调会上把意见转达给管理部门，管理部门将公司政策和计划讲解给代表们听，相互之间进行广泛的讨论。

---

① 根据山东理工大学管理教学网(http://gljx.sdut.edu.cn)相关资料整理得到。

要保证公司一万余名员工的意见得到充分沟通,就必须分层进行协调会议。如果有问题在基层协调会议上不能解决,将逐级反映上去,直到有满意的答复为止。总部高管人员认为意见可行,就立即采取行动;认为意见不可行,也得向员工解释理由。员工协调会议的开会时间没有硬性规定,一般都是一周前在布告牌上通知。为保证员工意见能迅速逐级反映上去,基层员工协调会议应先开。

公司安装了许多意见箱,员工可以随时将自己的问题或意见投到意见箱里。为了配合这一沟通形式,公司还特别制定了奖励规定,凡是员工意见经采纳后产生显著效果的,公司将给予奖励。如果员工对这种沟通方式不满意,还可以面对面和管理人员交换意见。

员工大会每次人数不超过 250 人,时间大约 3 小时,由总公司领导主持会议。员工大会不同于员工协调会议,提出来的问题一定要具有一般性、客观性,不涉及个人问题。比较欢迎预先提出问题的方式,大会也接受临时性的提议。公司每年在总部要举行 10 余次的员工大会,在各部门要举行 100 多次员工大会。

公司成熟和完善的沟通系统对提高劳动生产率发挥了巨大作用。现在,迪士尼公司员工的缺勤率低于 3%,流动率低于 12%,在同行业中属于最低。

案例思考题

(1) 迪士尼公司采用了哪些渠道进行组织沟通?

(2) 迪士尼公司沟通存在哪些障碍?

(3) 迪士尼公司采用了哪些组织沟通的方法?

第五节 公 共 关 系

一、公共关系的重要性

公共关系,简称公关,是指一种旨在建立和维护组织与公众之间互利互惠关系的管理功能。其重要性体现在:

(1) 能否正确处理企业和外部公众的关系。这是衡量一个企业素质的基本标准之一,也是一个企业获得成功的外部条件。

(2)开展积极的企业对外公共关系活动,有助于促进企业活动与整个社会活动的有机结合,有助于协调企业利益与社会整体利益。

二、公共关系的基本特征

(一)形象至上

在公众中塑造、建立和维护组织的良好形象是公共关系活动的根本目的,而这种形象既与组织的总体有关,也与公众的状态和变化趋势直接相连。这就要求组织必须有合理的经营决策机制、正确的经营理念和创新精神,并根据公众、社会的需要及其变化,及时调整和修正自己的行为,不断改进产品和服务,以便在公众面前树立良好形象。良好形象是组织最大的财富,是组织生存和发展的出发点和归宿,失去了社会公众的支持和理解,组织也就没有存在的必要了。

(二)沟通为本

社会组织与公众打交道实际上是通过信息双向交流和沟通来实现的。正是通过这种双向交流和信息共享过程,才形成了组织与公众之间的共同利益和互动关系。这是公共关系区别于法律、道德和制度等意识形态的地方。

(三)互惠互利

对于一个社会组织而言,当然应该追求自身利益的最大化,但很多组织在这一过程中却迷失了方向。有的为求得一时之利,却失去更多,有的甚至什么也没得到。造成这种现象的根本原因就在于:利益从来都是相互的,从来没有一相情愿的利益。在人际交往中,人们常说:与人方便就是与己方便。而对于社会组织而言,只有在互惠互利的情况下,才能真正实现自身利益的最大化。组织的公共关系工作之所以必要,恰恰在于它能协调双方的利益,通过公共关系,可以实现双方利益的最大化。

(四)真诚

追求真诚是现代公共关系工作的基本原则,自从"现代公关之父"美国人艾维·李提出讲真话的原则以来,告诉公众真相便一直是公关工作的基本信条。尤其在现代社会,信息及传媒手段空前发达,使得任何组织都无法长期封锁、控制消息,以隐瞒真相,欺骗公众。正如美国前总统林肯所说,"你可以在某一时刻欺骗所有人,也可以在所有时刻欺骗某些人,但你绝对不能在所有时刻欺骗所有人。"真相总会被人知道。因此,公共关系强调真诚原则,要求公关人员实事求是地向公众提供真实信息,以取得公众的信任和理解。

(五)长远观点

公共关系是通过协调沟通树立组织形象、建立互惠互利关系的过程,这个过程既包括向公众传递信息的过程,也包括影响并改变公众态度的过程,甚至还包括组织转型,如改变现有形象、塑造新的形象的过程。所有这一切,都不是一朝一夕就能完成的,必须经过长期艰苦的努力。因此,在公共关系工作中,公共关系组织和公关人员不应计较一时的得失,而要着眼于长远利益,只要持续不断地努力,付出总会有回报。

三、处理企业外部关系的艺术

(一)顾客关系

在公共关系中,顾客是组织提供产品或服务的对象,也称消费者。顾客既包括有形产品的购买者,也包括无形产品(即劳务)的购买者。顾客是组织面对的数量最多的公众,是组织对外公共关系的首要对象,也是维系组织生命的动脉。因此,组织要想求发展,首先就要建立良好的顾客关系。

要做到这一点,组织就要按照"顾客第一"、"顾客至上"的理念来规划公共关系计划,实现公共关系目标,努力塑造良好的组织形象、产品服务形象,争取顾客,开拓市场。此外,组织一旦发生了与顾客的纠纷,应该在"顾客永远是对的"这一最高顾客关系准则的指导下迅速做出反应,给予妥善解决,争取顾客谅解。有条件的工商企业,还应尽可能建立顾客关系的科学管理机制,通过开展消费指导、消费教育活动,建立一支充分信任本组织的稳定的顾客队伍。

美国《华尔街日报》一篇文章中有这样几句话:没有人比妈妈更了解你,可是,她知道你有多少条短裤吗?乔基公司知道。妈妈知道你往每杯水中放多少块冰吗?可口可乐公司知道。妈妈知道你在吃椒盐饼干时是先吃口袋中的碎块儿呢,还是先吃整块儿呢? 还是去问问弗里托·莱公司吧,他们知道。

从这几句话我们可以看出,在市场竞争日趋激烈的今天,谁最了解顾客,谁就能赢得顾客。

案例·知识 ▶▶▶▶　　▶▶

花旗银行是世界上最大的银行之一,每天的营业额高达数亿美元,业务十分繁忙。有一天,一位陌生的顾客走进豪华的美国花旗银行营业大厅,要求换一张崭新的 100 美元钞票,准备当天下午作为礼品用。银行职员微笑着听完他的要求之后,立即先在一沓沓钞票中寻找,又拨了两次电话,15 分钟后终于找到了一张这样的钞票,并把它放进一个小盒子里递给了这位陌生顾客,同时附上一张名片,上面写着"谢谢您想到了我们银行"。事隔不久,这位偶然光顾的陌生顾客又回来了,在这家银行开设了账户,在以后的几个月中,这位顾客所在的那家律师事务所在花旗银行存款 25 万美元。

(二)新闻媒介关系

新闻媒介既指作为社会组织的报纸、杂志、电台、电视,也指在这些组织中工作的记者、编辑人员。新闻媒介对于组织而言具有双重身份:一方面,它是组织公共关系的客体,是组织竭力追求的公众;另一方面,它又是组织实现公共关系目标的重要中介,是组织与其他公众进行沟通的桥梁和纽带。

新闻媒介在传播信息方面具有其他组织无法比拟的优势,组织需借助新闻媒介向公众传递信息,扩大组织的影响,提高组织的知名度,营造一个有利于组织的舆论环境(特别是在危机公关中)。良好组织形象的树立,离不开新闻媒介对公众潜移默化的影响,同时新闻媒介提供的有关顾客需求的信息,又是组织预测市场、完善决策的重要信息来源。

在与新闻界打交道的时候,最佳途径是同新闻界人士建立个人关系和友谊。公共关系人员与记者共同工作的过程中,应注意以下两点:一是相互了解,"知己知彼,百战不殆",公共关系人员应对新闻记者的工作过程有详细的了解;二是要具备新闻工作者的职业观念,既要讲究实事求是,又要真诚委婉。

案例·知识 ▶▶▶▶ ▶

美国联合碳化钙公司52层的新总部大楼竣工了。一天,有一大群鸽子飞进这幢大楼的一个房间,把它当做栖息场所。公关部经理知道此事后,认为这是一次扩大公司影响的机遇,便着手策划一次有声有色的新闻事件。他首先打电话给城市动物保护委员会,请他们来捕捉鸽子,紧接着又通报新闻媒介这座城市从未有过的"群鸽来访"的奇事。动物保护委员会为不损伤鸽子一根羽毛,用网兜捕捉鸽子,前后足足用了三天时间。在这三天中,电视台、电台和各大报社竞相采访,跟踪报道,使这件事成了这座城市公众那些天关注的新闻热点。这期间,公司首脑充分利用在电台和荧屏中亮相的机会,频频向公众介绍公司各方面的情况,加深了社会公众对公司的了解,从而不花一分钱就很好地宣传了公司形象,达到了扩大公司知名度、美誉度的目的。

(三)社区关系

社区是组织所在区域以及与组织邻近的环境。在公共关系中,社区公众是指组织所在区域(市、区、乡、镇、街道、村)的地方政府、其他社团和居民。社区公众与组织有着千丝万缕的联系,社区居民可能成为组织的员工或是组织最稳定的顾客,社区的其他社团可以成为组织良好的合作伙伴,而社区所在地的政府,则是组织的"父母官"。能否和社区公众建立良好的关系,关系到组织及其员工能否拥有一个安静、和谐的生产、生活环境。

那么,组织怎样才能和社区搞好关系呢?

(1)热心社区的公益事业,密切与社区公众的往来,加强双方的沟通和了解。

(2)要保护好社区的生态环境,不能给社区公众的生产、生活造成负面的影响。

(3)可以适当地资助地方教育、文化、艺术、体育等部门,资助各种社会福利事业,包括养老院、残疾人基金会、疗养院等。

(4)万一和社区公众发生纠纷,组织要勇于面对问题,采取积极措施解决问题,及时平息社区公众对组织的批评和不满,尽力消除冲突和矛盾,化干戈为玉帛。

　　坐落在广州市北郊白云山下的白云山制药厂,在完善企业自身内部机制的同时,很注重和周围乡镇建立良好的社区关系。在公关策划中,厂方制定了让利于农民、把风险留给自己的措施,帮助周围乡镇发展企业。周围乡镇在办厂期间,不论盈亏,厂方每年都会拨款20万元给这些乡镇企业用于经营、发展。随着药厂生产规模的不断扩大,它又有计划地把农村剩余劳动力吸收到企业中来。其中有一个村,45岁以下的劳动力都被吸收入厂加以培养和训练,45岁以上的劳动力则给予生活补贴,符合退休年龄的老人给"养老金",男性每月120元,女性每月100元。至于帮助周围农村修桥铺路、发展文教事业,那更是常事了。结果是,药厂在一定程度上达到了与周围农村的"一体化",形成了"人和"的社区环境。

（四）政府关系

　　政府是国家权力的执行机关,是对社会公共事务进行管理的机构。政府依据统一的法律、法规和政策,对社会活动进行管理指导;组织作为社会的一分子,必须对政府的依法管理予以服从。政府和社会其他组织相比,在拥有权力、掌握资金、了解信息、控制舆论上拥有较大的优势。因此,组织应处理好与政府的关系,争取政府对组织的了解、信任和支持,从而扩大组织影响。

　　那么,组织如何才能协调好与政府的关系呢?

　　（1）组织要合法经营、照章纳税,不做有损社会公益的事情。

　　（2）注意和政府的信息沟通。企业要了解政府的办事程序,时刻关注政府法令政策的变动情况,必要时将企业的有关情况向政府汇报,使之了解真实情况,从而制定有利于组织生存发展的法规、政策。

　　（3）多与政府进行感情交流,通过邀请政府领导出席组织的有关活动,加强双方的联系。

案例·知识 ▶▶▶ ▶ ▶

　　美国第三大汽车制造商克莱斯勒公司曾经创下了亏损116亿美元的纪录,并且濒临破产的边缘。临危受命的艾科卡在其他方案都行不通的情况下,决定以公司全部资产做抵押向美国联邦政府申请贷款。消息传开,举国大哗,反对声鹊起,联邦政府一时拿不定主意。为了争取到全国公众和政府的理解、支持,艾科卡发起了强大的舆论攻势。媒介发表了一系列阐述公司主张的有艾科卡亲笔签名的社论。这些社论的标题和内容都是公众最为关心的问题:失去了克莱斯勒,美国的境况会更好吗? 克莱斯勒有前途吗? 克莱斯勒的领导部门是否有足够的力量扭转公司的局面? 卡特政府的官员和国会的议员们每天都拿着这些广告和社论边看边议,同时,艾科卡还派出专人到国会和联邦政府进行游说活动。这些公关活动的开展,逐渐恢复了公众对公司的信任,国会也终于在圣诞节前夕通过了贷款法案。有了这笔巨资的支持,克莱斯勒最终起死回生,并在20世纪80年代东山再起。

课后案例

中国乳业领军者如何应对危机①

　　伊利集团成立于1993年,下属企业130多家,拥有雪糕、冰淇淋、奶粉、奶茶粉、无菌奶、酸奶、奶酪等1 000多个品种。在15年的发展历程中,伊利始终致力于生产百分之百安全、百分之百健康的乳制品,传递最适合中国人体质的营养和健康理念,并以世界最高标准为消费者追求健康体魄和幸福生活服务。目前,伊利雪糕、冰淇淋产销量已连续13年居全国第一,超高温灭菌奶产销量在全国遥遥领先,奶粉、奶茶粉产销量自2005年起跃居全国第一位。2008年上半年,伊利的主营业务收入达到115亿元。

　　伊利率先在行业内创造了全过程、全方位、全员的"三全"质量管理体系。同时,伊利不断通过技术创新提升品质标准。目前,伊利拥有中国唯一的乳业

---

　　① 参见伊利集团网站(http://www.yili.com)。

研究院和乳业专利信息平台,每年研发新产品数百种。

2008 年 9 月 16 日,继三鹿"三聚氰胺事件"之后,伊利儿童奶粉也被查出含有三聚氰胺。这一事件对雄心勃勃的伊利而言,无疑是一个沉重的打击。面对突如其来的危机,伊利于 9 月 18 日在公司网站以公司员工的名义发表了《致亲爱的妈妈的一封信》。9 月 19 日,伊利集团执行总裁张剑秋通过新华网发表文章,向社会承诺要不惜一切代价保证食品安全。9 月 20 日,伊利通过中央电视台新闻联播节目发表谈话,承诺对所有原料和产品进行严格检测,并请当地质检部门进行复检,合格一批,出厂一批。9 月 22 日,伊利通过人民网发表文章《三清三保抓质量,确保市场上的伊利产品放心食用》。9 月 23 日,伊利通过人民网发布新闻《乳企全力确保乳品安全,伊利等乳制品销量回升》。9 月 24 日,伊利通过新华网发表文章《企业全力确保"放心奶"》。9 月 25 日,伊利在北京各大超市贴出公告,承诺目前所售产品已通过检验,市民可放心饮用。鉴于消费者对商品的信心还有待恢复,促销员积极开展了各类促销活动。这一活动通过当天中央电视台新闻联播节目向全国传播。10 月 13 日,以伊利为首的国内乳业高层齐聚央视《对话》栏目,共同讲述国产乳业在三鹿事件危机中为确保消费者喝上"放心奶"所采取的措施。在《对话》现场,伊利集团副总裁向消费者坦诚披露:为了确保市场上所售伊利产品的质量安全,伊利集团采取了应急加长效的政策。

案例思考题

(1) 伊利在三聚氰胺危机中的公关有何特征?

(2) 伊利是如何处理顾客关系的?你有何建议?

(3) 伊利是如何处理政府关系的?你有何建议?

(4) 伊利是如何处理媒体关系的?你有何建议?

 思考与练习题

1. 如何建立良好的人际关系?

2. 如果你是一家跨国公司的总裁,你如何与来自不同国家和地区的员工进行沟通?

3. 如果你是一家小公司经理,最近发现有些部门之间的利益冲突愈演愈烈,你将如何解决这些冲突?

4. 为什么说沟通是组织的生命线?

5. 如果你发现下属总是阿谀奉承,从来不敢表达自己的意见,你将如何营造一种沟通氛围,鼓励他们多提建议?

6. 有人说:"公关就是请客吃饭、给钱送礼。"这种说法正确吗?

第五章

领 导 艺 术

☞ **学习目标**

1. 理解领导的含义和作用；
2. 了解领导者影响力的来源；
3. 了解不同的领导理论；
4. 能够根据不同的环境选择适当的领导方式；
5. 了解不同的新型领导；
6. 灵活运用各种领导艺术。

第一节 领 导 概 述

一、领导和领导者的含义

所谓领导,是指指挥、带领、引导和鼓励部下为实现组织目标而努力的过程。它的本质是一种影响力。领导是风,群众是草,风往那边吹,草往那边倒。所谓领导者,就是从事领导工作的人。

德鲁克在为《未来的领导者》一书所写的序言中,把对领导及领导者的看法归纳为以下几点:

(1) 领导者的唯一定义是:一个拥有跟随者的人。有些人是思想家,有些人是预言家。两种人都重要,而且为社会所急需。但是,如果没有跟随者,就不可能成为领导者。

（2）有效的领导者并不一定是深受爱戴的人。他是一个拥有能正确做事的跟随者的人。

（3）领导者经常露面,他们因此树立榜样。

（4）领导不是等级、特权、名誉或金钱,它是一种责任。

二、领导者的作用

在带领、引导和鼓舞部下为实现组织目标而努力的过程中,领导者要发挥以下的作用:

（一）指挥作用

在人们的集体活动中,需要有头脑清晰、高瞻远瞩、能运筹帷幄的领导者帮助人们认清所处的环境和形势,指明活动的目标和达到目标的途径。领导者只有站在群众的前面,用自己的行动带领人们为实现组织的目标而努力,才能真正起到指挥作用。

（二）协调作用

在许多人协同工作的集体活动中,即使有了明确的目标,但因每个人的才能、理解能力、工作态度、进取精神、性格、作风、地位等不同,以及外部各种因素的干扰,人们在思想上产生各种分歧、行动上偏离目标的情况是不可避免的。因此,就需要领导者来协调人们之间的关系和活动,把大家团结起来,朝着共同的目标前进。

案例·知识 >>>> >>

在海尔集团的创业过程中,随着企业规模不断扩大,先后成立了5个中心和13个委员会。但从实际情况看,由于它们素质不高而且偏离发展方向,斤斤计较本单位利益,而集团的一级法人单位也经常出现从本单位的利益出发,最终导致集团整体优势不能充分发挥的情况。总裁张瑞敏为了使各部门人员能够协调沟通,团结一致,对组织结构进行了一次大的调整,形成了以集团为投资中心、事业部为利润中心、事业分部为成本中心的模式。这样,各事业部在集团整体优势下,就能够充分发挥各自的专业实力了。

(三)激励作用

当人们在学习、工作和生活中遇到困难、挫折或不幸时,或者某种物质的、精神的需要得不到满足时,就会影响工作的热情。怎样才能使每一个员工都保持旺盛的工作热情,最大限度地调动他们的工作积极性呢?这就需要领导者来为他们排忧解难,激发和鼓舞他们的斗志。

引导不同员工努力朝向同一个目标,协调他们的矛盾,激发他们的工作热情,使他们在生产经营活动中保持高昂的斗志和积极性,是领导者在组织中必须发挥的具体职能。

三、领导公式

为什么有些领导者带领下属从成功走向成功?有些领导者则做不到,领导是天生的吗?领导公式总结了成功领导者的特质,见图5-1。领导公式表明,成功的领导者都具备以下六个方面的特质:

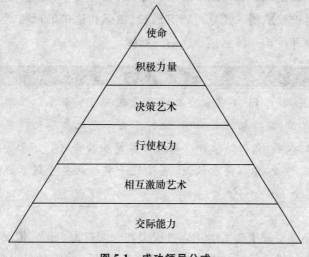

图5-1　成功领导公式

1. 拥有很强的交际能力

领导者善于与不同的人打交道；善于交叉用语言和非语言方式进行交际；领导者是超凡的听众，及时了解下属的心声；善于运用灵活的个别交谈方式，使那些难以驾驭的下属安分守己；有较强的凝聚力，有一批下属死心塌地地支持自己；善于公共演讲；拥有较强的书写技能，通过恰当的媒介表达自己的思路。

2. 较高的相互激励艺术

激励理论是领导公式的人际关系基础。领导者要善于运用激励理论，进行恰当的"舍"，先舍而后得；善于交叉提供个别的和普遍的报酬，领导离下属的距离越远，报酬就显得越重要。领导给下属的最佳报酬是他的良好领导方式，下属给领导的最佳报酬是对他的支持。

3. 慎重行使权力

具体包括：

（1）敏感运用激励方法，将它与更多的组织纪律性和下属可接受性结合起来。激励是软的领导方式，组织纪律是硬的领导方式，两者的结合才是有效的领导方式。领导者应在下属可接受的前提下，有效运用"软硬兼施"的办法。

（2）在危急时刻时，优秀的领导者应表现出坚强有力的领导风格。

（3）领导要善于通过恰当的信息交流和传递显示自己的领导方式。

（4）权威阈是赋予领导或下属的自由度，领导者不仅应善于确定权威阈，而且要善于维护权威阈。领导可以有温和、敏感和适中的风格，但这些风格必须有利于建立和维护一种坚定稳固的权威阈。

案例·知识 ▶▶▶ ▶

　　20世纪80年代，美国航空公司的管理人员和全体职工举行了一次罢工。在此之前，里根总统曾声明，他将不会容忍此类举动。罢工者想测验一下里根的权威阈，但结果却以他们的被解雇而告终。不管你对里根总统的此举赞赏与否，你都得承认，他通过这一举动向整个国家证明了他的领导风格。

（5）领导者要善于交叉运用职务权力和个人权力。正常情况下，职务权力大于实际权力。优秀的领导者不会滥用权力，相反，他们会利用职务权力来帮自己说话。

4. 优秀的决策艺术

良好的决策能力是成功领导者的重要标准。决策能力与领导形象之间关系密切,那些决策迅速、果断的领导最能赢得下属的尊敬。领导者要善于利用集体的智慧,只要集体决策有利于问题的解决,就要依赖集体决策;同时,要及时纠正错误的决策,而不是听之任之。

5. 善于为组织培养积极力量

积极力量是指积极的期望,是从领导身上散发出来的,能推动整个组织员工积极参与的驱动力。积极力量会产生建设性的活动,是领导基础的组成部分。如果不能发挥积极力量,鼓舞下属的斗志,你就不能久居领导岗位。具体而言,就是要做到以下几点:

(1)积极力量来自积极态度,而积极态度又存在于个性权力之中,领导者绝不能在部下面前表现出消极的情绪。

(2)领导者要成为好动的人物,善于授权,不断布置任务,激活下属的能力,让他们动起来。

(3)不论是否参与,领导者都要保证自己在活动的中心位置。

(4)建立良好的信息传递系统,将领导的积极力量传递给每个员工,不论这些成员离他有多远;同时,领导应建立非正式传递网络,了解消极的抵制力量。

6. 善于提出使命

使命是领导创造积极力量的一种扩展形式。不能简单地将使命看做是目标,它反映的是组织的最高目标。

以上六大特质相互联系、相互制约、相互依存,有经验的领导者可以从任何一步学起,那些刚刚走上领导岗位的领导者则应该从最低层学起。

课后案例

蒙牛的诞生[①]

牛根生是伊利的创始人之一,他在伊利员工中的威望不亚于总裁,人们尤

---

① 参见《牛根生的成功创业史简介》,http://news.feijiu.net/html/20086/13/164318112.html。

其信服他的为人之道和人格魅力。然而,对企业发展战略的分歧导致了总裁和牛根生的决裂。在伊利工作了 16 年后却突然离开,牛根生觉得非常难受。这时,原来跟随他的一帮兄弟纷纷被伊利免职,他们一起找到牛根生,希望牛根生带领他们重新闯出一条新路。

就这样,蒙牛于 1999 年 1 月成立,注册资本 100 万元,基本上都是牛根生和他妻子卖伊利股票所得的钱。得知蒙牛成立的消息,还在伊利工作的几百名老部下纷纷投奔过来。牛根生告诫他们不要弃明投暗,因为没有人能保证蒙牛一定会有光明的未来,但是,老部下义无反顾。

牛根生知道,自己面对的是无市场、无工厂、无奶源的三无公司,但他也清楚,自己的长处在人才。跟随他的这批人在生产、经营、销售、市场、原料设备方面是行业内的顶尖人才。他决定采取虚拟经营方式,用人才换资源。人才是企业之本,是利润之源。这句话在蒙牛身上得到了最好的体现,白手起家的牛根生硬是在重重围剿之中杀出了一条血路。6 年后,蒙牛稳居全国同业第一。

案例思考题

(1) 你认为牛根生具有哪些领导特质?

(2) 从牛根生身上看到领导的本质是什么?

(3) 牛根生在蒙牛的创业阶段发挥了哪些作用?

第二节　领导理论

一、领导特质理论

领导特质理论也称伟人理论,是研究领导者的心理特性与其影响力及领导效能关系的理论。这种理论阐述的重点是领导者与非领导者的个性差别。

领导特质理论按其对领导特质来源的不同解释,可分为传统领导特质理论和现代领导特质理论。传统领导特质理论认为,领导者所具有的特质是天生的,是由遗传所决定的,甚至将人的相貌、体型等作为评价领导者是否称职的标准。现在已很少有人赞同这样的观点。现代领导特质理论则认为,领导者的特质是在实践中形成的,是可以通过教育和训练培养的。

不同的研究者对领导者应具备的特质说法不一。最有代表性的是美国普林斯顿大学鲍莫尔提出的企业家应具备的十大特质。

（1）合作精神，即愿意与他人一起工作，对人不是压服而是说服和感动。

（2）决策能力，即依赖事实进行决策，具有高瞻远瞩的能力。

（3）组织能力，即能发掘部属的才能，善于组织人力、物力和财力。

（4）精于授权，即能大权独揽，小权分散。

（5）善于应变，即机动灵活，善于进取，不抱残守缺、墨守成规。

（6）敢于创新，即对新环境、新事物和新观念有敏锐的感受能力。

（7）敢于负责，即对上级、下级、产品及用户抱有高度的责任心。

（8）敢担风险，即敢于承担企业发展不景气的风险，有创造新局面的信心及雄心。

（9）尊重他人，即重视和采纳别人的意见，不盛气凌人。

（10）品德高尚，即品德上为社会人士和企业员工所敬佩。

有些研究者发现，以下六项特质与有效的领导有关：

（1）内在驱动力。领导者非常努力，有着较高的成就愿望。他们进取心强、精力充沛，对自己所从事的活动坚持不懈、永不放弃，并有高度的主动性。

（2）领导愿望。领导者有强烈的愿望去影响和统帅别人，他们勇于承担责任。

（3）诚实与正直。领导者通过言行一致，在他们与下属之间建立起相互信赖的关系。

（4）自信。为了让下属相信自己的目标和决策，领导者必须表现出高度的自信。

（5）智慧。领导者需要具备足够的智慧来收集、整理和解释大量信息，并能够确立目标、解决问题和做出正确决策。

（6）工作相关知识。有效的领导者对有关企业、行业和技术的知识十分熟悉，广博的知识使他们能够做出睿智的决策，并清楚这些决策的意义。

所有这些特质要视领导当时的情景而定，同样的特质并不能保证在任何情景下都适用。

二、领导行为理论

领导行为理论认为，考察领导好坏的标准是他的领导行为，而非他的内在素质。行为理论的基础是假定有效的领导者能够通过特定的领导艺术来使其下属服从他。

（一）三种作风理论

从领导者如何运用职权的角度，可以将领导风格分为专制式、民主式和放任式三种。该理论最早是由美国心理学家勒温提出的。

1. 专制式领导

领导者个人决定一切，然后命令下属执行，他要求下属绝对服从，并认为决策是自己一个人的事，下级不能染指。这类领导者很少参加群体的社会活动，与下级保持相当的心理距离。

2. 民主式领导

领导者发动下属讨论，共同商量，集思广益，然后决定；他要求上下一致地开展工作；他主要利用个人权力和威信，而不是靠职位权力和命令来使他人服从；分配工作时，尽量照顾个人的能力、兴趣和爱好；积极参加团体活动，与下级没有心理上的距离。

3. 放任式领导

领导者很少运用职权，给下属以极大的自由度，下属愿意怎么做就怎么做。他的职责仅仅是为下属提供信息并与企业外部环境联系，以有利于下属的工作。

勒温根据试验认为，放任式领导工作效率最低，只能达到社交目标，而完不成工作目标。专制式领导虽然通过严格管理达到了工作目标，但群体成员情绪消极、士气低落、争吵较多。民主式领导工作效率最高，不但完成工作目标，而且群体成员关系融洽，工作主动、积极、有创造性。

（二）连续统一体理论

勒温的早期研究说明，领导要么是专制的，要么是民主的。但美国管理学者坦南鲍姆和施米特共同提出的领导连续统一体理论的研究成果显示：领导可以是一个连续统一体，该统一体反映了员工参与决策的程度，因而领导也可以是专制与民主混合型的。如图 5-2 所示，领导行为连续统一体的最左端是以上级为中心的领导方式，在这种情况下，上级领导做决策，下属执行。随着连续统一体向右移动，授予下属的权力越大，员工参与决策的程度越高。

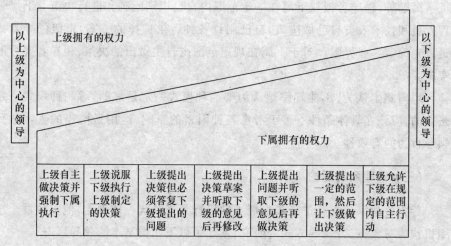

图 5-2　领导行为的连续统一体

　　第一种,领导者做出决策后向下属宣布。领导者绝不允许下属直接参与决策,一般由自己确认问题,设想出各种可供选择的方案,选定一个,就向下属宣布自己的决定,可以不考虑下属的想法。

　　第二种,领导者向下属"兜售"自己的决策。区别于第一种的是,领导者向下属宣布决策时,不是用强迫的方式,而是采用说服的方式让下属接受。为了让下属同意此决定,可以强调该项决策会给员工带来哪些益处。

　　第三种,领导者向下属报告自己的决策,欢迎提出问题。同样是领导者做决策,不同的是他们希望自己的思想和意图能充分被下属理解,他们邀请员工提问题,自己来加以解释,使大家更容易接受该决策。

　　第四种,领导者做出初步决策,允许下属提出修改意见。领导者将自己的初步决策交给下属,欢迎和赞赏下属坦率直言,但最终做出决定的权力仍掌握在他手里。

　　第五种,领导者提出问题,听取下属意见。有别于以上四种模式,在这种模式下,领导者做出决策前先请大家提意见。员工可以运用自己的实际工作经验提出更多的可供选择的方案,领导者从而有了更大的选择余地。

　　第六种,领导者确定界限和要求,由下属群体做出决策。这个模式表明,决策权已从领导者个人手中转移到下属和集体手中。领导者必须事先明确任务的范围及决策应遵循的原则、先决条件、限度,其他的均由下属讨论决定。

第七种，领导者授权下属在一定范围内自己识别问题和进行决策。下属管理人员和技术人员自己做决策，自己制订各种可供选择的方案，上级领导者只是事先确定一些界限。对于下属在规定范围内自主做出的决策，领导者要帮助实施。

坦南鲍姆认为，不能轻率地认为哪一种模式一定是好的，哪一种模式一定是差的，应该在具体条件下善于考虑各种因素的影响，运用最恰当的人来达到领导行为的有效性。

（三）管理系统理论

行为科学家利克特进一步发展了领导行为连续统一体理论，他以数百个组织机构为对象，进行领导方式的研究，发现了以下四类基本的领导形态：

系统1称为剥削式的集权领导。在这种领导形态中，管理层对下级缺乏信心，下级不能过问决策的程序。决策大多数由管理层做出，然后以命令的方式宣布，必要时以威胁和强制方法执行，上下级之间的接触是在一种互不信任的气氛下进行。

系统2称为仁慈式的集权领导。在这种领导形态中，管理层对下层有一种谦和的态度。决策权仍控制在最高一级，下层能在一定的限度内参与，但仍受高层的制约。在上下级关系上，上级虽然态度谦和，但下属仍小心翼翼。

系统3称为协商式的民主领导。在这种领导形态中，上级对下级有相当程度的信任，但不完全信任。虽然主要的决策权仍掌握在高层手里，但是下级也能做具体问题的决策。双向沟通显然可见，且在相当信任的情况下进行。

系统4称为参与式的民主管理。在这种领导形态中，管理层对下属有完全的信任。决策高度分权化。既有自上而下的沟通，也有自下而上的沟通，还有平行沟通。上下级之间的交往体现出充分的友谊和信任。

根据利克特的研究，具有高度成就感的部门经理，大部分属于系统4，而成就感低的经理属于系统1。利克特指出："大凡绩效最佳的主管，主要关心的是部属中的人性问题，并设法组成一种有效的工作群体，着眼于建立高绩效的目标。"他还发现，生产率高的部门主管让部属清楚地知道目标是什么、要求是什么，然后让他们享有充分的工作自由。

（四）四分图理论

美国俄亥俄州立大学以斯托格迪尔为首的一批学者,从 1945 年开始研究领导行为,并提出了领导行为四分图理论。他们经过调查,列出了 1790 种刻画领导行为的因素,通过不断概括,最后归纳为工作组织和生活体贴两大类。

所谓工作组织,是指领导者规定自己与工作群体之间的关系,建立明确的组织模式、意见交流渠道和工作程序的行为。

所谓生活体贴,是指建立领导者与被领导者之间的友谊、尊重、信任关系方面的行为。

根据他们的研究,组织和体贴不是一个连续体的两个端点,而是领导行为的一个二维组合,如图 5-3 所示。

图 5-3　领导行为四分图

（1）高体贴与低组织型。这类领导非常尊重下属的意见,给下属以较多的工作主动权,关心他们的思想情感,注意满足下属的需要,平易近人,作风民主。但很少指定工作给组织成员,很少要求组织成员遵守标准、法律与规则。

（2）高体贴与高组织型。这类领导与第一类领导在关心体贴下属方面完全相同,但总是给下属下达工作任务,使下属明白组织对他的期望,并严格要求下属遵守组织的规章制度。

（3）低体贴与低组织型。这类领导既不重视组织方面,又不体贴关心下属。

（4）低体贴与高组织型。这类领导非常重视下达组织任务给下属,但对下属的关心体贴不够。

到底哪种领导行为效果更好呢? 结论是不确定的,要考虑领导所面临的环境。

（五）管理方格理论

在领导行为四分图的基础上，俄亥俄州立大学的布莱克和穆顿提出了管理方格理论。他们将四分图中的体贴改为对人的关心，将组织改为对生产的关心，将这两类领导行为的坐标各划分成9等分，如图5-4所示。

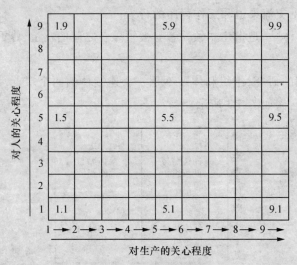

图 5-4　管理方格图

（1.1）表示缺乏型管理，领导者对生产和人的关心程度都很低，采用这种领导方式的领导者，在工作上付出的努力最少，他们的座右铭是"不看坏事，不说坏事，不听坏事，这样你就保险不被别人注意"。

（9.1）表示任务型管理，领导者只重视抓生产任务，不大注意对人的关心。这类领导者的特点是力求控制并统治别人，并力图证明自己各方面都精通。

（1.9）表示俱乐部型管理，领导者重点在对人的关心，不大关心生产任务。按这种领导方式行事的领导者相信，下属的态度和感情是最为重要的。

（5.5）表示中间型管理，领导者对生产和人的关心程度一致。采用这种领导方式的领导者行事的原则是，始终与多数派保持一致，而不是跑到前头。他们不会通过命令来促使下属完成工作，而是以激励和沟通来推动员工工作。

（9.9）表示理想型管理，领导者对生产和人都很关心，能使组织的目标和个人的需要有效地结合起来。这是一种协作式的领导方式，采用这种领导方式的领导者鼓励大家积极参与管理,勇于承担责任。

除了这些基本型外,还有很多组合,如(1.5)表示领导者比较关心人,不大关心生产;(5.1)表示领导者比较关心生产,不大关心人;(9.5)表示领导者重点抓生产,但也比较关心人;(5.9)表示领导者重点关心人,但也比较关心生产。

布莱克比较推崇(9.9)型管理方式。他认为,在对生产的关心和对人的关心这两个因素之间,并没有必然的冲突。他通过比较认为,企业领导者应该客观地分析企业内外的各种情况,把自己的领导方式改造成(9.9)理想型管理方式,以获得最高的效率。后来他补充指出,哪种领导形态最佳要看实际工作效果,最有效的领导形态不是一成不变的,而要依情况而定。

三、领导权变理论

领导权变理论是指领导者在动态和特殊的环境中如何实现有效管理的思想和方法。

(一)菲德勒模型

美国管理学教授菲德勒首先把领导方式和所处的环境联系起来进行研究,他认为任何领导形态均可能有效,其有效性完全取决于与环境是否适应。

菲德勒将决定领导风格的环境因素归为以下三类:

(1)领导者和下属的关系。主要指下属人员是否欢迎领导者,领导者与下属之间是否相互信任。菲德勒认为,这一点是领导者成功与否的重要条件。

(2)工作任务结构。具体指下属工作程序化、明确化的程度。如果下属工作的性质单纯,任务目标明确,他们就能明确承担责任,领导者就可以下达具体命令。如果工作任务的性质是非常规的,领导和下属均不清楚工作目标,就不宜下达具体命令。

(3)领导者拥有的职位权力。菲德勒指出,拥有明确职位权力的领导者比没有这种权力的领导者更容易使下属追随自己。

一般而言,拥有强大权力、受员工爱戴的领导者,带领下属完成结构性很强的工作任务很容易;而在不受下属爱戴又没有权力的领导者面前,下属往往表现一般,很难完成任务。

菲德勒将领导者的领导风格分为关系导向型和任务导向型。他把领导者对其最不喜欢的下属做出的评价定量化为 LPC 值,通过测定 LPC 值的大小,可以判断领导者属于哪一种领导风格。他认为,领导者如果对其最不喜欢的下属仍能给予好的评价,即被认为对人宽容、体谅、友好,是关系导向型领导;如果对其最不喜欢的下属给予较低的评价,则被认为喜欢命令和控制下属,是任务导向型领导。

通过大量的调查、观察和收集数据,菲德勒得到了不同环境因素组合下不同领导者的 LPC 值,如图 5-5 所示。

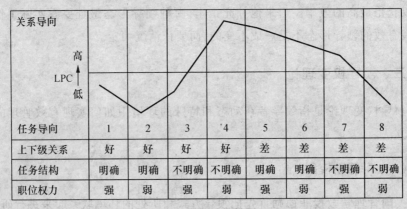

任务导向	1	2	3	4	5	6	7	8
上下级关系	好	好	好	好	差	差	差	差
任务结构	明确	明确	不明确	不明确	明确	明确	不明确	不明确
职位权力	强	弱	强	弱	强	弱	强	弱

图 5-5   菲德勒模型

从图 5-5 可以看出,在 1、2、3、8 的情况下,需要任务导向型领导者;在 4、5、6、7 的情况下,需要关系导向型领导者。

(二)情境领导理论

情景领导理论认为,有效的领导行为要把工作、关系和被领导者的成熟程度结合起来考虑。当被领导者渐趋成熟时,领导行为要做相应调整,才能取得较好的领导效果。

赫西和布兰查德将成熟度定义为:个体完成某一具体任务的能力和意愿的程度。每个人都要经历从不成熟到逐渐成熟的发展过程,工作群体中工作人员的平均成熟度也有一个发展过程,即由不成熟→初步成熟→比较成熟→成熟。这是被领导者成熟度发展的"生命周期",如图 5-6 所示。

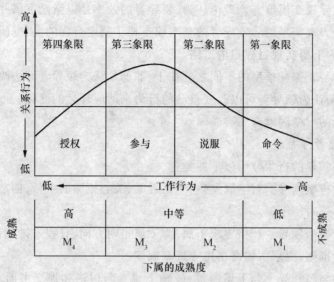

图 5-6　情境领导理论

在 M_1 阶段,下属需要得到明确而具体的指示;在 M_2 阶段,领导者需要采用高工作和高关系行为;高工作行为能够弥补下属能力的欠缺,高关系行为则使下属在心理上"领会"领导者的意图;在 M_3 阶段出现了激励问题,运用支持性、指导性的参与风格可获得最佳效果;在 M_4 阶段,领导者不需要做太多事情,因为下属既愿意又有能力承担责任。

箴　言

子曰:"吾十有五而志于学,三十而立,四十而不惑,五十而知天命,六十而耳顺,七十而从心所欲不逾矩。"意思是十五岁立志于学习;三十岁能够自立;四十岁能不被外界事物所迷惑;五十岁懂得了天命;六十岁能正确对待各种言论,不觉得不顺;七十岁能随心所欲而不越出规矩。这说明,人是在逐渐成熟的。

(三)路径—目标理论

路径—目标理论是当今备受关注的领导理论之一,它是由罗伯特·豪斯提出的一种领导权变模型。该理论认为,领导者的效率是以激励下属并使下属得到满足的能力来衡量的。领导者的基本职责在于制定合理的、人们所期望得到的报酬,并为下属实现目标扫清道路。

该理论与菲德勒模型的不同之处在于,菲德勒认为领导者无法改变自己的行为,而豪斯认为领导者可以改变自己的行为来适应环境的变化。

该理论的权变因素有三类。

1. 领导者行为

豪斯将领导的行为分为以下四类:

(1)支持型领导。对下属友善,平易近人,关心下属的生活,创造一种团队的气氛并平等对待下属。

(2)指导型领导。严格要求下属,为下属指明方向、日程安排和计划,设定目标和行为准则,要求下属严格遵守规章制度。

(3)参与型领导。与下属商量,鼓励下属参与讨论和提交书面意见,尽量让下属参与决策和管理。

(4)导向型领导。为下属设置明确并具有挑战性的目标,相信、鼓励并帮助下属去实现目标。

2. 情境因素

情境因素又分为以下两类:

(1)下属的特性。这与情境理论中被领导者的成熟度相似。例如,如果下属的能力和技能很低,领导就要考虑通过一些特殊的培训,使该员工改进自己的业绩;如果下属是以自我为中心的,领导则需要用奖励来激励他;需要上级明确指导的下属就需要一个指导型的领导来告诉他工作应该怎样做;专家则需要一个参与型的领导来营造自由和民主的工作氛围。

(2)工作环境。它包括任务结构、正式权力系统和工作群体特性。任务结构与菲德勒模型中所说的类似。正式权力系统包括领导使用合法权力的多少、政策及规章限制员工行为的程度。工作群体特性是指下属的受教育程度和群体内的关系。

3. 奖励的使用

领导者可以通过下列两种方式激励员工:

(1)说明下属怎样做可以获得奖励。要求领导者与下属一起工作,使其明白何种行为将会得到肯定与奖励。

（2）增加下属感兴趣的奖励分量。要求领导者与下属进行交流以了解何种奖励是员工珍惜的,是工作本身的满足感还是加薪或升职? 在某些情况下,领导者可能要通过实施新的奖励措施来满足下属的特殊需求。图 5-7 所示的四种情况是领导行为和环境相结合的表现。

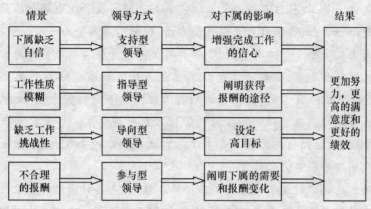

图 5-7　不同情景下的领导行为

第一种情况:下属缺乏信心,于是支持型领导通过支持、关心下属,鼓励他们采取正确的工作方法,获得报酬。

第二种情况:工作性质模糊,员工的工作缺乏效率,于是指导型领导向下属发出指示并下达工作任务,以使他们知道应怎样完成工作,从而获得报酬。

第三种情况:下属工作缺乏挑战性,于是导向型领导为员工设置较高的目标,这样就为员工清楚地指明了获取报酬的途径。

第四种情况:领导向下属提供了不合理的报酬,于是参与型领导通过了解下属的需要,征求下属的意见,改变薪酬的方式或结构,提高下属的积极性。

课后案例

某公司的三个部门经理①

孙平对本部门的效益感到自豪。他十分重视对生产过程和产量进行控制,

---

① 参见许倬云:《从历史看领导》,广西师范大学出版社 2006 年版。

认为下属必须充分理解生产指令,以便得到迅速、完整、准确的反馈。他制定了严格的规章制度,规定了下属人员的工作方针、应该完成的报告及完成的期限。他认为只有这样才能更好地合作,避免重复工作。他认为对员工采取敬而远之的态度是最好的领导方式,"亲密无间"只会导致纪律松懈。他不主张公开谴责或表扬某个员工,相信每一个员工都有自知之明。在管理中最大的问题是下属不愿意承担责任,员工有机会做许多事情,但他们并不努力。

卫大海认为每个员工都有人权,领导有义务和责任去满足员工的需要。他常为员工做一些小事,如给员工两张艺术展览的入场券。他每天都要到工厂去,与至少25%的员工交谈,他意识到在管理中有不利的因素,但大都是由于生产压力造成的。他想以一种友好的管理方式对待员工。尽管在生产率上不如其他单位,但他相信他的员工有高度的忠诚与高昂的士气,并坚信他们会因为他的开明领导而努力工作。

朱天认为纪律就是使每个员工不停地工作,避免各种问题的发生。好的领导者没有时间握紧每一个员工的手,告诉他们正在从事一项伟大的工作。他相信,如果对员工的工作进行考核,员工会更多地考虑自己,由此产生很多问题。他主张,一旦给员工分配了工作,就让他以自己的方式去做,取消工作检查。他相信大多数员工知道自己把工作做得怎么样。

案例思考题

(1) 你认为这三位经理分别采用了哪一类型的领导方式?

(2) 他们的领导方式有问题吗?

第三节　新型领导

一、魅力型领导

美国宾夕法尼亚大学组织行为学教授罗伯特·豪斯是20世纪80年代魅力型领导的极力倡导者。他和其他一些研究者认为,美国企业界要想转变当时悲凉的局面,就必须进行彻底改造,起用魅力型领导。豪斯认为,魅力型领导者有如下特点:

（1）他们有一个远景目标；

（2）他们能够清晰生动地描述这个目标；

（3）他们愿意为了实现这个目标勇往直前而不惧失败；

（4）他们对环境限制及下属的需要十分敏感；

（5）他们的行为表现常常超乎常规。

该理论还认为，从跟随者的反应中也能辨认出魅力型领导者。例如，跟随者对领导者的信念和眼光深信不疑，并相应调整自己的信念；他们对领导者不折不扣的接受意味着他们对领导者完全彻底地服从；他们把自己的感情与领导者的目标和任务联系在一起，并试图以一切方式为最后胜利做贡献。

既然魅力型领导如此理想，人们是否可以通过学习而成为魅力型领导者呢？大多数学者认为，可以通过培训使个体展现出领导魅力。

研究者曾经成功地将一些学生培养成魅力型领导。他们具体指导学生表现出这样的行为：清晰生动地阐述一个宏伟目标；向下属传递高绩效的期望；对下属有能力实现这些目标表现出强烈的信心；重视下属的需要。学生们通过练习表现出坚定、自信和活跃的精神状态，并使用富有魅力的语调进行交流。研究者还进一步培训学生使用富有魅力的非言语行为，如在沟通时身体前倾、保持目光接触、展示放松的身体姿势和生动的面部表情。

进一步的研究发现，魅力型领导的下属比一般领导者的下属有更高的工作绩效，对任务、领导和群体有更好的适应性。

当下属的工作包含意识形态方面的转化或者当下属处于高压和不确定环境中时，这种领导方式最有效。这一点可以解释为什么魅力型领导在政治活动、宗教活动、战争时期、企业处于创业阶段或生死存亡之时更加受推崇。

案例·知识　>>>　>>

　　罗斯福总统运用他的领袖魅力在经济大萧条时期为美国指出了光明的前景；马丁·路德·金有着不屈不挠的愿望，就是通过和平手段建立平等社会；史蒂夫·乔布斯在20世纪70年代末提出了个人电脑必将极大改变人们日常生活的宏伟蓝图，从而赢得了苹果公司技术人员坚定的忠诚和承诺。

二、变革型领导

早期的大多数领导理论都是针对事务型领导,即通过澄清工作角色与要求,指导并激励下属向着既定的目标前进。而变革型领导鼓励下属为了组织利益而超越自身利益,并能对下属产生超乎寻常的深远影响。变革型领导有如下特点:

(1)关注每一个下属的兴趣与发展需要;

(2)帮助下属用新视角看待老问题,从而改变下属对问题的看法;

(3)激励、调动和鼓舞下属为实现群体目标付出更大的努力;

(4)他们把每一天都当做参加工作的第一天,以崭新的视角审视自己的工作;

(5)他们不断地研究制订工作计划,如有必要,就重新拟订;

(6)他们自己做决定,如果自信是对的,就不会放弃,更不会屈从于别人的意志。

他们认为,变革是一件令人兴奋、大胆且充满想象力的事情,它能使人们保持清醒和警觉,并随时准备行动;变革是现实经营活动的主要组成部分,比如经营环境不断变化、新的竞争者不断涌入、新的产品层出不穷。因此,任何领导者一旦无视这一事实就注定要失败。

案例·知识 >>>>

变革型领导的典型代表包括 20 世纪 80 年代拯救克莱斯勒公司的艾科卡、20 世纪 90 年代使 IBM 峰回路转的郭士纳、20 世纪 90 年代末回到自己创立的苹果公司并使之获得新生的史蒂夫·乔布斯和通用电气公司前总裁杰克·韦尔奇等。

三、学习型领导

学习型领导是指这样一类领导者:他们是顾问、帮助者、推动者和教师,他们提供成熟的指导意见、启发交流、发展他人、听取他人意见;他们不是大唱独角戏,而是把领导权下放到公司各个层次,在微观层次上发掘新机会、引导新变化、挑战旧传统,在整个过程中改变整个企业,使之更精确地适应新环境。

对于那些正在向学习型组织转变的企业来说,学习型领导的作用至关重要。因为只有领导者是学习型的,企业才可能是学习型的。

在学习型组织中,领导应学习与其他人协调相处而不是控制他人。与他人协调相处意味着在有共同想法的基础上,与他人有效沟通,从而形成有助于实现共同想法的文化氛围。在学习型组织中,领导者应该帮助人们了解整个系统,促进团队工作,引发变革并拓展人们的能力以建设更美好的未来。

案例·知识 ▶▶▶ ▶

科斯艾尔电信公司的总裁比恩斯就是一位学习型领导。她首先描绘了公司的宏伟蓝图,使公司内部充满激情。她还营造出一种文化氛围,使大家能共同对公司的前途负责,共同致力于为顾客服务,齐心协力,同甘共苦。比恩斯经常打听员工的思想动向和工作情况,询问他们需要什么帮助。当有大宗生意的时候,员工不仅会知道这个消息,而且订货支票会在员工中轮流传看,以便让每个员工都能看到它、触摸它。这样,员工们就知道自己也能从中获益。现在,这种文化氛围已经成为科斯艾尔公司的核心竞争力。信任员工并让他们做决策,比恩斯通过不懈努力把公司变成了一个学习型组织。

四、共同领导

著名领导艺术学家沃伦·本尼斯写了一部新作《共同领导者——伟大伙伴关系的力量》。在这部著作中,本尼斯提出了一种新型领导艺术——共同领导。

共同领导即领导者与一个(或更多)同事亲密合作进行领导的过程。本尼斯确信,当今企业非常复杂,一个人管理整个企业实际上是不可能的。所以,共同领导是一种切合实际的战略,能够解放任何隐藏在企业内部的人才。

最重要的是,共同领导相互包容,而不是相互排斥。它使那些从事实际工作的人得到赏识,而不仅仅让几个魅力型的、通常比较孤立的领导者因描绘了公司宏伟蓝图而得到巨额报酬。本尼斯认为,明智的人不是从个人名誉,而是从实际看成功的程度。

　　杜鲁门时代的美国国务卿乔治·马歇尔说过："如果你的注意力老是集中在谁最后分享劳动果实，而不是如何完成工作任务上，那么你就不会取得预期的成就。"

　　在微软公司，史蒂夫·巴尔默负责视窗操作系统的市场推广、公司人才的招聘以及许多其他事务。如果说比尔·盖茨是一位伟大的战略家，那么巴尔默就是幕后英雄，他为微软公司做的许多事情使盖茨成为超级巨星。

　　1946年，井深大和盛田昭夫共同创建索尼公司的前身——东京通信株式会社。井深大是一名优秀的工程师，他负责开发和制造晶体管收音机，而盛田负责产品的全球营销工作。井深大的技术热情驱动着索尼不断地进行技术开发和研究，"索尼的神话"就是建立在产品的新技术和高质量上的。盛田高超的营销理念和营销技巧使索尼品牌享誉世界。

五、团队领导

　　由于越来越多的组织创建了工作团队，因此，带领团队工作的领导者即团队领导者的作用也就显得越来越重要了。

　　有效的团队领导者必须学习一些技能，如耐心地分享信息；信任他人并放弃自己的职权；明白在什么时候对员工进行干预；知道什么时候让团队自己做事，什么时候参与进来和团队一起干。

　　团队领导者应该充当以下四个方面的角色：

　　（1）联络官。团队的外在机构包括上级管理层、组织中的其他工作团队、客户、供应商。团队领导者对外代表着工作团队，他们保护必要的资源，澄清其他人对团队的期望，从外界收集信息，并与团队成员分享这些信息。

　　（2）困难处理专家。当团队遇到困难并寻求帮助时，团队领导者会出现并帮助他们解决问题。团队领导者处理的难题很少针对技术或操作层面，因为团队成员一般都比领导者更了解如何完成具体任务。问题越尖锐，领导者的作用越大，他们帮助员工克服困难，并获得解决困难所必需的资源。

　　（3）冲突管理者。当出现不一致意见时，他们帮助解决冲突。他们帮助人们明确问题所在,例如,冲突的来源是什么? 谁卷入了冲突? 冲突问题的本质是什么? 可能的解决方案有哪些? 每种方案的优势和劣势是什么? 通过这些方式使团队成员针对问题本身进行处理,从而把团队内部冲突的破坏性降到最低程度。

(4) 教练。他们明确期望和角色,提供教育与支持,为成员的成功喝彩。他们尽一切努力帮助团队成员保持高水平的工作业绩。

课后案例

新来的总经理

某电脑公司曾以火箭般的速度发展,但也面临着激烈竞争。公司刚开张时,一切像闹着玩似的,高管穿着 T 恤衫和牛仔裤上班,高管与普通员工没有任何区别。然而当财务出了问题时,局面大为改观,公司引进了一位新总经理,新总经理照章办事,十分传统。

第一次危机发生在新总经理首次召集的行政会议上。会议定于上午 8 点半召开,可是有一个人 9 点钟才跌跌撞撞地进来。西装革履的总经理眼睛瞪着那个人,对大家说:"我再说一次,公司所有公事要准时开始,做不到的在今天下午 5 点之前向我递交辞职报告。"结果十名行政人员有两名辞职。此后一个月里,他采取了一系列动作:要求副总在向下传达重大事务之前必须经过他的审批;指责研究、设计、生产和销售等部门之间缺乏合作;命令全面复审公司的福利制度,削减全体高管的工资,结果导致身边的一位行政人员向他辞职。研究部主任评价说:"我不喜欢他,可是我们开发的电脑打败 IBM 对我来说太有挑战性了。"生产部经理也不满现状,但他的话令人惊讶:"我不能说我很喜欢他,不过至少他给我们那个部门设定的任务我能达到,当我们圆满完成任务时,他是第一个感谢我们,说我们干得很棒的人。"另一方面,采购部经理却牢骚满腹,他说:"新总经理要我把原料成本削减 15%,假如我能做到的话,他就给我丰厚的年终奖。但是,实现这个目标简直就是不可能,我要另找出路。"但新总经理对销售副总的态度却令人不解。销售副总被人称为"爱哭的孩子"。以前,他每天都到总经理办公室去抱怨和指责其他部门。新总经理的办法是让他在门外等,见了他也不理会他的抱怨,而是直接谈公司在销售上存在的问题。

过了不多久,销售副总开始更多地跑基层而不是每天到总经理办公室去了。不到一年,公司恢复了元气,行政管理人员不得不承认他对计算机领域了如指掌,对各项业务的决策也是无懈可击。人们对他有了共识:他不是那种不了解情况的人,并且确实带领公司走上了正轨。

案例思考题

(1) 新总经理属于哪种类型的新型领导?

(2) 新总经理的领导风格属于哪种类型?有哪些可取之处?还需要改进什么?

(3) 新总经理有哪些领导特质?

第四节 领 导 艺 术

领导艺术就是领导者让其追随者共同达到某个目标的能力或方法,它包含的艺术成分要多于科学成分。领导并不是天生的,而是后天塑造的,因此,领导艺术可以通过学习来掌握。领导艺术的内容十分丰富,涉及的范围极其广泛,它贯穿于领导活动的始终,存在于领导活动的各个环节,从领导的思维方式,到领导的用人、决策、协调、组织、指挥、监督、控制都存在着领导艺术。这里,我们只介绍主要的领导艺术。

一、统筹全局的艺术

领导者居于组织的核心地位,负责组织的全局工作。为了完成这一职责,要求领导者做到以下两点:

(1) 要善于处理中心工作和其他工作的关系,既要抓住主要工作,又要兼顾其他各项工作。就像下围棋一样,时刻都应有全盘的大局观,不应局限于一城一池的得失。邓小平就是统筹全局的高手。他提出了新时期党的工作重点是"一个中心,两个基本点",即以经济建设为中心,坚持改革开放,坚持四项基本原则。把经济建设作为主要工作来抓,在此过程中,兼顾社会主义精神文明建设和其他各项工作。

（2）要注意领导工作中各个因素之间的有机配合，平衡协调。领导者在带领下属共同奋斗的过程中，要注意协调处理好影响全局的各个因素之间的关系，要使整个组织拧成一根绳，形成合力。

二、领导用人的艺术

领导者在用人时应遵循以下原则：

（一）重视能力

重视能力原则是指在选拔人才的时候，应该以工作能力作为重要的评定标准。不同的职务对能力结构和能力水平的具体要求不同，对一个具体职务而言，并不是能力越全越好，而应该使人的能力与其所担任的职务相适应。人的能力高低必须经过实践的检验，必须重视绩效和公平考核。曾国藩就是以能力识人、用人的典范。他每到一地，即广为寻访，招揽当地人才。他的幕僚中如王必达、程鸿诏、陈艾等人都是通过这种方法求得的。

（二）用人所长

身为领导者，不要怕用有缺点但有专长的人才，不要怕用不听话但有工作能力的人才，不要怕用比自己强或批评过自己的人才。高明的领导者不一定是最有智慧的人，但必定是善于吸收和利用他人智慧的人。

案例·知识

美国南北战争时期，林肯总统任命格兰特将军为总司令。当时有人告诉他，格兰特嗜酒贪杯，难当大任。林肯却说："如果我知道他喜欢什么酒，我倒应该送他几桶，让大家共享。"林肯总统并不是不知道酗酒可能误事，但他更知道在诸多将领中只有格兰特能运筹帷幄，决胜千里。后来证明，对格兰特将军的任命是南北战争的转折点，也说明林肯求人之长，而不求其为"完人"的用人政策是非常成功的。

（三）用人不疑

用人不疑，疑人不用，只有这样，才能充分发挥下属的积极性。但是，别忘了"害人之心不可有,防人之心不可无",要有完善的制度和机制约束,要暗疑而不是明疑,要保持疑的度。

(四)合理授权

不能有效授权的领导者,实际上是一个不称职的管理者,因为他自己必须忙于日常业务而不能做更重要的事,从而降低了工作效率。授权时要注意以下几点:

(1)因事择人,因能授权,授权时应明确授权的范围及任务目标;

(2)只给直接下属授权,不越级授权,否则就会导致双重领导;

(3)授权给下属后不放弃调控,必要时要给下属大力支持和帮助。

> **箴 言**
>
> 子曰:"君子不可小知而可大受也,小人不可大受而可小知也。"意思是不能让君子做小事,但可以让他们承担重大的使命;不能让小人承担重大的使命,但可让他们做些小事。

三、运用时间的艺术

时间对于每一个人都是常数,但不同领导者的工作效率却大不相同,这与其运用时间的艺术是密不可分的。那么,怎样才能高效地利用时间呢?

1. 最重要的工作优先处理

领导者每天工作之前都要好好想一想,今天最重要的事情是什么?每天下班之前要想一想,今天最重要的事情做完了吗?先把最重要的事情做完,再去做其他的事情。分清事情的主次是提高工作效率的前提。

2. 按例外原则办事

例外原则就是领导者只负责处理条例、规章、制度没有规定的例外事情,凡是有规定的,就按章办事。大家都按章办事,根据自己的职权处理各种例行事情,领导者自然可以集中精力去处理一些例外的、重要的事情。事必躬亲只能使领导者整天忙于杂乱的琐事,是领导者工作中的大忌。

3. 提高会议效率

领导者总免不了要主持各式各样的会议。众多没完没了的会议会占用领导者很多时间。因此,对于一个会议,领导者应该首先考虑应不应该开,如果必须开,应该努力提高会议的效率。

案例·知识 >>>>> >>

日本著名企业家土光敏夫在东芝公司提出一个特殊的要求——站着开会。他提议会议室撤去椅子,站着开会,最长的会也不要超过一个小时。为了开短会,他要求会议之前要先发告示,通知会议将要讨论的内容以及与会者会前应做的准备;会上不做报告,报告事先发给与会者;会上每个人都要发言;会上要有议有决。这些措施极大地提高了会议效率。

四、全球化的艺术

随着交通和通信业的飞速发展,世界经济一体化的格局越来越明显,全球化的趋势不可逆转。在这种情况下,跨国公司的领导者应该怎么做呢?

(一) 理解文化差异

一些多元文化专家经过多年的悉心研究,认为理解文化差异对跨国企业管理至关重要。因为大多数跨国企业最严重的问题之一是文化定性。领导者应该有海纳百川的胸襟,不能为其他国家的人轻易定性。

例如,美国人总是把法国人定性为"傲慢、浮夸、等级分明、多愁善感",而法国人则认为美国人是"工作狂、天真、好斗、不讲原则"。在发达西方国家,规则和一致性原则非常重要;而在亚洲和南美洲,人际关系异常关键。

所以,跨国公司的领导者对不同体系下的文化差异要有清楚的认识,要善于倾听、观察、了解不同文化区域人们的生活方式。

(二) 聘用外国员工

不仅要雇用廉价的外国工人,还要聘用一些德才兼备的外国高级经理人才。这样做不仅可以降低生产成本,增加企业竞争力,还能在一定程度上消除跨文化沟通的障碍。

近年来,飞利浦(中国)公司雇用的中国管理人员数量已经超过了荷兰人。2000年联合利华公司主席尼尔任命印度人科吉为总公司董事会成员,负责公司全球范围的人事管理。2001年1月,联合利华一分为二,科吉成为联合利华家用和个人消费品分部主任。

(三)建立伙伴关系

在网络化的全球经济中,越来越多的公司建立起了伙伴关系或合资企业,许多合资伙伴来自不同的文化背景。哈佛大学教授罗莎贝斯·坎特说,成功的伙伴关系就像是成功的婚姻,需要感情的悉心培育,能够创造和保持这种关系的领导者可以给公司带来有价值的"合作优势"。

课后案例

杰克·韦尔奇的领导艺术[①]

1980年是韦尔奇接手通用电气公司的第一年,大多数人认为公司运营很正常。可是,韦尔奇意识到经营环境正在巨变,公司面临着高通货膨胀和来自亚洲的威胁。如果不对公司的结构、产品、规模等进行较大的变革,通用电气就会走向衰退。在通用电气350家事业部中,在同类市场中居于领导地位的只有照明、电力系统和电力发动机三家。通用电气产品在出口市场上占据相当大份额的也只有塑胶、汽轮机和飞机发动机三种,只有汽轮机占据全球市场的领先地位。

美国制造业利润正日益下降,然而,通用电气公司80%的利润来自于其传统的电机和电子制造业。塑胶、医疗器械和金融服务等方面的业务表现不错,但这些业务的利润在1981年公司的利润总额构成中仅占1/3。

几十年来,美国一直支配着全球的钢铁、造船、电视、计算器和汽车市场,几

---

① 参见孙焱林等:《实用现代管理学》,北京大学出版社2004年版。

乎没有企业家注意到其他国家。然而，日本已开始以其质优价廉的产品吸引消费者，抢占了 20% 的美国钢铁市场，汽车行业也类似。美国经济日益恶化，1980 年的通货膨胀率高达 18%。

韦尔奇新政策的基本内容是淘汰过时业务，只保留那些在市场上占据统治地位的业务。每个事业部都必须占领市场第一或第二的地位，否则，就将其关闭或出售。

通用电气公司在传统上主张培育自己的业务而不愿从外部收购，韦尔奇打破了这一传统。1985 年，通用电气公司以 62.8 亿美元收购了通信业巨人 RCA。通过强强联合，通用电气公司和 RCA 组成了一个销售额高达 400 亿美元的超级企业。1987 年 6 月，通用电气公司将电视事业部转让给托马斯公司。作为交换，通用电气公司获得了托马斯的 CGR 医用成像设备制造事业部，这个事业部每年在欧洲出售近 7.5 亿美元的 X 光设备以及其他医疗诊断机器。

韦尔奇意识到，员工是新办法永不枯竭的源泉，他们参与公司的日常工作，可以改善经营并极大地提高劳动生产率。另一个更为突出的好处是，使员工对自己的工作更安心。利用员工的智力是通用电气公司的一个重大改变。韦尔奇开始实施他的解决方案——将思考与辩论扩展至公司的每一个角落。

1995 年，韦尔奇发动了一场全公司范围内旨在提升产品和工序品质的行动。行动是冒险性的，因为其本身等于默认了通用电气公司的产品和工序质量亟待提高。但他想将产品质量提高到一个全新的层次，而不是仅仅好于对手。他希望通用电气公司的产品在客户眼中是绝对独特的、绝对珍贵的、对他们的成功是绝对重要的，通用电气公司的产品是他们唯一划算的选择。

很久以来，美国企业界存在着一种传统认识，那就是管理者只要能监督下属工作就行了。公司管理层只是互相交谈，互相发出便函，确保基层工作运行正常是经理们应该做的一切。

韦尔奇认为，"无能的管理者是职业杀手"。他不喜欢"管理"这个概念，大多数经理们管理过多。过多的管理促成了懈怠、拖拉的官僚习气，会毁掉那些大公司。他认为，主管们必须改变他们的管理风格。

韦尔奇非常钟爱"领导"这个词。领导者能清楚地告诉人们如何做得更好，并且能够描述出远景构想来激发人们努力。管理者使各项活动变得迟缓，领导者则促进业务平稳、迅速运行。管理者互相交谈、留言，而领导者跟他们的员工谈话,使员工脑海中充满美好的愿景,使他们在自己都认为不可能的地位层次上行事,然后领导者只要让开道路就行了。

韦尔奇看上去不像普通意义上的管理者,他更像一位超级领导者,他的主要工作是为最优秀的职员提供最广阔的机会,同时合理分配资金,将其投到最适宜的地方。

他不会参与决定电冰箱的样式,而是把那留给专家们。他不知道如何制作一台精彩的电视节目,更不清楚怎样制造一台发动机,但是他很清楚谁是 NBC 的老板,这才是至关重要的。他的工作是挑选最称职的人员并为他们提供资金。这就是游戏规则。

他不给下属设定目标。过去下属会确定一个目标,同时他也设定一个,然后进行磋商。现在,他不按照下属是否达到预期目标来决定他们的报酬,而是完全按下属的进步付酬。在官僚作风盛行的公司,人们浪费了许多时间来制定预算,但这只是白费力气。世界正在飞速变化,任何公司都无法承受官僚作风导致的时间延误。

通用电气公司是一家不拘礼节的公司,如在为期两天的季度例会上,没有人打领带,会议大约一个小时休息一次,人们可以喝咖啡,交流思想。每一次会议,公司都会请一位外面的杰出人士来做讲座,如沃尔玛、百事可乐或康柏等公司的总裁,一起就餐,饭后再一起开怀畅饮,他们把这个地方搞得像一个家庭杂货铺。

韦尔奇认为管理越少越好,但他从不认为管理者可以放任自流而不进行管理。他对管理的真实看法是:不要陷入过度管理之中。通过构造一个愿景去管理,然后确信员工围绕这个愿景去努力工作。这就是管理的全部。

案例思考题

(1) 韦尔奇的领导体现了哪些领导艺术?

(2) 他的领导方式是绝对正确的吗?为什么?

(3) 他的领导具有哪些风格?

 思考与练习题

1. 领导是天生的吗?

2. 如何才能成为一名优秀的领导者?

3. 拿破仑、华盛顿、丘吉尔为什么能够成为领袖? 他们具有什么共同特性? 他们的领导魅力是与生俱来的吗?

4. 为什么有些管理者在某家公司如鱼得水,到了另一家公司却惨遭败绩?

5. 如果你是公司总裁,你如何运用领导艺术来实现公司的目标?

第六章

控制与激励

☞ **学习目标**

1. 理解控制的含义及其重要性；
2. 了解不同控制方法的区别；
3. 了解控制的四个步骤；
4. 掌握控制的技术和方法；
5. 了解内部控制的含义和框架；
6. 理解六大激励理论；
7. 掌握激励的原则与方法。

第一节 控 制 概 述

一、控制的概念

控制是组织在动态的环境中，为保证实现既定目标和任务而采取的检查和调整活动。控制可以理解为一系列检查、调整活动，也可以理解为检查和调整的过程，即控制过程。

组织控制的基础和手段是信息，通过收集信息了解组织活动的实际绩效与计划、目标和任务是否一致，通过信息反馈促使组织采取有效的调整和修正行动。

道格拉斯对控制的定义是："控制的本质是按照预定标准调整运营的活动,控制的基础是管理人手中掌握的信息。"

二、控制的作用

在现代企业管理中,控制是一个必不可少的重要职能和环节。其作用主要表现在以下几个方面:

(一)控制是完成计划的重要保障

一些意想不到的因素总会出现在计划的执行过程中,使计划执行者在执行过程中可能偏离既定的路线或目标。这些缺陷和偏差,都要靠控制来弥补和纠正。

(二)控制是提高企业效率的有效手段

控制有助于提高员工的工作责任心,防止再出现类似的偏差;控制可发现并改正计划存在的缺陷,分析产生缺陷的原因,使计划工作不断改进;在控制过程中,可了解控制者决策和管理的能力和水平,有助于决策者不断提高自己的决策、控制水平。

(三)控制是管理创新的催化剂

在具有良好反馈机制的控制系统中,控制者通过接受受控者的反馈,不仅可及时了解计划执行的情况,纠正计划执行中出现的偏差,而且还可以从反馈中受到启发,激发创新。

三、控制的种类

根据控制点的位置不同,通常把控制分为三种基本类型,即事前控制、现场控制和事后控制。

(一)事前控制

事前控制是指企业在活动(如生产或服务活动)正式开始之前所进行的控

制。事前控制强调发现潜在问题并及早预防,将可能发生的问题消灭在萌芽状态。事前控制给企业带来的损失是最小的,是难度较大的控制,需要控制者超前的思维和敏锐的观测能力。

例如,进厂材料和设备的检查、验收,工厂的招工考核,学校的入学考试和体检,干部的选拔等都属于事前控制。

(二)现场控制

现场控制是在活动过程中进行的控制。现场控制的主要职能和特征是在工作过程中及时发现问题并采取修正行动,是损失较小的控制。现场控制的适用面非常广,任何企业的任何活动几乎都可以进行现场控制,但考虑到控制的成本效益,并不是任何活动都值得现场控制。

例如,街道巡警是社会治安体系中的现场控制者;企业质量巡检员是企业质量保证体系中的现场控制者;导弹在发射过程中就受到有关部门的严密追踪和控制,以确保其到达规定的目标。

(三)事后控制

事后控制是指在活动完成以后所进行的控制。事后控制的主要特征是运用一定的标准,对计划指标与实际工作绩效进行比较、分析和评价。事后控制的最终目的是在实际工作绩效评价的基础上,对未来工作的开展和改进提供建议。因此,事后控制的工作主要有以下三方面:一是对实际工作绩效进行客观评价;二是根据评价的结果对有关员工和部门实施适当的奖赏;三是深入分析原因,为目前工作的改进和未来工作的开展制定正确的方针、政策、计划和措施。事后控制意味着损失已经发生,是成本最高的控制。但是,为了防止同样的问题再次发生,控制依然是必要的。

箴 言

子曰:"过而不改,是谓过矣。"意思是有了过错而不改正,这才真叫错了。

管理者应正确认识每种控制的特点和作用,结合活动的特点和实际情况,全方位运用各种控制形式对企业活动进行有效控制。

四、控制的基本程序

虽然控制的形式不同,但有效的控制活动都有一个基本的程序。

(一)制定标准

标准就是对活动的时间、内容、要求等方面所做的具体规定。制定标准是控制的第一步,也是关键的一步。

案例·知识 〉〉〉〉　〉〉

> 麦当劳的工作标准包括:
>
> (1) 95% 以上的顾客进餐馆后三分钟内,服务员必须迎上前去接待顾客。
>
> (2) 事先准备好的汉堡包必须在五分钟内热好供应顾客。
>
> (3) 服务员必须在就餐人员离开后五分钟内把餐桌打扫干净。

(二)以标准来衡量实际工作

用事先制定的标准衡量、比较实际和计划、目标的差距。

(三)测定绩效

即对部门或员工劳动成果的测定。在衡量中既要尊重控制标准,又要根据实际情况实事求是地测定和评价有关人员的实际工作表现。

(四)分析差异产生的原因并改进工作

应当始终明确控制的目的是为了改进计划和工作。因此,分析差异产生的原因并提出相应的改进措施是控制过程中十分重要的环节,是控制的反馈。反馈结果一般有以下三种:

(1) 坚持既定目标和标准。当标准与工作绩效无差异或差异很小时,说明原定目标和标准基本符合实际情况,应维持不变。

（2）纠正偏差。当标准与绩效存在一定差异时，通常是保持计划、标准的稳定性，千方百计采取措施改进工作态度、方法和手段，以缩小实际和标准之间的差异。

（3）改变原定计划和标准。如果绝大多数员工超额完成计划，说明计划定得过低；如果绝大多数员工不能完成计划，说明计划定得太高。这两种情况都需要对计划和标准加以调整和修正，使之更符合实际。在有些情况下，原定标准是合理的，但由于环境发生了重大变化，合理的标准变得不合理，这就要求对原定计划和标准进行适当的调整。

五、控制中的阻力

人们对控制往往怀有抵触情绪，认为控制是对其行动自由的约束。但进一步的研究表明，人们乐于接受有意义的控制，对控制的抵触大部分来源于管理者在实施控制的过程中存在一些问题。

（一）控制遇到阻力的主要原因

1. 控制过度

控制过度是管理者常犯的一种错误。如果这种过度的控制与员工直接相关，就会遭到员工的反对，因为他们需要一定的自由度和自主权。如果控制涉及与工作无关的领域，就会使员工对这种过分的要求产生抵触情绪。即使是国际上一些知名公司，有时也会陷入控制过度的误区。

控制过度不仅可能导致员工士气低下和责任心下降，还可能造成不信任，甚至法律纠纷，无助于企业绩效的提高。

因此，不能为了控制而控制，控制必须与被控制者的工作绩效紧密相关。管理者有责任加强员工对控制的理解，同时也有责任理解员工的要求。控制度的确定需要在工作要求与员工权益之间进行平衡，以达到最佳效果。

2. 重点不当

资源限制使企业不可能对所有的控制对象施以同样的力量，必然有主次之分和重点选择。强调重点是管理控制中一个很重要的原则，如果重点选择不当，就会顾此失彼，难以实现控制目标。

一个过分强调产量的生产控制系统会给员工一种不顾质量的错觉。

重点选择不当的主要原因是控制面过窄或对不同的控制对象缺乏平衡。这就要求管理者对各种被控制因素有较为清晰的把握,协调好整体与局部、主要与次要的关系。

3. 鼓励低效率

在控制过程中,由于控制手段选择不当或考虑不周,常常会造成实质上对低效率的"奖励"和对高效率的"惩罚"。

例如,每到年终,各部门都会尽量把预算内剩余的资金花掉。之所以这样做,是因为如果本部门余下的资金过多会使高层管理者认为该部门不需要这么多资金,从而削减下年度的预算,而那些因铺张浪费而超出预算的部门反而会在下一年得到更多的资金。

(二) 避免产生控制误区的方法

要想避免在控制过程中陷入误区,可以考虑运用以下几种方法:

1. 完善控制系统

控制陷入误区的根本原因是控制系统设计不完善。简单地套用过去的方法和照搬其他企业行之有效的方法都行不通,控制系统的完善建立在对系统效率的连续监测和对存在问题深入分析的基础上,将控制与计划等管理职能更好地整合在一起,不断提高它的客观性、准确性、灵活性和适时性。

2. 鼓励员工参与

让员工特别是一线员工参与制定企业的政策、规章、程序,不仅保证了这些政策、规章、程序的可行性,而且让员工得到了心理上的满足,使员工更加自觉地按照自己参与制定的政策、规章、程序办事。

案例·知识 ▷▷▷▷ ▷

麦当劳公司非常重视员工参与,并建立了许多沟通渠道。公司每年都会向员工分发意见调查表,员工填完表后,被密封并集中送往美国,由总部数据库处理后返回。平时有各种座谈会,让每位员工发表意见,每月有总经理沟通日,任何一位员工都可以向他直接反映问题。

3. 实行目标管理

目标管理是由员工亲自参与将企业目标转化为员工个人目标,并将所制定的目标作为评价个人绩效的标准,实现员工的"自我控制"。由于员工亲自参与,在工作开始之前就了解到个人所得报酬和奖励的多少取决于完成个人目标的好坏,从而大大降低了员工对控制的抵触。

案例·知识 >>>> >>

> 邯钢的"模拟市场核算,实行成本否决"的经验,就是把目标成本层层分解落实到每个岗位,使"人人头上顶着一把算盘",明确责任、义务、风险、收益,以此来调动员工的积极性、主动性和创造性,保证经营指标的有效完成。通过目标成本的分解,每个职工都知道炼废一炉钢、多耗一斤油、多用一张纸,对成本的影响有多大,对效益的影响有多少。

六、有效控制系统的特征

（一）控制要突出重点

成功的控制并不意味着面面俱到、包罗万象,而是选择重点进行控制。企业不可能有足够的金钱、时间和精力用于所有偏差的分析和纠正,因此,管理者要仔细研究,抓住要害,集中精力实施重点控制。

（二）控制要体现客观性

控制常常受管理者主观色彩的影响。带有感情色彩的主观控制势必会影响控制效果,使之不能真正体现企业目标的要求。这就要求在选择控制变量时,企业应尽可能选择那些可以定量化的标准,对于确实难以定量化的,也应以客观事实为基础,只有客观地确立了控制标准,才能保证实施有效的控制。

（三）控制要与组织结构相适应

首先,控制方法和手段的选择应与现有的组织结构相适应。其次,控制信息传递的方式也应与组织结构相适应。例如,在直线职能制的组织结构中,控制信息的直线传递与网状传递相结合,才能保证控制信息来自各个部门、方面和层次,才能使控制的措施流向各个部门、方面和层次,才能实施有效的控制。

（四）控制要体现反馈的作用

反馈是用过去的信息来调整未来的行为,有效控制是闭环的反馈控制。在对系统导入控制信息时,这些信息不是凭管理者主观想象出来的,而是来自于上一时期的控制成果。

（五）控制要便于沟通

有效的控制要求控制系统沟通便捷,即能够便于控制者与被控制者之间保持直接的联系。当管理者需要某种资料、数据时,能迅速地从控制系统中得到。

（六）准确性

管理者通常会对有关业绩方面的信息进行改动,以迎合管理的需要,然而控制系统应该鼓励采用准确的信息,以便正确识别偏差。

（七）灵活性

灵活性是衡量一个企业控制系统有效性的重要标志。控制系统必须具有适应不同环境的能力,即允许控制标准有一定的变化范围。控制系统没有弹性,就可能出现计划始终与实际发生差异的失控状况。不少企业实施弹性预算,允许预算有若干种不同的水平,以适应可能出现的不同环境变化。

（八）适时性

高效率的控制系统的另一个重要标志是能及时提供控制信息。及时并不等于快速,而是指当管理者需要时控制系统能适时提供必要的信息。例如,零售商店需要每天结算销售量和销售额,以便及时掌握现金的流通情况。而房地产开发商则一季度结一次账就可以了。一般来说,企业的环境越复杂,决策就越需要及时的控制信息。

课后案例

麦当劳的管理控制①

麦当劳的产品、加工和烹制程序乃至厨房布置都是标准化和严格控制的。公司撤销了一批特许经营权,因为它们尽管盈利可观,但未能达到在快速服务和清洁方面的标准。

麦当劳采取特许连锁经营战略开设分店,购买特许经营权者在成为分店经理的同时,也成为该分店的所有者。麦当劳在出售特许权时非常慎重,先是通过各方面调查,挑选具有卓越经营管理才能的人作为店主,事后如发现其能力不符合要求,将及时撤回这一授权。

麦当劳通过详细的程序、规则和条例规定,使所有分店的经营者和员工都遵循标准化、规范化的作业程序。麦当劳对制作汉堡包、炸土豆条、招待顾客和清理餐桌等工作进行了科学的动作研究,确定各项工作开展的最好方式,并编成书面程序,通过设在芝加哥的培训中心,对分店管理人员进行培训。然后,管理人员再对员工进行培训,确保公司的规章条例得到准确理解和贯彻执行。为了确保所有分店都能按统一的要求开展活动,总部管理人员经常走访、巡视世界各地的分店,进行直接的监督和控制。例如,有一次在巡视中发现某分店自作主张,在店里摆放电视机和其他物品以吸引顾客,这种做法因与麦当劳的风格不一致,立即得到了纠正。

除了直接控制外,麦当劳还定期对各分店的经营业绩进行考评。各分店要及时提供有关营业额、经营成本和利润等方面的信息。在这些信息的帮助下,总部就能把握各分店经营的动态和出现的问题,以便商讨和采取改进的对策。

麦当劳的另一个控制手段是在所有分店中塑造公司独特的企业文化,这就是"质量超群,服务优良,清洁卫生,货真价实"的文化价值观。公司的共享价值观不仅深入到世界各地的分店和员工中,而且还深入到麦当劳的顾客中。

案例思考题

(1) 麦当劳的控制有何作用?

(2) 麦当劳采取了哪些类型的控制?

---

① 参见《麦当劳公司的控制系统》,http://www.diapermachine.com/1/case40.htm。

（3）麦当劳控制成功的经验有哪些？

（4）企业文化与控制有何关系？

第二节 控制技术和方法

一、财务预算的方法

（一）预算控制

预算就是一个部门在一定时期占用资源量的标准，是有计划的财务活动，也是有效控制的一种方法。预算的时期可以是月度、季度或年度。预算既可以是企业的，也可以是部门或个人的；既可以用货币单位表示，也可以用产品数量或时间数量表示。企业的预算可划分为财务预算、营业预算、非货币预算和零基预算四类。

（1）财务预算。财务预算具体体现了企业在特定时间内的资金收入和支出情况。资金收入一般包括商品销售收入、贷款、资产出售和股票发行收入等。资金支出一般包括还款、发工资、购买资产以及股票红利等。财务预算中往往用预算平衡表来反映资金收入和资金运用的平衡情况和协调程度。

（2）营业预算。营业预算是企业营业计划在财务上的表现。营业预算体现了一个企业收入和支出的内容和数量，它包括销售收入预算、利润预算等。

（3）非货币预算。就是以事物为计量单位的预算，如以产品、工时、机台、面积等单位进行预算。企业内部往往采用这种预算方法。

（4）零基预算。零基预算是一种区别于传统预算的方法，被西方企业广泛采用。它与传统的预算方法截然不同，其基本原理是：对任何一个预算期，任何一种项目费用的开支，都不是从原有的基数出发，或者根本不考虑各项目基期的费用开支情况，而是一切以零为基础，从零开始考虑项目费用的必要性及预算的规模。零基预算的具体做法如下：

第一步，高层领导要求下属部门根据计划期的战略目标和具体计划详细讨论各自所需的项目费用，并要求对每一费用项目编写具体方案，提出项目费用开支的目的、需要开支的费用金额。

第二步，高层领导对每一费用项目方案进行成本效益分析，对每一项目的所需费用和收益进行比较,根据各费用项目的轻重缓急分成若干层次与顺序,再结合计划期可用资金确定预算。

由于零基预算是以零为起点观察分析一切生产经营活动并制定项目的费用预算,因而零基预算的编制工作比较繁重。但是,这种预算不受传统预算的束缚,更符合实际需要,而且能够促使下属精打细算、量力而行,合理使用资金,提高资金的使用效果。

(二)财务比率分析

财务比率分析就是对资金平衡表和损益表中有关项目进行对比分析。资金平衡表反映了一个企业在特定时期的资产与负债情况,损益表体现了一定时期企业的收入与开支之间的关系,具体例子见表 6-1。常见的财务比率指标有流动性比率、负债比率和投资报酬率。

表 6-1 英国 A 公司 2007 年的资金平衡表与损益计算表

资金平衡表(2007 年 12 月 31 日) （单位:美元)

流动资产		流动负债	
现金	5 000	应付账款	30 000
应收账款	5 000	应付费用	10 000
存货	70 000	长期负债	75 000
小计	80 000	总负债小计	115 000
固定资产		股东股票	
地产	30 000	普通股票	100 000
房屋与设备	200 000	股票利息	95 000
小计	230 000	小计	195 000
资产总计	310 000	总负债和股票总计	310 000

损益表(2007 年度) （单位:美元)

销货收入		403 000
减销货折扣		3 000
销货净额		400 000
工资等费用	60 000	
销售费用	200 000	
折旧费用	20 000	280 000
营业利润		120 000
其他收入	10 000	
减营业外支出	15 000	−5 000
应税收益		115 000
应交税金		55 000
税后净利润		60 000

（1）流动性比率,衡量的是企业对债务的偿还能力。英国 A 公司的现行偿付能力为:

$$流动性比率 = \frac{流动资产}{流动负债} = \frac{80\,000}{40\,000} = 2$$

该比率是正常的。债权人可以从这一比率中得知,这家企业能按期付清债务。

（2）负债比率,又叫杠杆比率,是负债总额与资产总额之比。英国 A 公司的负债比率为:

$$负债比率 = \frac{负债总额}{资产总额} = \frac{115\,000}{310\,000} = 0.37$$

从这个比率可以看到,该公司每 1 美元资产中负有 0.37 美元的债务,这一比率越大,说明公司偿债能力越差。

（3）投资报酬率,是指每 1 美元投资所得的报酬。投资者和管理者常用投资报酬率作为选择最佳投资机会和项目的依据。该比率的计算公式为:

$$投资报酬率 = \frac{税后净利润}{资产总额} = \frac{60\,000}{310\,000} = 0.19$$

这就是说,英国 A 公司每投资 1 美元可以回收 0.19 美元的净利或 0.19 美元的本利。这是一个相当可观的数字。投资报酬率越高,越能吸引投资者。

（三）盈亏平衡分析法

盈亏平衡分析法是一种很好的决策方法,也是一种有效的控制方法。只有当产量达到一定水平时,才能收支相抵,超过这个水平,企业方可获利。具体参见本书第二章第二节。

二、员工行为的控制方法

员工行为的控制就是通过绩效分析,发现员工绩效差异及其原因,采取恰当的措施挖掘员工潜能。企业中最关键的资源是人力资源,管理控制中最主要的方面就是对员工行为进行控制,而员工行为控制的关键是员工绩效的评定。常用于员工绩效评定的方法有以下几种:

（一）鉴定式评价方法

这种方法是最简单、最常用的员工绩效评价办法。具体做法是,评价者写一篇针对被评价者长处和短处的鉴定,管理者根据这种鉴定给予被评价者一个初步的估计。这种方法的基本假设是评价者对被评价者有较多的了解,知道他的优缺点,并且能够客观地撰写鉴定。但是,实际情况并不尽如人意,况且,鉴定的内容不同,标准也不一致,所以用此方法只能给人一种初步的估计,完全依赖这种办法往往会做出错误的评价。一般适用于人员调换或任免等人事决策工作。

（二）实施审查方法

这种方法往往是复查的一种手段。当通过其他方法对被评价者有了初步估计之后,为了核实这种估计的准确性,而到被评价者所在单位现场调查了解。这种方法对被评价者有较深入的了解,但需要耗费相当多的时间和精力,因此只适用于重要的人事决策工作。

（三）强选择列等方法

这种方法可以克服偏见和主观判断,建立比较客观的评价标准。做法是管理者列出一系列有关被评价者的可能情况,然后让评价者在其中选择最适合被评价者的情况,并打上标记。管理者据此加权评分,得分高者就是好的,得分低者就是差的。这种方法比较准确,但它只适用于性质类似或标准化程度较高的工作。

（四）成对列等比较法

这种方法是把被评价者两两进行比较,就每一个评价指标,将每个被评价者同所有其他被评价者比较一次,然后按照某种评价标准选择最优者。比如,被评价者一年来对企业的贡献,或在工作中的开拓和进取精神等。在两两比较时,选择较好的一个打上标记。当全部指标比较完后,标记最多者就是最出色的,而无标记者则是最差的。

（五）偶然事件评价法

这一方法要求管理者随时带有记录表,及时记录员工积极或消极的偶然事情,根据这些记录,定期对员工的工作绩效进行评价。根据这种偶然事件进行评价的结果比较客观,但关键是能否把员工的所有偶发事件全部记录下来。如果将这种方法和目标管理法配合起来使用,可以有效监控员工的工作。

除了上面介绍的员工绩效评定方法外,还有一些类似的方法。这些方法的基本原则是要尽量客观、准确地对员工绩效进行评价,以满足工作对员工的要求。

三、综合控制方法

(一) 资料设计法

资料设计就是设计一个专门系统或程序,向相关管理人员提供必要的信息。缺乏必要的信息就无法进行控制,但如果信息太多又不加以处理和选择,就会产生信息消化不良症,使领导淹没在浩如烟海的资料报表之中。管理者只需要那些与本职工作有关的信息,为此我们要对各类管理者所需信息进行规划设计,内容包括各类管理者需要什么资料、这些资料应当如何搜集、如何汇总处理等。

管理者并不需要下属向他提供所有的报表,通常由他指定提供几项即可。当文件很多时,就请秘书找出他所要看的部分。

(二) 审计法

审计是常用的一种控制方法,包括财务审计与管理审计两大类。

财务审计是以财务活动为中心,以检查核实账目、凭证、财物、债务以及结算关系等客观事物为手段,以判断财务报表中所列出的综合会计事项是否正确无误、报表本身是否可以信赖为目的的控制方法。通过财务审计还可以判断财务活动是否合法。

管理审计是检查一个企业或部门管理工作的好坏,评价人力、物力和财力的组织及利用的有效性。其目的在于通过改进管理工作来提高经济效益。

此外,审计法还有外部审计和内部审计之分。外部审计是指由企业外部人员对企业活动进行审计;内部审计是指由企业内部审计部门对本企业活动进行审计。

为保证审计的有效性,审计工作有以下公认的具体原则:

(1) 政策原则,即审计工作必须符合国家的方针、政策;

（2）独立原则，即审计监督部门应能独立行使职权，不受任何干涉；

（3）客观原则，即审计一定要实事求是地进行，客观地做出评价和结论；

（4）公正原则，即审计工作必须站在客观的角度上，不偏不倚，公正地做出判断；

（5）群众原则，即审计工作要走群众路线，依靠群众才能解决许多困难问题；

（6）经常性原则，即审计工作应经常化、制度化。

审计的一般程序如图6-1所示。其中，查明事实真相是审计工作的首要任务，它的内容一般包括：① 熟悉被查单位或部门的组织、人事、业务性质、管理制度、业务操作程序以及领导关系等；② 确定需要取得的资料；③ 查明各种业务记录，如单据、合同、函电、规章程序、账册、会议记录、总结报告等；④ 向各级管理人员和职工展开调查，完成书面记录；⑤ 核实材料并进行分析，形成清楚的调查记录。

图6-1 审计的一般程序

其次，要考虑如何确定客观的评价标准。制定标准要符合审计对象的实际情况，不能太低也不能太高，最好是处于中上水平，这样审计对象才有改进管理的动力。在具体评价审计对象的管理水平时可采用比较法，即以查明的实际情况和标准进行比较，利用评分方法表述评价结果。最后，综合评价结果，提出审计结论。审计结论应在成本效益分析的基础上提出解决管理问题、提高管理水平的具体建议。

综合控制方法适用范围较广，几乎在任何种类的管理控制中都可采用。例如，资料设计法可以帮助各类管理者收集控制信息，审计法可以帮助管理者正确控制各项工作，使其符合控制标准。

课后案例

某钢铁公司财务管理控制体系①

某钢铁公司财务管理控制体系的基本内容包括以下六个方面：

（1）以预算管理为主体，建立预算管理委员会，推行全面预算制度，以现金流量和费用控制为中心，覆盖销售、损益、成本、费用、现金流量和长期投资等财务领域。

（2）以资本保值增值为宗旨，建立资本金制度，明晰公司产权关系，定期组织清产核资。

（3）以会计为核心。随着会计工作由事后管理向事前、事中管理转变，该钢铁公司一方面建立了科学的会计核算体系和会计信息系统，及时反映企业经营的日常信息和综合情况；另一方面对会计资料、统计资料等综合信息进行加工和延伸，逐步形成决策支持系统，提高预测和决策的科学性。

（4）以成本控制为手段，建立成本管理制度，成立标准成本管理委员会，推行标准成本管理，使成本管理以计划和标准化作业为基础，以现场工序为重点，实现成本信息的及时反馈，保证企业目标利润的实现。

（5）以资金运筹为动力，建立集中的资金管理制度和结算中心，实行现金收支两条线，严格控制现金的流向与流量。

（6）以资产经营责任制为中心，建立完善的绩效管理体系。具体包括以下内容：① 设计绩效评估指标体系和评分标准。以公司资产保值增值率为加减分指标，每超过或低于考核值1%，得分加减1分；以公司销售额为加减分指标，每超过或低于考核值1%，得分加减1分；以成本费用利润率为加减分指标，每超过或低于考核值1%，得分加减2分；以资本利润率为加减分指标，每超过或低于考核值1%，得分加减2分；以应收账款余额为否决指标，未达到考核值，扣1—20分；因国家政策、自然灾害等不可抗力影响企业正常生产经营的，根据实际情况酌情打分。② 考核评价。资产经营责任制实行年度考核，分季统计和公布各项指标完成情况。考评分为四级：得分在90分及以上为A

---

① 参见中国成本研究会：《企业内部控制、原理、经验与操作——企业内部控制高层研讨会文集》，中国财政经济出版社2002年版。

级;得分在 80 分(含 80 分)至 89 分之间为 B 级;得分在 60 分(含 60 分)至 79 分之间为 C 级;得分在 60 分之下为 D 级。③ 分配与奖惩。对 A、B、C、D 四个等级的子公司法人代表分别奖惩如下:A 级的奖励金额为 6 个月的岗薪工资,B 级的奖励金额为 2 个月的岗薪工资,C 级不予奖励,D 级按照有关程序免去职务。④ 考核期。自每年 1 月 1 日至当年 12 月 31 日。⑤ 考核对象是子公司法人代表(全资子公司经理或控股子公司委派的专职董事长)。⑥ 组织实施。由企管部会同财务部、人事部等组织实施,未尽事宜由企管部负责协调。

案例思考题

(1) 该钢铁公司采用了哪些控制方法?

(2) 请对该钢铁公司所采用的控制方法的适用性予以评价。

(3) 该钢铁公司的控制有哪些特点?

第三节 内 部 控 制

一、内部控制的含义

内部控制是企业为了充分利用资源,提高经营效率,实现既定目标,而在企业内部实施的各种制约和调节措施。

近年来,国际上关于公司监管的探讨不断升温,投资者及有关方面对公司报告和道德行为标准的要求不断提高,巴林银行等大公司的倒闭事件对这一探讨起到了推波助澜的作用。同时,随着国际上市公司融资的增多,机构与个人投资者对全球股市风险的重视程度加强,投资者正在寻找拥有成熟监管体系的公司进行投资。为应对国际压力,各大公司都要对其公司监管的主要领域进行披露。

为了适应这种需要,各国建立了各自的控制模式。例如,美国有由 Tread-way 委员会做出的 COSO 报告,英国有由公司治理财务方面委员会提出的 Cadbury 报告。尽管每一种控制模式都有其独特性,但所有模式的中心均着眼于提高公司整体的运作质量。这些模式不断推动着传统内部控制的发展。

二、内部控制的框架

1992 年,COSO 委员会发布了《内部控制——整体框架》报告,即著名的 COSO 报告。该报告提出了内部控制的以下框架:

(一)环境控制

内部控制的基础是环境控制。环境因素包括以下几个方面:
(1)企业每一个人的诚信、道德价值和能力;
(2)管理层的管理理念和管理风格;
(3)管理层的授权方式和发展其员工的方法;
(4)董事会成员对企业的关注和指导。

(二)风险评估

风险评估就是分析和确定企业实现其目标过程中的相关风险。风险评估的前提条件是企业目标的确定,这个目标在各个层次上相互关联,并且在企业内部是一致的。

(三)控制活动

控制活动包括审批、授权、核实查证、对账、检查、资产的安全和责权分离。

(四)信息与沟通

人们往往意识不到信息与沟通是与控制相关联的。信息系统能及时提供有关财务、经营、遵守法律法规等方面的信息报告。

(五)监控

监控通过以下工作来实现:
(1)进行中的监控工作;
(2)单独的评估;
(3)以上两者的结合;
(4)内部控制的不足应逐级向上汇报,重大问题要报告最高管理层和董事会。

通过使用 COSO 报告提供的框架,管理层可以及时采用恰当的标准与实际进行比较,找出企业存在的问题,采取措施予以改进。

三、内部控制的种类

(一)内部会计控制

内部会计控制是企业内部控制的核心。早在古罗马时期的宫廷库房就采用了"双人记账制",即每一笔财产收付都要有两个记账员同时记录,然后定期或不定期地将两本账册进行核对。如果记录一致,说明财产库存是正确的;如果不一致,则表明财产失真或有舞弊行为。当时,还出现了"听取账目报告"的控制监督形式,旨在防止管理人员贪污和舞弊。

(二)内部管理控制

内部管理控制的范围较广,包括会计控制以外的所有控制,如计划控制(包括预算、资金、利润、设备投资等)、信息报告控制(信息管理、内部报告等)、操作与质量控制(包括操作规程、时间定额、工程管理、质量管理等)、机构设置和人员配备的控制等。

(三)内部审计控制

内部审计是内部控制的保证,它是检查和评价会计控制、管理控制是否健全、有效的重要手段。内部审计控制是根据系统的控制目标和既定环境,按一定的依据审查,调节审查对象经济活动的一种内部控制。

课后案例

雷曼兄弟倒闭的内在原因①

2008 年 9 月,美国著名投资银行雷曼兄弟公司在经历了 158 年的风雨之

---

① 参见中金公司研究报告,《雷曼兄弟破产原因分析》,http://www.cicc.com.cn/CICC/chinese/index.htm。

后，因为深陷华尔街金融风暴而申请破产保护。在专家看来，雷曼兄弟的破产主要有以下几方面原因：

第一，进入不熟悉的业务，而且发展太快，业务过于集中。作为一家顶级的投资银行，雷曼兄弟一直注重传统的投资银行业务（证券发行承销和兼并收购顾问等）。然而，20世纪90年代以后，随着金融衍生产品的飞速发展，雷曼兄弟也开始大力拓展这些领域并取得了巨大成功，被称为华尔街的"债券之王"。2000年以后，随着房地产和信贷等非传统业务的蓬勃发展，雷曼兄弟开始涉足此类业务，而且扩张速度非常快。近年来，雷曼兄弟一直是住宅抵押债券和商业地产债券的顶级承销商和账簿管理人，即使是在房地产市场下滑的2007年，雷曼兄弟的商业地产债券业务仍然增长了近13%。

第二，自身资本太少，杠杆率太高。雷曼兄弟的自有资本太少，资本充足率太低。为了筹集资金来扩大业务，只好依赖债券市场和银行间拆借市场，通过发债来满足中长期资金的需求，同时在银行间拆借市场上通过抵押回购等方法来满足短期资金的需求。然后，将这些资金用于投资，赚取收益，扣除要偿付的融资成本后，就是公司回报。也就是说，公司用很少的自有资本和大量借贷的方法来维持运营的资金需求，这就是杠杆效应的基本原理。

第三，持有太多的不良资产。雷曼兄弟持有的很多房地产抵押债券都属于第三级资产。雷曼兄弟作为华尔街房地产抵押债券的主要承销商和账簿管理人，将很多难以出售的债券都留在了自己的资产负债表上。这样，债券的评级很高，利率很低，不受投资者的青睐。市场行情好时，以上问题都被暂时掩盖了；而一旦危机爆发，所有的问题都会暴露出来。所以，业内人士将这种资产称为"有毒"资产。雷曼兄弟在2008年第二季度末还持有413亿美元的"有毒"资产，而该公司累计持有的资产抵押债券高达725亿美元。

案例思考题

（1）雷曼兄弟的内部控制为何失效？

（2）你认为雷曼兄弟倒闭的最根本原因是什么？具体原因有哪些？

（3）类似这样的问题，你将如何进行有效的控制？

第四节　激　励　理　论

激励是通过调整外因来调动内因,使被激励者的行为向提供激励者预期的方向发展的过程。管理者通过了解下属的需要,建立某种既能满足下属需要,又能实现管理者目标的机制。在这种机制中,下属满足自己需要的动机和行为客观上推进了管理者目标的实现。

一、个体行为的基础

心理学家认为,人们的行为受到其价值观、态度、知觉和情绪的影响。

(一)价值观

价值观是指一个人的道德标准和行为准则。价值观不同,对"死刑是对还是错"、"是否喜欢与异性共事"等问题的回答也不同。米尔顿·罗克奇从终极性价值观和工具性价值观两个方面对人的价值观进行了分类,如表 6-2 所示。

表 6-2　米尔顿·罗克奇的价值观分类表

终极性价值观:一生渴求的目标	工具性价值观:过程中的行为方式与手段
舒适的生活(追求一生富足的生活)	抱负(努力工作,积极向上)
成就感(为社会做出贡献)	能力(有工作的能力、实力和精力)
和平(远离战争与冲突)	欢乐(愉快的工作)
美丽(追求自然与艺术的美)	干净(保持工作环境整洁)
平等(追求机会人人平等)	勇敢(信念坚定,工作执著)
家庭和睦(追求家庭生活美满、协调、恩爱)	乐于助人(工作中乐于帮助别人)
自由(追求独立、自由)	诚实(诚实面对工作)
幸福(追求个人幸福)	想象力丰富(工作有创造性)
内部和谐(追求团队内部和谐)	有逻辑性(工作有条不紊)
愉快(追求轻松、快乐的人生)	仁爱(挚爱、温柔的心态)
超度(追求永恒的生命)	孝敬(忠诚、尊敬)
社会认同(受到大众的尊敬和爱戴)	礼貌(守礼,举止得体)
真诚的友谊(追求密切的个人关系)	责任(愿意承担责任)

（二）态度

态度是一个人对客观事物、人和事的偏好程度,如"我非常热爱我的工作"、"我憎恨汉奸"等。人的态度多种多样,与工作有关的主要是工作满意度、工作参与度和对组织的忠诚度。工作满意度是指个人对其所从事的工作的一般态度;工作参与度是指个人对工作的了解和参与程度;对组织的忠诚度是指个人是否兑现对组织的承诺。"快乐的工人是生产率高的工人",工作态度与工作绩效有密切的关系。

（三）知觉

知觉是指个体为自己所处的环境赋予意义并解释感觉印象的过程。知觉研究证明,不同的个体对同一事物的理解不同。事实上,我们没有人能够完全认识世界,世界只是人们知觉到的世界。影响知觉的因素包括知觉者、知觉对象、情景,影响知觉者的因素包括态度、动机、兴趣、经验和期待。同时,在对人的知觉中,人们往往容易陷入以下误区:

（1）归因理论。该理论认为,人们在观察个体行为时,总是试图判断其行为是由于内部原因还是外部原因造成的。例如,A 领导认为 X 员工迟到的原因是懒惰,而 B 领导认为 X 员工迟到的原因是堵车。显然,内外原因的差异导致领导对该员工的认识差异。对内外原因的判断取决于以下三个方面的因素:

一是区别性,即个体在不同情景下是否表现出不同的行为。如 X 员工过去无论刮风下雨,都没有迟到过,这次迟到可能是外因。

二是一致性,即每个人面对相同的情景有相似的反应。如所有和 X 同行的员工都迟到了,领导会将这次迟到归因为外部。

三是一贯性,即考察者需要观察一个人活动的一贯性。如 X 一般不会迟到,今天迟到可能是外部原因。

当我们判断他人的行为时,一般会低估其行为的外部因素,高估其行为的内部因素。

（2）像我效应。假设别人和我相似,以我的行为来推断别人的行为。例如,我喜欢有挑战性的工作,同样,我认为别人也是。如果两人确实很相似,这种知觉是很准确的;但如果两人差异很大,知觉与实际显然就有较大的差距。

（3）刻板印象。就是根据对个体所在团体的整体知觉判断某个体的行为。

例如,根据"已婚妇女比未婚妇女工作更稳定"的整体思维来判断所有妇女的行为。

(4)晕轮效应。就是根据个体的某一行为特征而形成对其的整体印象。例如,某一女孩穿着很时髦,就认为她是一个很开放的人。

以上理论有合理的成分,但也不能认为是百分之百准确。人是很复杂的,不能简单地以貌取人。要想准确认识一个人,就要全面考察他。

案例·知识 ▶▶▶ ▶

孔子走到陈国和蔡国之间的时候穷困不堪,七天没有吃到一顿饱饭,只好白天睡大觉。他的弟子颜回找到一点米,把它下了锅。米饭还没熟的时候孔子看见颜回抓甄里的饭吃。

过了一会儿,饭熟了,颜回请孔子吃饭。孔子装做没看见颜回刚才抓饭吃这件事,起身后说:"刚才我梦见祖先,要我把最干净的饭送给他们。"

颜回答道:"不行,刚才有灰尘掉进甄里,把饭弄脏了,丢掉不好,我用手抓出来吃了。"

孔子听了叹息道:"我相信自己的眼睛,但眼睛看到的还是不可信,我所依靠的是脑子,但脑子有时也靠不住。了解一个人确实不容易啊!"

(四)情绪

情绪是指对人或事的强烈感受。工作中不可能没有情绪存在,因为人不能脱离情绪!情绪有真实与表面之分,真实情绪就是真正感受;表面情绪就是表现出来的和真实情绪不一样的感受。例如,参加婚礼的人就应该高兴,参加葬礼的人就应该悲伤,医护人员就应该保持中立。这些人可能表现出表里不一的情绪。事实证明,那些清楚自己情绪,也能了解别人情绪的人更容易成功,效率更高。心理学家提出了六种情绪,如图6-2所示。

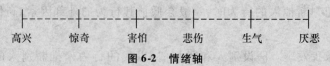

高兴　惊奇　害怕　悲伤　生气　厌恶

图6-2　情绪轴

情绪与工作密不可分,优秀的管理者善于以情治情。具体而言,情绪在以下方面对管理产生影响:

1．情商影响能力

情商是指一种非认知的技巧和人的自身能力及领受力的综合体。它直接影响一个人在面对环境的压力时能否取得成功。情商由以下五个层面组成：

（1）自觉：了解自己感受的能力。

（2）自律：控制个人情绪与冲动的能力。

（3）自励：面对挫折与失败不退缩的能力。

（4）同情：感受别人情绪的能力。

（5）交涉：处理别人情绪的能力。

情商而不是智商决定一个人的优秀表现，所以，很多企业将情商的高低作为人才录用的一个重要标准，那些与社会交往比较密切的职业更注重情商。

2．情绪影响决策

很多决策都是情绪、理智和直觉的结果。同时，不同的情绪得出不同的决策结果。优秀的管理者应该把握情绪、理智和直觉的分寸，否则，决策就可能失误。

3．情绪与激励

充满激情的情绪有利于目标的实现，优秀的管理者善于通过激励，营造良好的氛围，使员工"全身心地沉浸在一种体验生活、追求目标的氛围中"。

4．情绪与领导力

高效的领导几乎都是通过表达个人感受借以传达某种信号，如演讲者情绪的流露是影响听众观点的重要因素。

5．情绪与人际冲突

有冲突的地方一定是情绪化最严重的地方，管理者成功化解冲突的秘诀就是准确洞察冲突中的情绪状况并促使双方缓和下来。

二、马斯洛的需要层次理论

心理学家马斯洛指出，不同的人有不同的需要，因此，需采用的激励手段也不同。当某一需要得到满足后，人就会产生新的需要，原来行之有效的激励手段就可能失效。如图6-3所示，需要层次自下而上分为生理需要、安全需要、社交需要、尊重需要和自我实现需要。

（1）生理需要。生理需要是马斯洛需要层次理论的基础，主要指衣、食、住、行、用等方面的需要，是为维持人类生命所必需的。

（2）安全需要。生理需要基本满足之后，安全需要即成为主要需要。安全

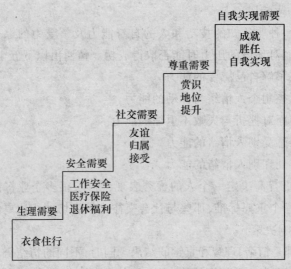

图 6-3　马斯洛的需要层次

需要包括人身安全需要、经济安全需要、心理安全需要,如火灾或意外事故的保险、经济保障以及环境的稳定性和可预知性等。

（3）社交需要。包括感情、友谊、群体归属感和社会承认等。

（4）尊重需要。包括权力、工作地位、社会身份、个人声誉、上级器重等。

（5）自我实现需要。自我实现需要是指人希望实现自我和充分发挥自己所能的欲望,包括自我成就、自我发展以及创造力的充分发挥。

马斯洛的需要层次理论对人的需要进行了准确的分类,有利于管理者针对处于不同层次需要的下属,采用不同的激励方法。管理者以此理论为指导,首先要与直接的下属保持很好的私人关系,便于随时了解他们的需要;其次,管理者要设计一套既能满足下属需要又能实现企业目标的激励机制,让下属追求自身利益,满足自身需要的行为客观上保证了公司目标的实现;最后,由于下属需要的动态性,管理者需要及时调整公司的激励体系。

三、麦格雷戈的人性假设管理

道格拉斯·麦格雷戈指出,人性是一切管理策略和方法的基础,不同的人性假设必然要求不同的管理策略和方法。麦格雷戈根据人性的不同,将人性分为以下两类:

1．X 理论

麦格雷戈的 X 理论建立在"群众是平庸的"假设基础上,采取的激励方式是"胡萝卜加大棒"。X 理论由以下对人性的传统假设而构成:

(1)人生来是好逸恶劳的,只要他们能够做到,就会设法逃避工作;

(2)人没有什么雄心壮志,不求上进,没有任何抱负,宁可让别人领导;

(3)大多数人以自我为中心,对组织需要漠不关心;

(4)人缺乏理性,容易轻信别人,不能克制自己,很容易受别人影响,缺乏辨别力;

(5)大多数人都是为了满足基本的生理需要和安全需要,所以他们将选择那些在经济上获利最大的事情去做;

(6)人群大致分为两类,多数人符合上述假设,少数人能克制自己,这部分人应当负起管理的责任。

麦格雷戈认为,X 理论在美国的工业部门有着广泛的影响,由此产生了传统管理中以惩罚为主的管理手段。管理策略和方法或以"蜜糖"为诱饵,或以"皮鞭"相威胁。

2．Y 理论

Y 理论的基本观点如下:

(1)一般人并非天生就不喜欢工作。人们从事脑力劳动和体力劳动,就像休息和娱乐一样,是自然的。如果环境得当,工作可能是一种满足。

(2)外来的控制和惩罚,并不是促使人们为实现组织目标而努力的唯一方法。只要管理适当,人们就会把个人目标与组织目标统一起来。人们在自己承诺和参与制定的目标里工作,能够进行自我控制。

(3)人们重视自己参与制定的目标与实现目标所得的报酬之间的关系,其中最重要的报酬不是金钱,而是自主、自尊、自我实现的需要得到满足。正是这种满足,能促使人们努力实现组织目标。

(4)一般人在适当的鼓励下,不仅学会接受任务,也学会承担组织任务。逃避责任、缺乏抱负以及强调安全感都不是人的天性,而是过去经验造成的结果。

(5)大多数人在解决组织的难题时,都能发挥自己的想象力和创造力。如果有人的潜能只得到部分发挥,说明人力资源没有得到充分的利用。

(6)管理者的责任在于把人的潜能全部发挥出来。

麦格雷戈认为,现有的管理理论把人束缚在有限的工作上,使他们不愿承

担责任,不能发挥自己的能力。解决这个问题的方法如下:

首先,创造一个宽松的工作环境。人们在这种环境中,能积极主动地发挥自身潜能,实现自身价值。管理者成为辅助者,给员工支持和帮助。

其次,给予适当激励。让员工担当具有挑战性的工作,使其出色完成任务,满足其自我实现的需要。让员工对自己的工作成绩做出评价,从而有助于员工充分发挥自己的才能,满足自我实现的需要。

最后,在管理制度上赋予员工更多的自主权,善于分权和授权,让员工参与管理和决策,共同分享权力。

箴 言

子曰:"君子怀德,小人怀土;君子怀刑,小人怀惠。"意思是人有君子与小人之分,君子有高尚的道德,他们胸怀远大,视野开阔,考虑的是国家和社会的事情;而小人则只知道思恋乡土、小恩小惠,考虑的只有个人和家庭的生计。

四、赫茨伯格的双因素理论

赫茨伯格的双因素理论又称为激励因素—保健因素理论。20 世纪 50 年代末期,赫茨伯格和他的助手们在美国匹兹堡地区对 200 名工程师、会计师进行了调查访问。结果发现,使员工感到满意的因素都是属于工作本身或工作内容方面的,使员工感到不满的因素都是属于工作环境或工作关系方面的。他把前者叫做激励因素,后者叫做保健因素。这两类因素具体如表 6-3 所示。

表 6-3　保健因素与激励因素

保健因素	激励因素
金钱	工作本身
监督	赏识
地位	提升
安全	前途
工作环境	责任
政策	成就
人际关系	荣誉

保健因素的满足对员工产生的效果类似于卫生保健对身体健康所起的作用。保健从人的环境中消除有害于健康的事物,有预防疾病的效果,但它不能直接提高健康水平。当保健因素恶化到人们认为可以接受的水平以下时,就会产生对工作的不满意感。但是,当人们认为这些因素很好时,它只是消除了不满意,并不会导致积极的态度,这就形成了某种既不是满意又不是不满意的中性状态。

那些能带来积极态度、满意和激励作用的因素叫做激励因素。从这个意义出发,赫茨伯格认为传统的激励假设,如工资刺激、人际关系的改善、提供良好的工作条件等,都不会产生更大的激励;它们能消除不满意,防止产生问题,但这些传统的"激励因素"即使达到最佳效果,也不会产生积极的激励。

赫茨伯格及其同事还注意到,激励因素和保健因素有若干重叠的现象,如赏识属于激励因素,基本上起积极作用,但当没有受到赏识时,又可能起消极作用,这时又表现为保健因素。工资是保健因素,但有时也能产生使员工满意的结果。

赫茨伯格的双因素理论同马斯洛的需要层次理论有相似之处。他提出的保健因素相当于马斯洛的生理需要、安全需要、社交需要等较低级的需要;激励因素则相当于尊重需要、自我实现需要等较高级的需要。

五、期望理论

期望理论由心理学家弗鲁姆提出。弗鲁姆认为,一个人从事某一行动的动力取决于行动的全部结果的期望值乘以预期结果达到的可能性。通俗地说,只有当人们认为实现预期目标的可能性很大,并且实现这种目标又有很重要的价值时,人们行动的动力才比较大。所以,决定人们行动动力(激励程度)的因素有两个,即期望值和效价。动力是期望值和效价的乘积。

$$M = E \times V$$

式中,M 表示动力,它反映人们工作积极性的高低;E 表示期望值,指人们实现既定目标的可能性;V 表示效价,指人们认为实现目标价值的大小或得到报酬的多少。

期望理论给我们以下启示:

(1)激励实际上是一个选择过程,促使人们去做某件事的动力依赖于效价和期望值两个因素。

（2）进行激励时要处理好努力与绩效、绩效与奖励、奖励与满足个人需要之间的关系。

（3）有效的激励建立在奖励和能力的基础上。如果下属没有能力达到，再高的奖励也没有激励作用；如果奖励额度太低，下属也没有积极性。

六、亚当斯的公平理论

公平理论又称为社会比较理论，它是美国行为科学家亚当斯提出来的一种激励理论。该理论侧重于研究工资报酬分配的合理性、公平性及其对职工生产积极性的影响。

公平理论认为，当一个人做出成绩并取得报酬以后，他不仅关心自己所得报酬的绝对量，而且关心自己所得报酬的相对量。因此，他要进行种种比较来确定自己所获报酬是否合理，比较的结果将直接影响今后工作的积极性。

1. 横向比较

即将自己所得的报酬（包括金钱、工作安排以及获得的赏识等）与自己的投入（包括教育程度、所做努力、用于工作的时间、精力和其他无形损耗等）的比值与企业内其他人做横向比较，可能出现三种情况，如表 6-4 所示。

表 6-4　公平理论的三种结果

感觉到的比率	员工评价	员工行为表现
$\dfrac{A\text{ 所得}}{A\text{ 投入}} < \dfrac{B\text{ 所得}}{B\text{ 投入}}$	不公平（报酬太低）	出废品、怠工、浪费、心理安慰、另谋高就
$\dfrac{A\text{ 所得}}{A\text{ 投入}} = \dfrac{B\text{ 所得}}{B\text{ 投入}}$	公平	维持原有的工作热情
$\dfrac{A\text{ 所得}}{A\text{ 投入}} > \dfrac{B\text{ 所得}}{B\text{ 投入}}$	不公平（报酬太高）	更积极地工作

（1）前者小于后者，他可能要求增加自己的收入或减少自己今后的努力程度，或者可能要求企业减少比较对象的收入或让其今后增大努力程度。此外，他还可能另外找人作为比较对象，以便达到心理上的平衡或离开公司、另谋高就。

（2）前者大于后者，他可能要求减少自己的报酬或更加努力地工作，或者重新估计自己的技术和工作情况，觉得自己确实应该得到这么高的待遇，保持原有的努力程度。

（3）前者等于后者，他将维持原有的工作热情。

2. 纵向比较

除了横向比较之外，人们也经常做纵向比较，即把自己目前投入的努力与目前所获得报酬的比值，同自己过去投入的努力与过去所得报酬的比值进行比较。只有两者相等时，他才认为公平。当两者不相等时，他会有不公平的感觉，这可能导致工作积极性的下降。

实验结果表明，不公平感的产生绝大多数是由于经过比较认为自己目前的报酬过低；但在少数情况下，也会由于经过比较认为自己的报酬过高。

公平理论提出的基本观点是客观存在的，但公平本身却是一个相当复杂的问题，原因如下：

（1）它与个人的主观判断有关。上面公式中无论是自己的或他人的投入和报酬都是个人感觉，而一般人总是对自己的投入估计过高，对别人的投入估计过低。

（2）它与个人所持的公平标准有关。上面采取的公平标准是贡献率，也有采取需要率和平均率的。例如，有人认为助学金改为奖学金才合理，有人认为应平均分配才公平，也有人认为按经济困难程度分配才适当。

（3）它与业绩的评定有关。我们主张按绩效支付报酬，并且各人之间应相对平衡。但如何评定绩效呢？是以工作成果的数量和质量，还是按工作能力、技能、资历和学历。不同的评定办法会得到不同的结果。最好是按工作成果的数量和质量，用明确、客观、易于核实的标准来度量，但这在实际工作中往往难以做到。

（4）它与评定人有关。绩效由谁来评定？是领导者评定，还是群众评定或自我评定？不同的评定人会得出不同的结果。由于同一企业内往往不是由同一人评定，因此会出现松紧不一、回避矛盾、姑息迁就等现象。

然而，公平理论对我们有着重要的启示。首先，影响激励效果的不仅有报酬的绝对值，还有报酬的相对值。其次，激励应力求公平，使等式在客观上成立，尽管有主观判断的误差，也不致造成严重的不公平感。最后，在激励过程中应注意对被激励者公平心理的引导，使其树立正确的公平观：一是要认识到绝对的公平是不存在的；二是不要盲目攀比；三是不要按酬付劳，按酬付劳是在公平问题上造成恶性循环的主要杀手。

为了避免员工产生不公平的感觉,企业往往采取各种手段,在企业中营造一种公平合理的气氛,使员工产生一种主观上的公平感。例如,有的企业采用发红包等保密办法,使员工相互不了解彼此的收入,以免员工相互比较而产生不公平感。

七、斯金纳的强化理论

强化理论是美国心理学家和行为科学家斯金纳等人提出的一种理论。斯金纳提出了一种"操作条件反射"理论,该理论认为人或动物为了达到某种目的,会采取一定的行为作用于环境。当后果对他有利时,这种行为就会在以后重复出现;当后果对他不利时,这种行为就会减弱或消失。人们可以用这种正强化或负强化的办法来影响行为的后果,从而修正其行为,这就是强化理论,也叫做行为修正理论。

斯金纳所倡导的强化理论是以强化原则为基础的关于理解和修正人的行为的一种学说。所谓强化,从其最基本的形式来讲,是指对一种行为的肯定或否定(报酬或惩罚),它至少在一定程度上决定了这种行为在今后是否会重复发生。根据强化的性质和目的,可把强化分为正强化和负强化。在管理上,正强化就是奖励那些企业需要的行为,从而加强这种行为;负强化就是惩罚那些与企业不相容的行为,从而削弱这种行为。正强化的方法包括奖金、对成绩的认可、表扬、改善工作环境和人际关系、提升、安排挑战性的工作、给予学习和成长的机会等。负强化的方法包括批评、处分、降级等,有时不给予奖励或少给奖励也是一种负强化。

斯金纳在心理学的观点上属于极端的行为主义者,其目标在于预测和控制人的行为而不去推测人的心理过程和状态。斯金纳最初也只是将强化理论用于训练动物,之后,又将强化理论进一步发展,并用于人的学习上,发明了程序教育法。他强调在学习中应遵循小步子和及时反馈的原则,将大问题分成许多小问题,循序渐进。

强化理论在具体应用中应遵循以下行为原则:

(1)依照强化对象的不同采取不同的强化措施。人们的需要因年龄、性别、职业、学历、经历不同而不同,因此,强化方式也应不同。例如,有的人更重视物质奖励,有的人更重视精神奖励,因此,应区分情况采取不同的强化措施。

（2）小步子前进,分阶段设立目标,并明确规定和表述目标。首先要明确设立一个鼓舞人心而又切实可行的目标,只有目标明确而具体时才能进行衡量和采取相应的强化措施。同时,还要将大目标分解成许多小目标,完成每个小目标都及时给予强化,这样不仅有利于目标的实现,而且通过不断的激励可以增强信心。如果目标一次定得太高,会使人感到不易达到,或者达到的希望很小;从而很难调动人们为达到目标而努力的积极性。

（3）及时反馈。就是通过某种形式和途径,及时将工作结果告诉行动者。要取得最好的激励效果,就应该在行为发生以后尽快采取适当的强化措施。一个人在实施了某种行为以后,即使是领导者表示"已注意到这种行为"这样简单的反馈也能起到正强化的作用;如果领导者对这种行为不予注意,该行为重复发生的可能性就会减少乃至消失。所以,必须将及时反馈作为一种强化手段。

（4）正强化比负强化更有效。在强化手段的运用上,应以正强化为主;必要时,也要对坏的行为给以惩罚,做到奖惩结合。

强化理论只讨论外部因素或环境刺激对行为的影响,忽略了人的内在因素和主观能动性对环境的反作用,具有机械论的色彩。但是,许多行为科学家认为,强化理论有助于对人们行为的理解和引导。因而,强化理论已被广泛用到激励和人的行为改造上。

八、波特和劳勒的激励模式

波特和劳勒的激励模式是他们在《管理态度和成绩》一书中提出来的。该模式的特点如下:

（1）激励影响一个人是否努力及其努力的程度。

（2）工作绩效取决于能力的大小、努力程度以及对所需完成任务的理解程度。

（3）奖励要以绩效为前提,不是先有奖励后有绩效,而是必须先完成企业任务才能获得精神或物质的奖励。当员工看到他们的奖励与绩效关联性很差时,奖励将不能成为提高绩效的刺激物。

（4）奖惩措施是否会产生满意,取决于被激励者获得的报酬是否公正。如果他认为符合公平原则,就会感到满意;否则就会感到不满。满意将导致进一步的努力。

波特和劳勒在他们合写的《成绩对工作满足的影响》一文中提出,一个人在做出成绩后,会得到两类报酬。一是外在报酬,包括工资、地位、提升、安全感等,外在报酬满足了一些低层次的需要。由于一个人的成绩,特别是非定量化的成绩往往难以精确衡量,而工资、地位、提升等报酬的取得也包含多种因素的考虑,所以,外在报酬不完全取决于个人成绩。二是内在报酬,即一个人由于工作成绩良好而给予自己的报酬,如感到对社会做出了贡献、对自我存在的意义及能力的肯定等。它对应的是一些高层次的需要的满足,而且与工作成绩直接相关。

课后案例

百年老店的动力之源

青岛啤酒自 1903 年创立以来,就专注于啤酒的生产和销售,以独特的口味和稳定的质量赢得了消费者的青睐,产品行销全球 50 个国家和地区,产销量进入世界啤酒前十强,品牌价值达到 225 亿元,高居行业首位。2007 年 2 月,由青岛啤酒负责的"啤酒高效低耗酿造技术的开发与应用"项目荣获 2006 年国家科技进步二等奖,使得该公司成为啤酒行业唯一摘取国家科技最高奖的企业。

作为中国难得的百年老店,不断创新的用人机制、人才激励机制、人才培养和开发机制是青岛啤酒长期可持续发展的源泉。具体表现在以下几个方面:第一,"人岗之间的合适"永远是动态的,定期与不定期的竞聘上岗是青岛啤酒选拔人才的主要形式。"上岗靠竞争,任职有评价,在位有考核,淘汰没商量",这种积极向上的选拔淘汰机制在青岛啤酒蔚然成风,使许多优秀的年轻员工脱颖而出。第二,青岛啤酒建立了以业绩为导向的全员绩效管理体系,编制了《职务岗位任职实习制度》、《中层经营管理者"一评两考"制度》、《总经理、营销副总、财务总监(总会计师)、总酿酒师绩效考评办法》、《总部职能部室员工绩效管理办法》、《员工动态管理制度——两级待岗制度》、《关键人才、岗位轮岗交流制度》和《员工绩效管理手册》等管理制度与流程。科学的绩效评价制度既充分体现了人才的价值,又激励人才为公司创造更大的价值。2007 年,公司拿出 100 万元重奖国家科技进步二等奖项目的研发人员,使员工感觉自己的工作受到了重视。第三,青岛啤酒将人才的开发与职业发展作为增强核心竞争力的关键环节,鼓励员工在实现企业价值的基础上实现个人价值。同时,从员工与企业战略的需要两个方面入手,推行差异化的培养策略。在岗培训是青岛啤酒与美国同行进行实践交流的成果,它不仅贯彻了青岛啤酒严谨的程序操作技巧,更传承了一贯的企业文化,为技术工人技能的提升创造了一种非常有效的模式。首席技师、高级审核师、高级研发师、高级经理等技能方向的职业发展通道与行政方面的职位晋升相结合,形成了双阶梯职业发展通道,建立了培养、开发专家型人才的机制。青岛啤酒为员工创造了一个良好的学习和充分展示自我的环境,将企业变成一个学习型组织,员工在企业里可以实现自己的目标,充分享受企业带给自己的一种自我价值实现的快感。

案例思考题

(1)青岛啤酒的人力资源管理体现了哪些激励理论?

(2)为什么青岛啤酒没有采用其他激励理论?

(3)青岛啤酒采用了很多激励理论,这是否有滥用之嫌?为什么?

(4)面对青岛啤酒的现实,你在人力资源管理方面有什么更好的建议?

第五节　激励的原则与方法

一、激励的原则

(一)目标结合原则

目标设置理论认为,工作目标的具体化、挑战性以及反馈信息对工作成绩有着十分重要的影响。具体的工作目标有助于人们提高工作成绩;困难的目标一旦被人们接受,将会比容易的目标产生更高的工作绩效。

(二)物质激励与精神激励相结合原则

IBM公司为了激励科技人员的创新欲望,在公司内部制定了一项别出心裁的激励制度。该制度规定:对有创新成功经历者,不仅授予"IBM会员资格",

而且提供 5 年时间的学术休假和必要的物质支持,从而使其有足够的时间和资金进行创新活动。

IBM 公司的这一举措既使创新者追求成功的心理得到满足,也是一种经济奖励,可以借此留住人才,并促使他们更加努力地创新。

(三)外部激励与内部激励相结合原则

凡是满足员工生存、安全和社交需要的因素,如工资、奖金、福利、人际关系等,均属于创造工作环境方面的激励,我们将其称为外部激励。凡是满足员工自尊和自我实现需要的激励因素,如兴趣、乐趣、挑战性、新鲜感、崇高、自豪感、个人价值等,均属于来自工作本身的激励,我们将其称为内部激励。在激励中,领导者应善于以内部激励为主,将外部激励与内部激励相结合,力求收到事半功倍的效果。

(四)正激励与负激励相结合原则

正激励就是正强化,负激励就是负强化。正激励通过树立正确的榜样和反面的典型,形成一种好的风气,产生无形的压力,使整个群体和企业的行为更积极、更富有生气。负激励具有一定的消极作用,容易使员工产生挫折心理和挫折行为,应该慎用。因此,领导者在激励时应把正激励与负激励结合起来,以正激励为主、负激励为辅。

(五)按需激励原则

激励的起点是满足员工的需要,但员工的需要存在个体差异性与动态性,而且只有满足员工最迫切的需要(主导需要),其效价才高,其激励强度才大,因此,领导者在进行激励时,切不可犯经验主义错误,搞“一刀切”。领导者必须深入展开调查研究,不断了解员工需要层次和需要结构的变化趋势,有针对性地采取激励措施,只有这样,才能收到实效。一些企业之所以出现奖金越发越多、职工出勤率却越来越低的现象,正是因为领导者违背了按需激励的原则。

案例·知识 ＞＞＞＞ ＞＞

王工程师是有名的工作狂,虽然脑子有点"木",可在技术革新上却屡建奇功。他的妻子小陈刚生完孩子,广东的春天又值梅雨季节,小孩的衣服、尿布洗了很难晒干,小陈是又着急又没辙。这事让总经理办公室的小聪知道了,她给总经理建议:王工一心扑在工作上,整天不回家,如果公司花300元钱买一台衣服烘干机送到王工家里,效果一定好极了。这一天,当王工又一次很晚才回到家时,一进门就听到妻子说:今天你们公司派人送来了一台烘干机,可解决大问题了。王工心里顿时一热,吃过饭后他又往实验室去了。

(六)民主公正原则

公正是激励的一个基本原则。所谓公正,就是赏罚严明,赏罚适度。赏罚严明就是铁面无私,不论亲疏,不分远近,一视同仁。赏罚适度就是从实际出发,赏与功相匹配,罚与罪相对应,既不能小功重奖,也不能大过轻罚。

案例·知识 ＞＞＞＞ ＞＞

孔子曰:"举直错诸枉,则民服;举枉错诸直,则民不服。"意思是重用正直无私的人,冷落邪恶不正的人,老百姓就会服从;重用邪恶不正的人,冷落正直无私的人,老百姓就不会服从。

二、激励的方法

(一)弹性工作制

弹性工作制要求员工每周工作一定时间,并且要满足一些限制条件,至于什么时候工作,员工可以自己灵活安排。在弹性工作制中,有一些时间为公共核心时间,要求所有员工都必须到岗,不过工作什么时候开始、什么时候结束,以及工作时间都可以灵活掌握。弹性工作制是员工最希望得到的福利之一,普遍适用于高校教师、科研机构及部分企业的科研部门。

（二）工作设计

工作设计就是将企业的主要任务进行分解归类,形成一系列工作,将恰当的员工安排到相应的工作中。管理者不应该随意安排员工的工作,而应该综合考虑环境、目标与任务、技艺和能力、员工偏好等因素,通过恰当的工作设计,为恰当的员工提供恰当的工作岗位。只有这样,才能充分发挥其生产潜能。工作设计的方法通常包括工作简化、工作轮换、工作扩大化、工作丰富化等。

（三）绩效工资方案

绩效工资方案是在绩效测量的基础上支付员工报酬的薪酬方案,如计件工资方案、奖励工资制度、利润分成、包干奖等。绩效工资方案与传统薪酬计划的差别在于,它并不是基于员工工作时间的长短,而是基于测量的员工绩效。这些绩效包括个体生产率、工作团队或群体生产率、部门生产率、组织总体的利润水平。例如,埃克森美孚公司的团队员工可以拿到团队绩效奖励工资,它相当于基本工资的30%。

（四）目标激励

企业目标是一面旗帜,是企业凝聚力的核心,它体现了员工工作的意义,预示着企业的未来,能够在理想和信念的层次上激励全体员工。正如韩国现代集团创始人郑周永所言:"没有目标信念的人是经不起风浪的。由许多人组成的一个企业更是如此。以谋生为目的而结成的团体或企业是没有前途的。"

员工的理想和信念应该通过企业目标来激发。企业应该大力宣传自己的长远目标和近期目标,让全体员工看到自己工作的意义和前途,从而激发员工强烈的事业心和使命感。

在进行目标激励时,还应注意把企业目标与员工个人目标结合起来,宣传企业目标与员工目标的一致性,企业目标包含员工个人目标,员工只有在实现企业目标的过程中才能实现个人目标,让员工真正感受到"厂兴我富,厂兴我荣"的道理,从而激发员工强烈的归属感和巨大的工作热情。

（五）内在激励

日本著名企业家稻山嘉宽在回答"工作的报酬是什么"时指出:"工作的报

酬就是工作本身!"这句话深刻地指出了内在激励的重要性。特别是在满足了生理需要之后,员工更关心工作本身是否有吸引力——工作中是否有乐趣,工作中是否能感受到生活的意义,工作是否具有创造性、挑战性,工作内容是否丰富多彩、引人入胜,工作中能否取得成就、获得自尊、实现自我价值等。

为了做好内在激励,发达国家很多企业花费许多时间和精力进行工作设计,使工作内容丰富化和扩大化,以此来提高员工的工作积极性。

中国许多企业也采取了一些办法,如厂内双向选择,选择自己满意的工作;根据员工兴趣爱好为其调整工作岗位,在厂内设立"操作师"、"助理操作师"工人技术职称等。这些办法均收到了较好的激励效果。

(六)形象激励

一个人通过视觉接受到的信息,占全部信息量的80%,因此充分利用视觉形象的作用,激发职工的荣誉感、成就感、自豪感,也是一种行之有效的激励方法。

最常用的方法是把照片贴在光荣榜上,借以表彰本企业的标兵、模范。每天上班,大家都从光荣榜前经过,不仅先进者本人深受鼓舞,而且更多的员工受到激励,希望自己也能上光荣榜。现在,许多大型企业都安装了闭路电视系统和内部网络,并开办了"厂内新闻"等节目,使形象激励又多了一种更有效、更丰富、更灵活多样的手段。

(七)荣誉激励

荣誉是众人或企业对个体或群体的崇高评价,是满足人们自尊需要、激发人们奋发进取的重要手段。特别是在中国,自古以来就重视名节,珍视荣誉。

(八)兴趣激励

兴趣对人们的工作态度、钻研程度、创造精神影响很大。同时,兴趣往往与求知、求美和自我实现密切相关。在管理中,重视兴趣因素会收得很好的激励效果。

国内外都有一些企业允许甚至鼓励员工在企业内部双向选择,合理流动,找到自己最感兴趣的工作。兴趣可以导致专注,甚至入迷,而这正是获得突出成就的重要动力。

> **案例·知识** ▷▷▷▷ ▷▷
>
> 宝钢曾对一位精简下来的员工进行考察,发现他没什么大毛病,只是喜欢文娱活动,吹拉弹唱样样通。由于在文艺活动上花费太多精力,影响了本职工作。考虑到这一点人事部门大胆地将他调到厂文艺宣传队任副队长,结果干得非常出色。

(九) 参与激励

让员工适当参与企业决策活动,可以充分发挥员工的主观能动性,使工作效率大大提高。

> **案例·知识** ▷▷▷▷ ▷▷
>
> 亨利·福特二世十分重视员工问题,他起用贝克任总经理来改变员工消极怠工的局面。贝克通过友好的态度与员工建立联系,消除他们被"炒鱿鱼"的顾虑,同时也善意批评他们不应消极怠工,互相扯皮。他还虚心听取员工的意见,并耐心解决每一个问题,同时与工会一起制订了《员工参与计划》,在各车间成立了由员工组成的"解决问题小组"。

(十) 感情激励

古人云:"感人心者莫先于情。"激励工作必须注重"情感投资",要晓之以理、动之以情。鼓励人情、人爱、人性,讲人情味,用真挚的感情去感染人,满足人的感情需要,给人以亲切感、温暖感。

(十一) 榜样激励

模仿和学习也是一种普遍存在的需要,这种需要对青年尤为强烈,最典型的表现就是"明星效应"。榜样激励就是通过满足员工模仿和学习的需要,将员工的行为引导到企业目标所期望的方向。

树立和宣传榜样时,切忌拔高、理想化,搞成"高、大、全";也不要躲躲闪闪,不敢充分肯定,使榜样身上的光彩淡化。这两种倾向都违背了实事求是的原则,因而缺乏号召力、感染力。榜样激励的一个重要方面是领导者本人的身先士卒,率先示范,"喊破嗓子不如做出样子",领导的一次示范行动,胜过十次一般号召。

在实际工作中,应该针对不同情况,综合运用一种或多种激励手段,以求收到事半功倍的效果。

课后案例

摩托罗拉的激励

摩托罗拉公司在每年调整薪资福利前,都要对市场价格因素及相关的、有代表性企业的薪资福利进行调查,以便在制定薪酬福利时,公司与其他企业相比能保持竞争力。在中国,摩托罗拉员工很早就享受政府规定的医疗、养老和失业等保障,公司为员工提供免费午餐、班车和住房。

公司制定薪酬标准时遵循"论功行赏"原则,员工可以通过提高业绩水平获得加薪。公司业绩报告表参照美国国家质量标准制定,员工根据报告表制定自己的目标。个人评估每月一次,部门评估每年一次,根据业绩报告表,公司年底决定员工的薪资涨幅及晋升情况。评估在1月份进行,每年选拔干部比较集中的时间是2、3月份。

在摩托罗拉公司,每个季度员工的直接主管都会与其进行单独面谈,谈话中发现的问题将通过正式的渠道加以解决。此外,员工享有充分的隐私权,员工的机密档案与员工的一般档案分开保存。公司内部能接触到员工所有档案的仅限于"有必要知道"的人员。

员工可以通过总经理座谈会、业绩报告会、内部网等渠道畅所欲言。管理层也可以根据存在的问题及时处理员工事务,不断改善劳资关系。

在摩托罗拉(中国)公司的经理中,有72%是中国籍员工,女经理人数已占总数的23%。公司亚太总部还制定了一项新规定,女性管理者要达到所有管理者的40%。公司在男女员工的使用上也一视同仁。在摩托罗拉公司,技术人员可以搞管理,管理人员也可以做技术,做技术的和做管理的在工资上具有可比性,做技术和做管理完全可以拿一样多的工资。

案例思考题

（1）你认为摩托罗拉公司的激励制度体现了哪些激励理论？

（2）你认为摩托罗拉公司采用了哪些激励方法？

（3）你认为摩托罗拉公司激励成功的原因是什么？

 思考与练习题

1. "未雨绸缪"与"亡羊补牢"有何不同？

2. 你的企业是先有标准后考核，还是边考核边制定标准？

3. 没有计划，你如何进行考核？没有考核的后果是什么？

4. 如果你的下属办事拖沓、心不在焉，你如何才能改变他们？

5. 幼儿园里，老师为什么给乖孩子戴红花，而对调皮的孩子罚站？为什么不断向孩子讲述科学家、发明家的成长故事？

主要参考文献

1. 〔美〕埃森·拉赛尔:《麦肯锡方法》,华夏出版社 2002 年版。

2. 〔美〕彼得·圣吉:《第五项修炼·实践篇——创建学习型组织的战略和方法》,东方出版社 2002 年版。

3. 〔美〕布勒:《组织和人员管理案例——组织行为学和人力资源管理》,清华大学出版社 2004 年版。

4. 〔美〕德鲁克:《创新与企业家精神》,机械工业出版社 2007 年版。

5. 〔美〕德鲁克:《巨变时代的管理》,机械工业出版社 2006 年版。

6. 〔美〕德鲁克:《卓有成效的管理者》,机械工业出版社 2005 年版。

7. 〔美〕亨利·福特:《缔造福特汽车王国》,民主与建设出版社 2003 年版。

8. 〔美〕科恩:《跟德鲁克学管理》,中信出版社 2008 年版。

9. 〔美〕莱曼·W.波特、格雷戈里·A.比格利:《激励与工作行为》(第七版),机械工业出版社 2006 年版。

10. 〔英〕兰茨伯格:《领导——领导力培训经典》,陕西师范大学出版社 2006 年版。

11. 〔英〕兰茨伯格:《领导——麦肯锡高效领导法则》,陕西师范大学出版社 2006 年版。

12. 〔美〕罗伯特·A.沃森、本·布朗:《美国最有效的组织》,中信出版社、辽宁教育出版社 2003 年版。

13. 〔美〕马戈特·莫雷尔、斯蒂法妮·卡帕雷尔:《沙克尔顿领导艺术》,中信出版社 2003 年版。

14. 〔加〕赛兹:《组织行为学案例》,上海人民出版社 2008 年版。

15. 〔美〕特洛伊·安德森:《棋道——管理中的围棋法则》,机械工业出版社 2008 年版。

16. 〔美〕托尼·基彭伯格:《领导艺术》,华夏出版社 2004 年版。

17. 中国成本研究会:《企业内部控制、原理、经验与操作——企业内部控制高层研讨会文集》,中国财政经济出版社 2002 年版。

18. 文洁:《著名企业管理制度完全范本》,光明日报出版社 2003 年版。

19. 王方剑、赵为民:《彻底沟通》,中国时代经济出版社 2004 年版。

20. 王新军、吕志勇等:《服务制胜》,科学技术文献出版社 2004 年版。

21. 王璞:《组织结构设计咨询实务》,中信出版社 2003 年版。

22. 邓加荣:《易经的智慧与应用》,华夏出版社 2006 年版。

23. 史冷金:《大道无形——易经中的哲学与智慧》,陕西师范大学出版社 2007 年版。

24. 申林:《组织行为学与人事心理》,湖南师范大学出版社 2007 年版。

25. 孙燕一:《实用组织行为学》,西北工业大学出版社 2007 年版。

26. 许倬云:《从历史看领导》,广西师范大学出版社 2006 年版。

27. 何云峰、姚小远:《智者的管理》,上海交通大学出版社 2002 年版。

28. 张诚笃:《孙子商法——个人和企业赢得未来的创新智慧》,新华出版社 2006 年版。

29. 李志敏:《跟大师学管理》,中国经济出版社 2004 年版。

30. 陈云、林德:《跟顶级企业学管人》,经济科学出版社 2004 年版。

31. 陈莞、米锦欣:《最顶尖的管理大师》,经济科学出版社 2003 年版。

32. 陈莞、倪德玲:《最经典的管理思想》,经济科学出版社 2003 年版。

33. 林邵斌:《管理问题解决方案》,中国商业出版社 2004 年版。

34. 金敏力、张艳华等:《思维硅谷》,科学技术文献出版社 2004 年版。

35. 南怀瑾:《易经杂说》,复旦大学出版社 2005 年版。

36. 胡近:《公共组织行为学》,上海交通大学出版社 2008 年版。

37. 胡建绩、陆雄文、姚继麟:《企业经营战略管理》,复旦大学出版社 1999 年版。

38. 赵丁:《用人管理厚黑学》,地震出版社 2004 年版。

39. 赵千里、杨志强:《卓越的企业文化力、领导力、执行力——迈向成功之路》,冶金工业出版社 2008 年版。

40. 赵光忠:《企业文化与学习型组织策划》,中国经济出版社 2003 年版。

41. 唐突生:《孙子兵法与制胜谋略》,青岛出版社 2006 年版。

42. 高立法、马志芳:《企业人力资源诊断与治理》,中国时代经济出版社 2004 年版。

43. 晨光、倪宁:《最流行的管理寓言》,经济科学出版社 2004 年版。

44. 曹晔晖:《张弛有道:管理者的时间管理》,中国经济出版社 2006 年版。

45. 曾国平:《领导与智商情商》,重庆大学出版社 2007 年版。

46. 蒋任重:《图解企业战略管理》,中国经济出版社 2004 年版。

47. 蔡曙涛:《企业管理案例》,北京大学出版社 2002 年版。

48. 穆晓军:《学易经通管理》,北京大学出版社 2008 年版。

教师反馈及课件申请表

　　北京大学出版社以"教材优先、学术为本、创建一流"为目标，主要为广大高等院校师生服务。为更有针对性地为广大教师服务，提升教学质量，在您确认将本书作为指定教材后，请您填好以下表格并经系主任签字盖章后寄回，我们将免费向您提供相应教学课件。

书号/书名	
所需要的教学资料	教学课件
您的姓名	
系	
院/校	
您所讲授的课程名称	
每学期学生人数	_____ 人　　_____ 年级　　学时
您目前采用的教材	作者：_____　　出版社：_____ 书名：_____
您准备何时用此书授课	
您的联系地址	
邮政编码	联 系 电 话（必填）
E-mail（必填）	
您对本书的建议：	系主任签字 盖章

我们的联系方式：

北京大学出版社经济与管理图书事业部

北京市海淀区成府路 205 号，100871

联 系 人：石会敏

电　　话：010-62767312 / 62752926

传　　真：010-62556201

电子邮件：shm@pup.pku.edu.cn　em@pup.pku.edu.cn

网　　址：http://www.pup.cn